KB104734

성직자를 지망하는 청년
콜

"오라버니, 사랑해! 고마워!"
어지간히 기쁜지 머리카락과 같은 색을 띤 짐승 귀와 꼬리가
살랑살랑 파닥파닥 바쁘기 그지없다.

늑대와 양피지

늑대와 향신료의 새로운 이야기

①

하세쿠라 이스나 지음
아야쿠라 쥬우 일러스트
박소영 옮김

"진짜, 진짜라니까. 그러니까 진정하고―"
귀와 꼬리가 나와 있잖아!

이쪽의 마음속 절규 따위는 아랑곳없이
뮤리는 눈이 휘둥그레지고 활짝 웃더니
늑대가 먹잇감을 덮치듯 나를 꼭 끌어안았다.

"와아…."

하고 뮤리가 우러르며 얼빠진 듯 중얼거린 앞에는

훌륭한 교회 건물이 서 있었다.

항구에서도 석조 요새에 시선을 빼앗기더니,

석재만 사용해 지어진 건물 자체가 신기한가 보다.

데바우 상회 관장
스테판

"하이랜드 님, 오셨습니까."

"콜 박사도 여전하군."

원필 왕국 왕자
하이랜드

CONTENTS

늑대와 향신료의 새로운 이야기

늑대와 양피지

Ⅰ

학산문화사

서막

따뜻한 계절의 비는 살짝 달다. 뺨을 타고 흐르는 물방울을 핥으며 그런 생각을 했다.

심부름을 하러 갔다가 돌아오는 길에 비를 만나고 말았다. 이 지방은 한없이 드넓은 초원에 걸맞게 비도 차분하게 온다. 보이지 않을 만큼 자잘한 빗방울이 기복 없는 초원을 덮으면, 사위가 온통 새하얀 안개에 싸인다. 보이는 것이라곤 발밑의 길, 들리는 것이라곤 자신의 가슴이 뛰는 고동 소리뿐인 정적의 세계. 멈춰서면 이 경치에 영원히 갇힐 것만 같다.

고요하고 온화하여 낮잠을 자기에는 딱이겠지만, 이왕 갇힐 바에야 조금 다른 곳이 낫다. 그런 생각에 발길을 서둘렀다.

물 먹어 묵직한 치맛자락에 진흙이 튀겠지만 알 바 아니다. 달리고 달리고 또 달렸다.

무슨 악몽 속에 있는 듯한 기분마저 들 무렵, 마침내 안개 속에서 목조 건물이 보였다.

몹시 낡아 조금 기울었지만, 저런 어리숙함이 마음에 든다. 처음 왔을 때는 도저히 사람 살 곳이 못 되었던 것을 열심히 수리했기에 애착도 있다. 저기에 갇혀 영원히 나올 수 없게 되는 것도 나쁘지 않다. 최후에는 저 기울어진 지붕에 안기듯 눌리면 더 멋질 것도 같다.

그런 광경을 상상하며 조금 웃었다.

그러자, 이렇게 고요하게 비 내리는 날에는 발소리가 더 잘 울리는지 건물 문이 열리고 흰 옷을 입은 사람이 안에서 나왔다. 저 건물을 함께 수리하고, 마지막 못은 서로 손을 포개 망치질한 사람.

그 모습을 보자마자 기뻐서 턱이 들리고 보폭도 더 커진다. 빗방울이 다시 입속으로 들어온다. 역시 달다. 그 달달함에 이끌리듯 그대로 처마 밑으로 뛰어들었다.

눈을 감고 그렇게 해도 무섭지 않다. 꼭 받아 주리라 믿으니까.

상대의 가슴에 뛰어들어 숨을 가다듬을 새도 없이 "다녀왔어."라고 말했다.

거친 호흡과 아플 만큼 심하게 뛰는 심장 소리 탓에 대답이 들리지 않는다.

그래도, 그렇더라도 상관없다. 대답은 꼭 해 주니까.

이런 것이 신앙이구나, 하고 최근에야 이해했다.

달리 아무도 없는 안개비 속.

눈을 감은 채 다시 한번 "다녀왔어."라고 말했다.

제 1 막

길을 떠나기로 한 날은 겨울치고는 드물게 쾌청했다. 빨려 들 것처럼 파란 하늘. 쌓인 눈에 햇빛이 비쳐 눈이 아리도록 반짝였다. 북방 땅에 위치한 온천마을 뇨히라의 겨울날이 이토록 맑게 개는 때는 좀처럼 없다. 그림으로 그린 것처럼 멋진 출발이 되었지만, 가진 행운을 여기에 다 쓰고 마는 게 아닌지 조금 불안하기도 했다.

그러나 길고 투박한 여행용 외투에 시선을 주니, 여행 중인 성직자를 떠올리게 하는 차림새다. 이 날씨는 신께서 앞날을 축복해 주시는 것이 분명하다고, 나 좋을 대로 해석하기로 했다.

마을에는 강이 흐르고 선창이 있다. 계절이 바뀌는 시기에는 온천욕을 하러 오는 손님, 돌아가는 손님으로 북적이지만 지금은 짐 나르는 배 한 척이 정박해 있을 뿐이다. 한창 짐을 싣는 중인데, 뱃사공은 행여 배가 가라앉는 게 아닐지 조마조마할 만큼 퉁퉁하고 수염 덥수룩한 중년 남자였다. 하지만 겉보기와 달리 몸이 가벼워 눈 깜짝할 새에 작업이 끝나려는 참이었다.

"잠시 후면 출항이오!"

이쪽을 보며 소리치기에 대답 대신 손을 흔들어 둔다. 그런 후 숨을 크게 들이마시고 보따리를 어깨에 둘러멧다. 묵직한 무게는 이 여행을 응원해 준 이들의 마음이 담긴 덕이다.

"콜, 잊은 것은 없냐?"

이름이 불려서 뒤돌아본다. 걱정스레 짐을 거듭 살피고 있는 이는 내가 지난 10년 넘도록 신세를 진 온천장의 주인인 '그래프트 로렌스'다.

"노잣돈, 지도, 식료품, 방한구, 약초, 단검, 부싯돌도 챙겼지?"

왕년에는 행상인으로 이름을 날린 로렌스는 여행 채비에 여념이 없다. 길 떠나는 당사자보다도 너무 열심이라 어쩌다 보니 전부 맡겨 버렸을 정도다.

"주인어른, 몇 번을 확인하셨잖아요. 그리고 이젠 더 들어갈 자리도 없어요."

로렌스 옆에 서 있는 여성이 어이없다는 투로 웃으며 말한다. 로렌스가 운영하는 온천장 '늑대와 향신료'의 주방 담당인 '한나'다.

"아아, 그런가? 아니, 그래도."

"괜찮습니다, 로렌스 씨. 옛날엔 말라비틀어진 당근 한 토막과 다 닳은 동화만 쥐고서도 여행을 했었으니까요."

로렌스와 만난 것은 나이 열 살이 될락 말락 한 아주 어릴 때였다. 대학도시를 찾아다니며 학문을 추구하던 방랑학생, 이라는 것은 말뿐이지 비렁뱅이나 다름없는 여행을 하던 무렵. 노잣돈도 다 떨어진 데다 의지할 사람 하나 없는 타국 땅에서 정처 없이 망연자실하고 있는데 운 좋게 로렌스를 만나 도움을 받았다.

그것이 어언 10년… 아니, 어쩌면 15년도 더 된 일이다. 그때 이후로 나는 성장했는가를 생각하면 의문부호만 줄줄이 떠오른다. 눈앞의 로렌스가 그 무렵과 별반 차이 없이 젊어 보이는 탓에 여전히 나도 어린 소년인 게 아닌지 착각이 든다.

하지만 보따리 끈을 쥔 손은 온천장의 노동으로 꽤 탄탄해졌다. 어릴 때는 작던 키도 자랐고, 예전에는 은색에 가깝던 머리도 금색으로 변하고 있다.

시간은 좋은 의미로도 나쁜 의미로도 제대로 흐르고 있는 모양이다.

"아, 그런가. 그렇겠지…. 게다가 이제는 너도 어느 성직자가보다라도 인정할 젊은 학자이니까. 나도 참 자랑스럽고, 한밤중까지 면학에 힘쓰는 자세는 배워야겠다 싶다."

"그러시는 거야 상관없지만요, 주인어른. 콜을 흉내 내시면 마늘과 양파를 또 사재기해 놓느라 번거로우니 참아 주세요."

로렌스의 칭찬에 몸 둘 바를 모르다가 한나의 말에 속이 뜨끔했다.

공부는 늘 일과를 마친 후에 했다. 더욱이 사본 제작이나 신학서 묵독은 주로 수마와의 싸움이 되었다. 생양파과 생마늘을 씹어 가며 잠을 쫓았기에 요리할 재료가 사라졌다고 한나 씨에게 야단을 맞은 적이 한두 번이 아니다.

"그나저나, 어느덧 십여 년인가. 지금까지 일해 주어 고맙다. 우리 온천장이 여기까지 올 수 있었던 것은 콜, 네 덕분이다. 덕분에 살았어."

로렌스는 그렇게 말하더니 팔을 벌려 아버지처럼 힘차게 끌어안았다. 하지만 정작 나야말로 로렌스를 만나지 못했으면 어찌되었을지 알 수 없다. 감사해야 할 사람은 오히려 나였다.

　"저야말로… 아직 바쁜 시기인데 길을 떠나게 되어 죄송합니다."

　"무슨! 오랫동안 온천장에 붙들어 뒀는데. 남쪽에 가서 크게성공하면 우리 가게 선전도 좀 잘 부탁하마."

　상인의 귀감 같은 로렌스인데, 늘 저러면서 이쪽을 배려한다.

　"그리고… 우리 집 여자들은 배웅하러 안 나와서 미안하구나."

　로렌스가 불현듯 낯빛을 흐리며 그렇게 말했다.

　"호로 씨와는 일주일 전쯤에 작별 인사를 마쳤어요. 배웅하는자리에 나오면 붙잡을 것 같아서 못 오겠대요."

　호로는 로렌스의 아내로, 내게는 누나 같기도 하고 때로는 제2의 어머니 같기도 한 존재다.

　"하기야, 그 녀석은 미련이 뚝뚝 떨어지는 성격이니까. 현명한행동일 수도 있지."

　로렌스는 쓰게 웃다가 나오느니 한숨이다.

　"뮤리하고도, 여러모로 수고가 많았다."

　"아니요…."

　그렇게 부인하려다가 요 며칠 새의 야단법석, 특히 어젯밤 일을 떠올린다.

　"그러게요…. 물어뜯을 듯이 험악하더니, 마지막엔 아닌 게 아니라 물더군요.”

“하여간에.”

로렌스는 두통을 참듯 이마에 손을 얹었다. 뮤리는 로렌스와 호로의 외동딸로, 이 변경의 땅에서도 한층 시골이라 일컬어지는 온천마을 밖으로 나가고 싶다며 아우성쳤었다.

그런 판에 내가 여행을 떠난다는 소리를 하면 어찌 될지는 불을 보듯 뻔했다.

“뮤리도 호로도 둘 다 고집이 세지만, 호로는 나이에 걸맞게 포기나 분별이 뭔지 알거든. 그런 점에서 뮤리는 한여름의 태양이 따로 없으니.”

외동딸을 누구보다 아끼지만 뮤리의 왈가닥 짓은 로렌스가 두통을 앓는 근원이다. 요즘에는 다소 차분해졌으나, 어릴 때는 산으로 놀러 나갔다가 피투성이가 되어 돌아온 적이 한두 번이 아니었다.

슬슬 혼담이 들어와도 될 만한 나이가 되니 조금 얌전해진 것인지.

“아침부터 눈에 안 띄는 것을 보면, 삐쳐서 산속 어디쯤 곰을 붙잡고 울기라도 하고 있겠지.”

뮤리에게 들볶이며 굴속에서 귀찮아하고 있을 곰을 상상하자 웃음이 났다.

“어딘가 정착을 하게 되면 편지 드리겠습니다. 그때는 다 함께

오세요."

"그러마. 그런데, 되도록 맛있는 음식이 많은 곳에 정착해 주
렴. 두 사람 비위를 맞추면서 여행하기 쉽지 않을 테니까."

"그럴게요."

웃으면서 대답하자 로렌스가 오른손을 쓱 내밀었다. 고용주의
태도는 아니었다. 10여 년 전, 아직 어리던 나를 거두어 준 은인
의 자세도 아니었다.

길 떠나는 여행자를 배웅하는 온천장 주인으로서 내민 악수.

"몸조심하고."

하마터면 울 뻔한 것을 눈치챘는지, 로렌스는 한층 웃으며 손
을 꼭 잡았다.

"마실 물과 식사에는 조심해요."

"한나 씨도… 건강하세요."

콧소리를 애써 감추며 악수하고 보따리를 고쳐 멨다.

"어―이, 이제들 다 됐소?!"

뱃사공이 그간 마음을 써 주고 있었는지 때맞춰 신호를 보내
왔다.

"지금 갑니다!"

대답하고 두 사람을 본다. 이제 길을 나서면 앞으로 몇 년…
아니, 다시는 만나지 못할 수도 있다. 온천 김이 곳곳에서 피어
나는 이 마을, 뇨히라를 보는 것도 마지막일지 모른다.

발이 영 떨어지지 않는 참에 로렌스가 어깨를 탁 쳤다.

"자아. 가게나, 젊은이. 새로운 세계로 길을 나서는 거야!"

이 순간 응하지 않으면 말이 안 된다.

"젊기는요. 제 나이가 얼만데요? 처음 만났을 때의 로렌스 씨와 엇비슷하다고요!"

첫걸음을 내딛자 두 번째 걸음은 금세 이어지고, 세 번째는 의식조차 되지 않았다.

돌아보자 로렌스는 뒷짐을 진 채 온화하게 웃고, 한나는 손을 살래살래 흔들어 준다. 시선을 조금 멀리 돌린 것은, 뇨히라 마을의 모습이 한층 찡하게 와 닿는 것과 저 어딘가에 말괄량이 뮤리가 있지 않을까 하는 마음에서. 나무 뒤에서 토라진 얼굴이라도 내밀어 주지 않을까 했지만 없었다. 고집스러운 면은 모친을 쏙 뺐다. 나직이 웃은 후 선창으로 향했다.

"작별 인사는 다 하시었소?"

"오래 기다리시게 해서 죄송합니다."

"뱃사공 노릇을 하고 있다 보면 그 마음 잘 알지. 하지만 같은 강물은 다시는 되돌아오지 않으니, 미련을 느끼는 게 잘못된 건 아니라오."

매일 조용한 강물 위에서 노를 젓다 보면 자연히 사려 깊어지나 보다.

뱃사공의 말에 깊게 공감하며 선창에서 배에 올라탔다.

"손님은 댁 하나요. 모피 더미에서 낮잠이라도 주무시구려."

선창에 배를 묶었던 밧줄을 풀며 뱃사공이 말했다.

모피 더미라는 말에 문득 기억이 되살아난다. 옛날에 그런 이야기를 들은 적이 있었지.

젊은 행상인이 있었다. 어느 마을에 들렀던 그는 늘 그랬듯 자신의 짐마차에서 밤을 보내려고 짐칸에 실린 모피 속으로 기어들었다. 그런데 거기에 아리따운 소녀가 있어, 자기를 고향까지 데려다 달라고 했다. 달빛 아래에서 더 반짝이는 아름다운 아마색 머리카락을 가진 소녀는, 머리에는 사람일 수 없는 큼지막한 짐승의 귀를, 허리에는 온갖 모피 속에서도 단연코 최상급일 복슬복슬한 꼬리털을 달고 있었다. 자칭 현랑(賢狼)이라 하면서, 마을의 보리에 깃들어 풍작을 관장하던 신이자 수백 년을 살아온 늑대의 화신이라 하였다. 행상인은 소녀의 청을 받아들여 함께 여행에 나섰다. 그로부터 두 사람은 생사고락을 함께하며 마음을 나누었고, 마침내 길이길이 행복하게 살았다는 이야기.

설마 하면서도 모피 더미 속에 손을 넣어 뒤적였다. 괜찮다. 아무도 숨어 있지 않다.

배에는 모피 외에 숯을 담은 자루, 나무통이 빽빽하게 실려 있다. 나무통 속에 든 것은 숯을 구울 때 나온 나무 타르이리라. 방부나 방수의 목적으로 바르는 것인데, 시시때때로 강렬한 탄내가 느껴졌다. 모피는 이곳 뇨히라에서도 더욱 산속 깊숙이에 점

점이 흩어져 있는 집락에서 나온 것이다. 산속 거주민들은 겨우
내 열심히 사냥하여 털가죽을 내다 팔고, 그 대신 도시에서 나온
생필품을 얻는다. 그들이 각자 털가죽을 짊어지고 도시까지 나
가기는 힘들기에 일단 뇨히라에서 모은 다음 배로 운반한다. 숯
과 나무 타르도 그런 품목이다.

"올해는 모피가 상당히 많군요."

"아아, 장사가 번창해 나도 덕 좀 보고 있소. 뇨히라는 예로부
터 성황이라 별 차이가 없지만, 지금은 어딜 가나 북적북적하거
든. 왜 그, 북방이라 불리는 이 지역 일대와 남방 교회와의 전쟁
이 몇 년 전엔가 끝나지 않았소? 원래 허울만 남은 전쟁이었긴
해도 역시 제대로 끝이 나니 뭐가 달라도 다른 거지."

뱃사공은 절절하게 말하고는 밧줄을 선창에 내려놓고 자신도
배에 뛰어올랐다.

배는 신기할 만큼 흔들리지 않았다.

"자, 이제 배가 내려가면 여행은 시작이오."

뱃사공이 선미로 가서 노를 잡는다. 배는 서서히 나아가기 시
작해 수면을 미끄러진다. 긴 동절기의 평소와 같은 하루이건만,
배 위에서 보니 낯익은 뇨히라 마을도 달라 보였다. 어쩌면 저것
이 여행자로서 보는 처음, 또는 마지막 뇨히라일 수도 있다. 그
렇게 생각하자 울컥하여 배 안에서 무릎으로 일어섰다. 그러고
는 강변에서 이쪽을 바라보고 있는 로렌스와 한나에게 손을 흔들

었다.

"감사했습니다!"

로렌스는 웃으며 가볍게 손을 쳐들었다. 한나는 음식이 맛있게 됐을 때 같은 표정을 지었다.

그 또한 이내 보이지 않게 된다. 산중의 강이라 흐름이 빠르다.

"자, 작별은 끝났소. 다음은 앞을 볼 차례요."

한없이 마을 쪽을 바라보고 있던 내게 뱃사공이 말했다. 강요하는 기색 없이 이쪽을 격려하는 듯한 다정한 말투였다. 조금 창피해져서 뱃사공에게 어색한 웃음을 지은 뒤 자세를 바로 한다.

아아, 결국 길을 나섰다는, 허전하기도 하고 가슴 설레기도 한 야릇한 느낌에 사로잡혔다.

"그런데 아까 모피 더미 속을 더듬는 것 같던데, 쥐라도 있었소?"

"예? 아아… 실은 옛날에 들은 이야기가 생각나서요."

그렇게 대답한 후 행상인과 늑대의 정령이 만난 이야기를 했다. 어디에나 있는 흔한 기적 이야기이지만 뱃사공은 매우 흥미진진해 했다.

"뱃길을 따라가다 보면 심심풀이 삼아 그런 이야기를 할 기회가 많다오. 이야깃거리가 하나 더 늘어 좋구면. 그나저나 그런 이야기가 떠올랐다고 모피 속을 살펴보다니, 젊은 나이에도 미신깨나 믿는가 보오."

그 이야기가 실화라고 한들 믿을 리 없고, 그 늑대의 딸이 숨어 있을지도 모른다고 했다가는 기겁할 수도 있겠다. 그 이야기의 행상인이 로렌스이고, 짐 속에 숨어 있던 늑대가 그의 아내인 호로이니.

나는 그들의 기적 같은 여행길에 동행했다. 기겁할 만한 일대 모험을 거들었다. 기억을 더듬기만 해도 가슴이 두근대고 몸이 오싹한 경험을 한 적도 여러 번이다.

하지만 두 사람의 이야기에 휘말리며 가장 경이로웠던 것은 그런 피 끓고 가슴 뛰는 사건들이 아니다. 그 후로 행복하게 오래오래 살았습니다… 라는 후일담에 함께하며 직접 내 눈으로 지켜본 일.

설마하니 그토록 쭉 계속해서 행복할 수 있다니, 놀라움을 훌쩍 넘어 웃음밖에 안 난다.

"그런데 댁은 어디까지 가시오? 일단은 스베르넬이라고 들은 것 같은데."

뱃사공이 말한 곳은, 서쪽으로 강을 타고 내려가다가 도중에 육로로 바꿔 남쪽으로 더 내려간 곳에 있는, 예로부터 모피와 호박 무역으로 번창한 도시의 이름이다.

"거기에서 여행 정보를 수집한 후 레노스로 갈 생각입니다."

"오, 레노스! 하기는 그곳도 큰 항구도시이니까. 거대한 배가 드나들 만한 곳이지. 그런 만큼 세관도 많다고 듣긴 했소만."

안다. 나는 그 강에서, 바로 그 세관에서 로렌스와 호로를 만났으니까.

그때 생각이 물씬 나서, 지금은 어떻게 되어 있을지 기대가 된다.

"그러시구먼. 거기서 뭘 할 생각이오? 직인…으로는 안 보이고, 상인인가?"

"아니요."

나직이 고개를 가로젓고 하늘을 우러른 것은, 거기에 있을 누군가에게 맹세하기 위해서다.

"성직자를 지망하고 있습니다."

"어이쿠, 신학을 공부하는 분이셨소? 어허, 이거 참."

"하지만 아직 수습생조차 못 되었으니, 정말로 될 수 있을지도 알 수 없습니다."

"하하하! 거기에서 신의 가호를 안 믿으면 쓰나."

맞는 말이다.

"헌데, 지금 좀 그렇잖소? 교회가 윈필 왕국과 한바탕 전쟁 중이라 야단법석 아니오?"

뱃사공이 강바닥에 노를 깊이 꽂자 뱃머리가 빙그르르 돌아 큰 바위를 피한다. 뇨히라는 산중 마을이라 주변도 시야가 탁 트인 강변이 아니다. 우뚝 솟은 낭떠러지 위에 눈이 수북하고, 그 위에서 사슴이 이쪽을 신기하게 내려다보고 있다.

"잘 아시네요."

"강에는 강물 외에 정보라는 놈도 흐르거든."

득의양양하게 말한 것은 일부러 그러는 거겠지. 쾌활한 사람이었다.

원필 왕국은 이 강이 서쪽으로 흘러서 만난 바다를 남서쪽으로 더 나아가면 나오는 큰 섬나라를 말한다. 유명한 산물은 양털. 최근에는 선박 건조도 활발하다 들었다.

그런 원필 왕국과 세계의 신앙을 이끄는 교회의 교황이 정면으로 대립한 지도 여러 해다.

"게다가 소동의 발단은 세금을 둘러싼 이야기 아니오? 물건을 운반하는 게 일인 우리네 같은 사람들한테야 직접 영향이 있으니까 싫어도 귀에 들어오게 돼 있지."

배는 강을 내려가는 사이에 수많은 영주의 영지를 통과한다. 그때마다 세관을 거치고 세금을 징수당한다. 큰 강이면 50곳이 넘고 개중에는 백이 넘는 강도 있다고 들었다.

그런데 영주는 자기 영지에서만 세금을 부과할 수 있는 반면, 교회는 그 가르침이 퍼져 있는 땅이라면 온갖 곳에서 세금을 거둘 수 있다. 사실상 온 세계에 해당하고, 이것이 '십일조'라 불리는 그것이다.

"교회의 십일조가 없어지면 우리도 숨통이 트일 거요. 원래는 이교도와 싸우기 위해 모으던 세금이라잖소? 그 전쟁이 끝났으니 낼 필요가 없지. 목청을 높여 준 윈필 왕께서 잘 한 일이라고들 하오."

세금은 언제, 어떤 이유에서건 인기가 없다. 그걸 없애자며 목청을 높인 왕을 욕할 까닭이 어디 있겠는가.

"설상가상, 이치에 맞는 소리를 하는 윈필 왕께 교황님이 한 처사를 보라지. 부디 윈필 왕께서 잘 해내셔야 하는데…."

라고까지 말하다가 뱃사공이 돌연 입을 다물었다.

오늘 손님은 성직을 지망하는 사람이란 게 떠올랐는지.

"아, 이거 미안하오. 댁이 가려는 곳을 헐뜯을 생각은 아니었는데."

"아닙니다."

짤막하게 대답한 후 나직이 웃었다.

"저도 동감입니다."

"허어?"

놀라는 뱃사공을 보지 않고 하류에서 불어오는 차고 맑은 바람에 눈을 가늘게 뜨며 말했다.

"교황님께서 세금 지불을 강요하기 위해 대화가 아니라 윈필 왕국의 성무 정지를 선언하신 것은 저도 믿기지가 않습니다."

토한 숨결이 한층 희어진 것은 노여움 탓이리라. 성무 정지는 해당 토지 일대에 있는 교회의 성직자 전원에게 온갖 업무를 하지 말도록 교황이 내린 명령이었다.

"원필 왕국에서는 벌써 3년째 신생아의 세례도, 서로 사랑하는 두 사람의 결혼도, 중요한 가족의 장례식도 행해지지 못하고 있습니다. 모든 성직자가 집도해야 할 인생의 중요한 의식인데도 교황님께서는 그것을 정지해 버리셨죠. 신의 은총을 받고 싶으면 세금을 내라고 강요하다니, 저는 그것이 신의 뜻을 전하는 행동이라고는 도무지 여겨지지 않습니다. 저는 배움도 짧고 힘도 없는 몸입니다만⋯."

항상 목에 걸어 가슴께에 늘어뜨린, 교회 문장을 새긴 목공예품을 꽉 움켜쥔다.

"저는 뒤틀린 신의 가르침을 바로잡는 데에 일조하고 싶습니다."

세금 때문에 3년 동안이나 영혼의 구제를 게을리하고 있는 오만한 교황에게서 원필 왕국을 구해내야 한다. 또한, 신의 가르침을 바로 세우기 위해 싸워야 한다. 나는 그러기 위해서 길을 나섰다.

역경은 있으리라. 고난도 있으리라. 그래도 내게는 지금까지 배운 수많은 것들이 있고, 로렌스, 그리고 그의 아내 호로라는, 이른바 옛날이야기 속에나 나오는 기적도 직접 접할 수 있었다. 그러니, 하면 될 것이다. 나도 할 수 있을 것이다.

불합리하고 무자비한 이 세상에 조금이라도 더 많은 웃음과 행복을 가져오게끔.

강물이 흘러가는 쪽을 응시하며 다시금 그렇게 맹세한다.

신이시여, 제게 용기를 주소서, 저를 이끌어 주소서.

눈을 감자 천사가 뺨을 쓰다듬는 것처럼 한바탕 세찬 바람이 불었다.

"후우…."

하고 뒤에서 뱃사공의 한숨이 들려 퍼뜩 정신이 들었다.

순간 얼굴이 화르륵 벌게진 것은, 아직 성직자 수습생조차 되지 못한 몸이기에.

"어, 신념으로는, 그렇게 생각한다, 는 이야기입니다…."

"아, 그것 참. 나는 그냥, 뇨히라에서 일을 하다 보니 온천에서 흥청망청 부어라 마셔라 하는 성직자가 부러워서 그러나 했다오."

뱃사공의 거침없는 한마디. 하지만 그것 또한 사실이기는 하다. 이런 산중에까지 오려면 상당한 여비와 몇 달씩 일을 팽개쳐도 곤란하지 않을 만한 지위여야 한다. 그 둘을 모두 충족하는 것은 은퇴한 대상회의 주인이거나 통치가 잘되고 있는 귀족, 또는 고위 성직자 정도다.

"물론 그런 이유로 성직자가 되고 싶어 하는 사람도 많겠죠. 안타까운 일입니다만…."

"조카가 많은 성직자도 드물지 않고 말이오."

뼈 있는 말이지만, 뱃사공이 무슨 생각이 있어서 저러는 것은 아니다. 이미 공공연한 비밀이니. 성직자는 평생 독신으로 살아야 하기에, 아내도 없거니와 자식도 있을 수 없다. 따라서 그들에게는 '생질'이나 '질녀'가 있다. 교황마저도 예외는 아니어서, 그런 '질녀' 중 하나가 윈필 왕국으로 혼인하여 갔으니, 그야말로 얼마나 악폐가 만연하고 있는 것인지.

"세상이 좀 더 정직하고 올곧아져야지요. 교황님까지 돈을 목적으로 권력을 휘두르고 있는 실정이니."

한숨과 함께 말하자 뱃사공은 살피는 투로 이렇게 대답했다.

"그렇다는 얘기는, 댁은 뇨히라에서 무희에게 손가락 하나 안 댔다는 거요?"

설마 그럴 리가 있겠느냐는 어조였지만, 당당히 말할 수 있다.

"물론입니다."

"오오, 그건⋯."

뱃사공은 말을 잇지 못했다.

하지만 저런 반응엔 익숙하다. 성직이 본직인 사람도 금욕의 맹세를 지키는 이는 극히 소수다. 금욕을 제대로 지키는 것은 민가에서 멀리 떨어진 수도원에 있어서 아무리 애를 써도 여성을 접할 도리가 없는 수도사쯤이려나.

"금욕의 맹세를 깨려 해도 깰 수가 없었다고 봐야 하려나요."

쓴웃음을 지으며 그렇게 말하자, 뱃사공은 그제야 어색하기는 해노 웃음을 지었다.

무희나 악사 아가씨들이 말을 붙여 올 때가 있기는 했다. 하지만 어느 것이든 농담의 연장에 지나지 않았다. 그런 의미에서는 노력해서 지켰다고 할 수는 없을지도 모르겠다.

"그렇더라도, 규율은 지켜야 한다고 생각합니다."

자세를 바로 세우며 그렇게 말했다.

"으음. 그렇긴 하지."

뱃사공은 진지하게 중얼거린 후 뱃머리의 방향을 다시 빙그르 바꿨다.

"그렇긴 해도 세상은 강물 같은 것이라오. 똑바로만 흐를 순 없는 법이지."

돌아보니, 뱃사공의 표정은 으스대는 것도, 이상을 논하는 젊은이를 비웃는 것도 아니었다.

수많은 것을 감수하고 받아넘기려는 은자처럼 보이기도 하는 얼굴.

"때로는 돌아가기에 비로소 고기가 살 수 있기도 하다오."

뱃사공이라는 일을 하다 보면 사색하는 시간도 넉넉한지, 실로 함축적인 말이었다. 사실 파계를 했다가 진리에 이르렀다는 고명한 신학자도 있다.

"그 말씀도 알 것 같습니다."

"물론 남의 이상을 헐뜯을 생각은 아니라오. 하물며 성직자를 지향하는 사람을. 하지만 말이오, 그저 똑바로 나아가기만 해서는 모르는 일이 있지 않소? 둘러 가야 얻을 수 있는 경험 같은 거."

그 또한 맞는 말이라고 순순히 생각한다.

하지만 뱃사공이 정작 하고자 하는 말이 무엇인지 알 수가 없었다.

"어… 그러시면?"

뱃사공은 웬지 겸연쩍은 듯이 콧등을 긁적였다.

"음. 저기, 뭐랄까, 댁의 여행 목적과 그 정신이 훌륭하다는 것은 알겠는데… 거 참, 설마하니 그렇게까지 완고한 줄 몰랐으니, 내가 이거 쓸데없는 참견을 한 게 아닌지…."

"예?"

하고 물은 직후였다.

"좌우간 이젠 되돌릴 수 없으니. 어이, 그만 나와도 된다."

뱃사공이 짐을 쳐다보며 그렇게 말했다. 시선은 모피 더미가 아니라 그 앞에 있는 나무통에 두며. 그러자마자 투웅! 소리가 나고 통 뚜껑이 하늘로 날아오른다.

"웃차."

하며 뱃사공이 뚜껑을 잡았다. 나무통 안에서 투박한 여행용 신발을 신은, 늘씬한 다리가 쭉 뻗어 나와 있다. 난처하게 웃는 뱃사공의 곁에서 벌어진 입을 다물지 못했다.

"으ㅡ! 으으ㅡ!"

그런 신음과 함께 나무통 테두리에 손이 얹히고, 덜컹 덜컹 흔들린다.

그러다 통이 넘어가기 일보 직전, 안에서 소녀 하나가 튀어나왔다.

"냄새애애애애애애애!"

"뮤리?!"

나무통에서 튀어나오자 그대로 모피 더미를 걷어차며 내 품으로 뛰어들었다. 재에 은가루를 섞은 듯 신비한 배색의 머리카락을 휘날리는, 가냘픈 몸매의 소녀다. 여남은 살의 나이에 아직은 처녀라 부르기도 이르다. 그런 뮤리가 건강함만은 넘치는 바람에 그 기세에 밀려 뒤로 자빠지자 배가 좌우로 출렁였다. 배가 뒤집히지 않은 것은 뱃사공의 솜씨 덕이리라.

"으, 뮤, 뮤리, 어, 어떻게―"

여기 있느냐는 물음과 왜 이렇게 탄내가 나느냐는 물음이 목구멍에 걸려 말로 나오지 않았다.

"아무것도, 암것도 아니야!"

힘껏 소리친 소녀 뮤리는 나무통 속 냄새가 어지간히 지독했는지, 아니면 다른 이유에서인지 눈물을 그렁대며 이쪽을 내려다보았다.

"나도 데려가 줘!"

대지에서 솟구치는 온천보다도 뜨거운 눈물이 얼굴로 떨어진다. 나무통에서 느닷없이 뮤리가 튀어나왔다든가, 아무리 생각

해도 뱃사공과 말을 맞춘 것으로 보인다든가, 새삼 배를 되돌릴 수도 없다든가 하는 그런 것들은 모두 차후의 문제였다. 눈앞의 뮤리는 당장에라도 감정이 폭발할 듯 잿빛 머리카락을 일렁이고 있다.

달리 방도가 없었다. 황급히 끌어안아 그 작은 머리를 품에 감춘다.

"알았어! 알았으니까!"

진정해!

그 직후, 뮤리가 팔을 풀고 얼굴을 확 쳐들었다.

"진짜?! 진짜지?!"

"진짜, 진짜라니까. 그러니까 진정하고─"

귀와 꼬리가 나와 있잖아!

이쪽의 마음속 절규 따위는 아랑곳없이 뮤리는 눈이 휘둥그레지고 활짝 웃더니 늑대가 먹잇감을 덮치듯 나를 꽉 끌어안았다.

"오라버니 사랑해! 고마워!"

어지간히 기쁜지 머리카락과 같은 색을 띤 짐승 귀와 꼬리가 살랑살랑 파닥파닥 바쁘기 그지없다.

식겁하여 뱃사공을 살피자 비밀을 털어내어 속이 시원한지, 아니면 괜한 배려를 해 주는 건지 선미에 앉아 작은 술통을 여는 참이라 이쪽을 보고 있지 않다.

여하튼 이 상황을 어떻게든 처리해야 한다. 행상인과 늑대의 이야기는 실화이고, 이 소녀는 그들의 외동딸이다. 평소에는 자유로이 귀와 꼬리를 넣었다 뺐다 하며 사람과 똑같이 꾸미고 있지만, 흥분하거나 놀라면 의지에 상관없이 감췄던 짐승 귀와 꼬리가 튀어나오고 마는 난감한 특징이 있다.

"뮤리, 뮤리…!"

"흐흐, 으흐흐…응?"

아직 눈물도 안 말랐건만 이토록 기쁘게 웃을 수 있다니.

감정이 풍부한 것은 참 좋은 점이다.

그러나 조금만 사려 깊게 행동했으면 한다.

"나왔어요. 나와 있다니까요…!"

목소리를 죽여 가며 속삭이자 그제야 알아차렸나 보다. 고양이가 세수라도 하듯 황급히 제 머리를 사삭 문지른다. 꼬리도 그 무렵엔 사라졌다. 다행히 뱃사공에겐 들키지 않은 것 같다. 안도하며 목의 힘을 풀자 후두부가 배 바닥을 쿵 찧는다.

이내 머리를 들었다.

"뮤리."

"응?"

뮤리가 이쪽을 향해 짓는 저것은 명백히 꾸민 웃음. 나의 노기 띤 음성에 언제부터인가 보이게 된 계집아이의 웃음.

"비켜요."

"…예에."

좁은 배 안에서는 도망칠 수 없다고 생각했는지, 아니면 일단 언질은 받아서인지 평소보다 얌전히 여봐란 듯한 웃음을 거두었다.

"하여간···."

한숨 섞인 말을 중얼거리며 몸을 일으키려 하자 뮤리가 손을 빌려주었다.

그런 후 흩어진 털가죽을 함께 정리하고, 뮤리가 숨어 있던 나무통도 제자리에 두었다.

원래 나무 타르가 들었던 통이었는지 탄내가 코를 찌른다. 뮤리의 몸에서도 화로의 재에 빠졌다가 나온 것만 같은 냄새가 났다. 늑대 피가 흘러 냄새를 잘 맡는 뮤리가 이것을 참고 있었으니 이만저만한 결의가 아니었음이 엿보인다.

무엇보다 이 소녀는 그 로렌스와 호로의 딸이다. 여행에 데려가 주지 않는다고 해서 곰굴에서 훌쩍이며 울고나 있을 턱이 없다.

"자, 이제."

모두 정리한 후 그렇게 물었다.

"에헤헤···. 가출하고 말았네."

기가 죽은 것 같으면서도 죽지 않은 뮤리가 왈가닥 말괄량이답게 목을 움츠리며 대답했다.

이제 와서 배를 되돌릴 수는 없었다. 험한 산중을 흘러 내려가는 강은 양옆이 깎아지른 절벽이거나 그나마 낫다 싶은 곳도 바위 밭이다. 접안을 해냈다 해도 거기에 제대로 된 길이 나 있을 리는 물론 없다. 영주가 설치한 하상 세관에는 나그네들이 쓰는 길이 이어져 있기도 하지만, 곳에 따라서는 뇨히라 마을과는 반대편으로 향하기도 한다. 게다가 이 일대는 아직 한겨울이라 눈이 수북하고 날씨도 변덕스럽다. 여자아이 홀로, 저 가는 다리로 돌파할 수 있을 턱이 없다. 도저히 당장 쫓아버릴 수는 없는 노릇이라 뮤리와 마주 앉아 있으려니, 나오는 건 깊은 한숨뿐이었다.

"그보다, 그 옷은 뭡니까?"

오도카니 얌전하게 앉은 뮤리의 얼굴이 곧바로 확 밝아졌다.

"예쁘지? 헬렌 언니가 만들어 줬어. 요즘 남쪽에선 이렇게 입는대."

뮤리는 온천장에 드나드는 인기 무희의 이름을 꺼내며 그런 소리를 했다. 지금 뮤리는 토끼털로 만든 케이프를 걸치고, 어깨를 살짝 부풀린 장식 달린 셔츠를 입고, 곰 가죽인지 뭔지로 된 코르셋을 했다. 내가 알고 있는 지식이 확실하다면 몇 십 년도 더 전의 궁정귀족이 입었던 형태에 가깝다.

하지만 가장 머리가 지끈거린 것은 그 아래였다.

"헬렌 언니처럼 살집이 있진 않아서 아쉽지만… 에헤헤, 어때?"

삼베 천을 통 모양으로 꿴 것을 늘씬한 다리에 착 달라붙게 입었다. 그 천 위로 겹쳐 입은 바지는 대담하게 싹뚝 자른 짤막한 바지로, 불문곡직 다리를 드러내는 것에 특화되어 있다. 투박한 여행용 신발마저 실용적 이유에서가 아니라 다리의 날씬함을 상조할 목적으로 신은 것 같다.

"저기, 무엇부터 말을 해야 할지 모르겠지만, 아무튼 어린 여자아이가 그렇게 다리를 드러내는 것은 옳지 않아요."

"안 드러냈어. 이거 발끝까지 다 덮여 있는데?"

늘씬한 다리를 감싼, 자수가 놓인 천을 잡아당기며 뮤리가 그렇게 주장한다. 그 모습이 묘하게 선정적이라 얼결에 목을 가다듬고 만다.

"살만 보이지 않으면 되는 게 아닙니다."

양 갈래로 땋은 머리에 삼베치마와 앞치마를 입은 소박한 마을 사람의 차림새와는 거리가 멀다.

"무엇보다, 여행에 걸맞은 차림이 아닙니다. 춥잖아요?"

"괜찮아. 헬렌 언니랑 다른 사람들이 그러는데, 멋은 참을 줄 아는 게 중요하대!"

활짝 웃으며 그런 소리를 하지만, 새삼 살펴보니 입술은 약간 푸르스름하고 새끼사슴 같은 다리를 덜덜 떨고 있다.

땅이 꺼져라 한숨을 쉬며 모피 더미로 손을 뻗어 뮤리의 무릎 위에 척척 쌓는다.

"겨울잠 자는 개구리를 파내서 온천탕에 던지고, 함정을 파서 토끼랑 다람쥐를 몽땅 잡아 버리는 짓을 이제는 안 하게 되었구나, 하여 안심했는데….”

마을의 사내 녀석들 사이에 있어도 단연코 씩씩했던 뮤리가 어느 날 여자아이다워졌다며 마음을 놓은 것도 잠시, 이번엔 이쪽 방향으로 골치를 앓게 되었다.

온천은 손님을 즐겁게 하는 것이 일인 곳이기에 아무튼 화려하고 떠들썩하다. 찾아오는 손님들도 도가 지나친 사람들 천지이니, 거기에 대고 금욕이다 청빈이다를 논한들 아무 설득력이 없다.

아버지인 로렌스도 일단 야단을 치기는 해도, 약간 순순한 모습을 보이면 더는 세게 말하지 않는다는 것을 뮤리도 간파했기에 억지력으로는 어딘지 불안하다. 더욱이 요즘에는 아버지가 좋아한다면서… 슬퍼하는 연기까지 익히는 바람에 그야말로 속수무책인 상태였다.

반면, 어머니인 호로는 화를 냈다 하면 무섭기가 로렌스는 비할 바가 아니라는 것을 알기에 뮤리도 호로의 안색은 살폈다. 하지만 수백 년을 살아온 호로는 원래부터 사소한 일에 신경 쓰는 성격이 아니고, 되려 뮤리를 통해 화려한 의복의 정보를 얻고 있을 정도이니.

결국엔 내가 정신 똑바로 차리는 수밖에 없다.

“여자답게 복장에 신경 쓰라고 한 건 오라버니잖아?”

털가죽 더미 속에서 뮤리가 뿌루퉁하게 말했다.

"너무 극단적이잖아요. 허리만 대충 가리고 산에 들어가는 야만족 같은 차림을 하고 있었으니까. 매사에 중용이 중요합니다. 알았나요?"

"…예에."

재미없다는 투로 대답하고는 모피 더미 위에 벌렁 드러눕는다.

"에헤헤, 아무튼 좋아. 마침내 그 좁은 마을에서 나왔으니까."

뮤리는 양팔을 활짝 벌리고, 맑게 갠 푸른 하늘을 올려다보며 그런 말을 했다.

찬물 끼얹는 소리만 하고 싶지는 않으나, 누군가는 그 역할을 해야 한다.

"스베르넬에 도착하면 사람과 말을 붙여 줄 테니, 거기에서 돌아가는 겁니다."

스베르넬에는 온천장 물품 구입 등의 관계로 아는 사람이 꽤 있다. 믿을 만한 이들도 많으니 뮤리를 맡겨도 안심이다.

다만, 뮤리가 버럭 화를 낼 줄 알고 각오했는데, 떼쓰는 기색이 전혀 없다.

"뮤리?"

재차 이름을 부르자, 하늘을 보고 있던 뮤리가 느릿느릿 눈을 감고는 한숨을 쉬었다.

"예에."

퍽 순순한 것이 되레 꺼림칙하다. 그저 단순히 마을 밖으로 잠시 나와 보고 싶었을 뿐인가? 하지만 고작 그런 이유로 코가 비뚤어질 것처럼 냄새나는 통 속에서 숨을 죽이고 있을 결심을 하게 되나? 게다가 출발하는 날짜가 다가오자 일주일 내내 끈질기게 매달리며 떼를 써 놓고?

의심스럽게 기색을 살피자 뮤리가 모피 더미 속에서 하품을 한다.

"후아~ …아함. 날 밝기 전부터 준비를 했더니 졸려…."

내가 아무리 걱정을 한들 눈곱만큼도 전해지지 않고 있다. 자유분방한 뮤리에게는 다 귀찮기만 한가 보다. 뻔뻔함도 이만저만이 아닌 데다 자야지, 하면 금세 잠들 수 있는 저 특기. 모피사이로 이미 쌔근쌔근 숨소리가 나고 있다.

어이가 없어 한숨을 쉬고 뮤리 위에 모피를 더 덮어 준 뒤, 무거울 듯한 머리 위 모피는 치워 준다. 얌전히 잠든 얼굴은 기특하고 귀엽다 싶은데, 그런 만큼 쓸데없는 마음고생이 끊이지 않는다.

따듯하게 잘 수 있게 한바탕 모피를 덮어 주고 나자, 뱃사공이 재주도 좋게 기다란 노 끝에 나무잔의 손잡이를 걸어 내민다. 새콤달콤한 냄새로 보아 까치밥나무열매로 담근 과실주다.

"날 밝기 전에 마을 합숙소에서 잠깐 눈을 붙이고 있는데 찾아와서 말이오."

뮤리 이야기라는 것은 이내 알았다. 뮤리의 계획에 가담한 이 뱃사공을 비난할 뜻은 물론 없다.

"배에 태워 달라고, 안 그러면 죽겠다며 난리를 치는 거요. 달빛 때문이었는지 모르겠지만, 어둠 속에서도 빛나는 금빛 눈을 보고, 저건 진심이다 했지."

단맛보다는 신맛이 강한 술을 홀짝이면서 경직된 웃음을 짓고 만다. 저도 데려가 달라고 조르는 뮤리의 박력이 어느 정도인지는 요 일주일간 내내 맛보았다.

"뭐, 방랑여행이니, 사연 있는 도피행이니, 이 일을 하다 보면 종종 만나곤 하지. 도와줘도 될지 말지도 나름 판단이 서고."

"그래서 그러마 하셨습니까?"

"그야 뭐, 길 떠날 일행이 지극히 착실해 보이는 청년이었으니까. 하지만 예상보다 더 완고한 것 같아 화를 내면 어떡하나 불안했었지."

그러면서 웃는 뱃사공의 말에는 한숨만 푹. 달큼한 술을 입에 머금고 어깨를 늘어뜨렸다.

아무튼 뮤리는 스베르넬에 도착하면 돌려보낸다. 무슨 꿍꿍이인지 모르겠으나 단호한 태도로 그렇게 해야 한다. 뮤리는 자유분방하고 제멋대로에다 손님이 부추기면 금세 무희들과 하나가 되어 이쪽이 기겁할 차림으로 춤을 추어 대는 아이지만, 어떤 면에서는 늘 냉정하다. 자랄수록 어머니인 호로를 가슴 뜨끔할 만큼 쏙 빼게 되었는데, 정말 닮은 것은 외모가 아니다. 야단법석 떠는 와중에도 언뜻 보이는, 현랑이라 불리며 받들어진 모친과 마찬가지로 운명을 간파하는 듯한 이지적인 눈빛이 똑같다.

"그나저나 오누이였다니. 나는 딱, 사랑하는 사이이겠거니 했는데 그건 틀렸구면."

"피를 나눈 오누이는 아닙니다. 그간 신세 진 온천장 주인의 외동딸입니다. 첫울음도 들었고, 기저귀도 수없이 갈았죠."

뮤리 본인도 불과 얼마 전까지 내가 진짜 오라버니인 줄 알았던 모양이다. 호로와 로렌스가 나를 단순한 고용인이 아닌 가족으로 얼마나 잘 대해 주었으면. 마냥 고마울 따름이다.

"뭐, 저만큼 활달한 아이와 함께면 긴 여행도 지루하지 않겠지."

뮤리는 얼른 마을로 돌려보낼 생각이지만, 적어도 그때까지는 조용하고 단조로운 여행은 되지 않을 것이 쉽사리 상상된다.

"활달한 것이야 좋지만, 매사 적당했으면 하는 거죠."

"그것도 중요하지. 강물의 흐름처럼."

뱃사공이 웃으며 잔을 가볍게 치켜들기에 덩달아 치켜들면서 가는 도중 모쪼록 무사하기를 신께 기도드렸다.

세관을 몇 개인가 지나면서 그때마다 배를 정박해 짐을 조사받고 세금을 치렀다.

낮잠에서 깨어난 뮤리는 눈에 들어오는 모든 것이 신기한지 흥미진진하게 주위를 둘러보며 의외로 조용했다.

해가 주황빛으로 변할 무렵에는 주변 경치도 꽤 달라졌다. 아직 산중인 것은 여전했으나 눈이 줄고, 자갈 많은 강변이 늘어나고 이따금 강을 따라 길이 눈에 띈다.

흐름도 상당히 완만해진 강을 크게 우회해 언덕을 돌자, 눈앞에 나타난 것은 지금까지와는 달리 큼직하고 왁자지껄한 세관이었다.

"와아! 굉장해!"

드넓은 강변에는 수많은 짐들이 늘어서 있다. 강을 타고 실려온 듯한데, 모두 이곳에서 더 내려가 다음 세관으로 가는 물품들이리라. 선창 어귀에는 갑옷을 입은 병사가 창을 든 채 야간 순찰을 위한 화톳불을 준비하고 있다. 선창에도 오늘 운항은 끝났다며 배를 고정하는 사람, 이미 배 위에서 술판을 벌이고 있는 사람들도 있다.

"이 강에서 두 번째로 큰, 하빌리시 경의 세관이지."

뱃사공이 선창에 배를 대자, 아는 사이인지 다른 뱃사공들이 인사를 건넨다.

"두 번째? 이런데도 두 번째?"

강변 저편에는 여인숙이 두 채쯤 보이고, 처마 밑에 의자와 긴 탁자를 내놓고 야간 장사를 시작하려는 참이다. 좁은 시벽(市壁) 안이 아니기에 몹시 느긋해 보였다.

옷음소리, 누군가가 꺼낸 악기의 음색에 뮤리는 들썩들썩 가슴 설레는 기색이다.

"제일 큰 것은 이 강을 두 밤쯤 더 내려간 곳에 있지. 세관 옆에 있는 것도 저런 오두막이 아니야. 근사한 종루가 있는 석조 요새가 맞은편 강변의, 그 또한 높다란 석탑과 거대한 사슬로 연결돼 있지. 머리 위로 이어진 사슬 밑을 지날 때에는 마치 지옥의 심판을 받는 것처럼 가슴이 두근거린다니까."

"사슬?"

뮤리가 어리둥절해 한다.

"사슬로 이어져 있으면 배가 어떻게 지나가?"

수수께끼를 즐기듯 뱃사공이 웃자, 난감해진 뮤리가 내게 도움을 요청한다.

"그게 목적인 거예요."

"그렇지. 거기에서부터 바다까지는 단숨에 나갈 수 있으니까. 먼 바다에서 오는 해적들이 내륙으로 들어오지 못하게끔, 여차하는 순간에는 사슬을 늘어뜨려 방어를 하는 거지. 해적 놈들에게 경고가 되기도 하고. 이 도시를 공격하기만 해 봐라, 이 사슬에 묶어 노예로 삼아 수마, 라고."

지금 바로 머리 위에 사슬이 있는 것처럼 뮤리의 눈이 커졌다.

"해…적…? 해적?! 해적이라니, 그 해적?!"

산꼭대기에 올라가도 시야엔 온통 산뿐인 뇨히라에서 태어나 자란 뮤리에게는 인연이 먼 단어였을 터.

흥분으로 눈이 휘둥그레져서 내 팔을 아프리만큼 꽉 잡았다.

"굉장해! 오라버니, 해적이래! 해적?! 그거를? 사슬로?!"

배 위에서 호들갑을 떠는 뮤리를 주위 사람들이 기이한 시선으로 쳐다본다. 그러다가 산중에서 갓 나온 소녀인 것을 알자, 당장에라도 해적으로 변신할 것만 같은 뱃사공들이 손녀를 예뻐하는 노인처럼 하나같이 온화한 웃음을 지었다.

"멋지다, 너무 멋져! 오라버니도 바다까지 가? 갈 거지?"

"안 갑니다."

그러나 나는 한층 싸늘하게 대꾸했다. 여기서 더 흥분했다가는 귀와 꼬리가 나올 수도 있다.

무엇보다, 바깥세상에 지나친 흥미를 갖게 되면 뇨히라로 돌려보내기 힘들어진다.

"그리고 해적이 내륙까지 오는 일은 좀처럼 없고, 나도 들어본 적이 없어요."

"그야 뭐. 단순한 위협… 내지는, 여기는 해적이 노릴 만큼 중요한 지역이라는 허세인 거지. 혹시 강을 타고 내려왔다가, 또는 바다에서 올라왔다가 머리 위에 거대한 사슬이 매여 있으면 누구라도 겁 좀 나지 않겠어?"

50

뮤리는 그런 설명에 연신 고개를 크게 끄덕이며 감탄의 한숨을 쉬었다.

"바깥세상은 아주 복잡하구나."

오오, 신이시여, 라는 말이라도 따라붙을 듯이 진지한 말투에 피식 웃을 뻔했다.

하지만 방심해서는 안 된다. 최대한 싸늘하게 대해 기분을 죽여야 한다.

"갑니다, 뮤리. 오늘은 여기에서 묵을 거예요."

"아, 으, 응!"

강물이 흘러가는 것을 신묘한 얼굴로 바라보고 있던 뮤리가 정신을 차리더니 황급히 자신이 숨어 있던 나무통 안에서 짐을 꺼낸다. 안에 무엇이 들었는지 모르겠으나, 나름대로 여행 준비를 한 모양이다.

"덕분에 잘 왔습니다."

"별 말씀을."

뱃사공과는 여기에서 헤어진다고 생각했는지 뮤리가 이쪽이 들고 있는 것과 똑같은 보따리를 다부지게 어깨에 고쳐 메고는 웃으면서 손을 흔들었다.

"사공 아저씨, 고맙습니다!"

"또 보자꾸나!"

해맑은 웃음에 뱃사공은 배를 조종하기 위한 노를 쳐들고 응답한다. 뮤리는 웃으면서 고개를 끄덕이고는, 자리를 뜨면서 다시금 돌아보고 손을 흔들었다.

그런 모습을 곁눈질하며 끼익끼익 소리가 나는 선창을 걸어, 강변의 돌을 치워서 만든 길에 내려서자, 탄탄한 지면에 안도감이 들었다. 뱃길 여행은 즐거우나 묘하게 긴장이 된다. 뮤리도 혹시 뱃멀미를 하지는 않았을까 싶어 문득 쳐다보자, 곁에서 침울한 표정을 짓고 있다.

"멀미했나요?"

뮤리는 고개를 들고 힘없이 미소 지었다.

"아니―기껏 친해졌는데… 좀 섭섭해서."

몸집이 작고 가녀린 데다 추워 보이는 차림 탓이기도 하겠으나, 애써 웃으려 하며 저렇게 말하니 왠지 애처롭다.

하지만 풀어진 얼굴을 보이면 안 된다. 마음을 다잡고 말했다.

"온천장에서도 헤어짐이야 당연했잖아요?"

"그렇지만… 손님하고는 다르잖아."

"뱃사공의 눈에는 뮤리도 그런 손님 중 하나입니다."

"……."

나란히 걷는 뮤리가 이쪽을 올려다보며 조금 상처 입은 표정을 지었다.

"그렇구나…."

여행은 만남과 헤어짐의 연속이다. 즐거운 일만 있는 게 아니다.

그걸 알면 얌전히 뇨히라로 돌아갈지 모른다.

생각은 그랬지만, 기운이 쭉 빠진 뮤리의 모습을 보자 아무래도 마음이 아프다.

"그 뱃사공은 저 강을 늘 오르락내리락합니다. 마을 강나루에 가면 언제든 만날 수 있어요."

뮤리가 고개를 들고 이쪽을 본다.

눈이 마주치자 안도하듯 웃었다.

"고마워, 오라버니."

하마터면 뮤리의 웃음에 끌려들 뻔했다.

그런 후 강변 여인숙으로 가서 방을 하나 잡았다. 사실은 여럿이 뒤섞여 자는 제일 싼 방에 묵을 생각이었으나, 뮤리가 있으니 어쩔 수 없다. 여기에서 쓴 만큼 앞으로 절약하면 된다.

영차, 짐을 내려놓고 나무창을 열어 밖을 내다보고 있던 뮤리가 얼굴이 환해져서 돌아본다.

"오라버니! 밖에서 고기를 굽고 있어!"

뇨히라에서 자란 뮤리는 그렇지 않아도 잔치를 좋아한다. 맛있는 먹을거리는 더 좋아하고, 거기에 술까지 마시면 감당이 안 될 것이다.

뮤리에게 소맷자락을 잡혀 밖을 내다보니 돌로 에워싼 화로로 초기롭게 돼지를 통구이하는 중이었다.

"응? 응? 돼지 통구이야. 굉장하네, 오늘 축제날인가?"

활기 면에서는 뇨히라도 못지않으나 산중에 자리한 지역이라 물자 유통에 한계가 있다. 사슴이나 토끼야 산더미처럼 잡혀도 돼지는 잡히지 않기에 고급스러운 수입품 같은 인상이다. 그런 돼지를 통구이하는 것이야 더 보기 힘든 일이고.

반색하는 뮤리는 아랑곳없이—자, 그럼 이제 어떻게 하면 오늘 밤 식사를 육포와 볶은 콩만으로 끝낼지 고심하고 있다가 문득 시선을 느꼈다. 술을 주거니 받거니 하는 나그네와 상인들 사이에서 혼자 오도카니 앉은 이가 이쪽을 슬쩍 올려다보며 손을 쳐들었다.

"저기, 오라버니. 조금만이라도 되니까, 응?"

하고 조르는 뮤리에게 염낭에서 동화 몇 푼을 꺼내 쥐어 주었다.

"가서 두 사람 몫을 사 와요. 얼마 안 되지만 돼지 통구이 고기도 살 수 있을 테니까."

"어… 아, 응."

이 지역에서 쓰이는 디프 동화라 불리는 화폐를 손에 쥐고 뮤리는 조금 당혹스러워했다.

"오라, 버니는? 안 가?"

"기도와 성전 암송 일과가 있으니까요. 아니면, 같이 할까요?"

뮤리는 이내 얼굴을 찌푸리고는 붙잡히면 큰일이라는 듯이 빙 둘러 문 쪽으로 간다.

"그럼 갔다 올게!"

"술은 안 됩니다."

"어어~……."

"안 돼요."

뮤리는 대답하지 않고 뿌루퉁해져 방에서 나갔다.

하여간, 하고 한숨을 쉬고 잠시 기다렸다가 밖을 내다보자 돼지 통구이 앞으로 쪼르르 달려간 뮤리가 이쪽을 확 돌아보더니 손을 흔든다. 인파 속에서도 바로 눈에 띄는 것은 무희가 전수한 신기한 옷차림을 하고 있어서―가 아니다. 뮤리는 실제로 사람들 속에서도 눈에 띈다. 마치 그 모습을 따라 오려낸 것처럼, 그곳만 희미하게 빛나고 있는 것처럼 보였다.

아니면, 친여동생처럼 귀여워해 오다가 눈에 콩깍지가 씐 것인가.

쓴웃음을 짓고 있는데 문 두드리는 소리가 났다.

"들어오십시오."

웃음기를 거두고 나무창을 닫는다.

문을 열자, 그 앞에는 조금 전 광장에서 이쪽을 올려다보고 있던 나그네가 서 있었다.

아담하다 말할 수도 있겠으나 그리 작은 키는 아니다. 체격이

떡 벌어진 것은 아니나 그렇다고 마르지도 않았다. 인상을 딱 꼬집어 형용하기 힘든 것은 밀정 비슷한 일도 종종 하기 때문일 수도 있다.

후드를 뒤집어쓰고 있으면 젊은 청년으로도 보이지만, 실제로는 주름이 지기 시작한 차분한 남자다.

"놀랐습니다. 이런 곳에서 뵐 줄은."

의자를 권하자 고개를 젓는다.

"오래 있지는 않겠습니다. 일부러 자리까지 비우게 해서 죄송합니다."

"아아…. 아까 그 아이는 뇨히라에서 억지로 따라왔죠. 짐 속에 숨어서. 그것도 나무 타르가 담겨 있던, 설마하니 이런 데 숨었을까 싶을 만큼 냄새가 지독한 통 속에요."

"예에?"

남자는 놀라다가 어깨를 들썩이며 웃었다.

"그 통은 진짜 냄새가 지독한데요. 저도 몇 번 숨은 적이 있습니다만."

역시나 보기엔 저래도 거친 일을 많이 하는가 보다. 남자는 데바우 상회라 불리는, 북방 일대에 세력을 펼치고 있는 강력한 대상회의 연락책이다. 데바우 상회는 교황과 분쟁 중인 윈필 왕국 측에 가담해 있다. 곤경에 처한 왕국을 도와 영업상 특권을 끌어내겠다는 노림수이리라.

그런 까닭에 나 같은 왕국 협력자와 윈필 왕국 간의 연락을 담당하고 있다.

"웃을 일이 아닙니다…. 그런데 여기엔 웬일이신지요? 스베르넬에서 만나기로 하지 않았던가요?"

"그랬습니다만, 레노스행이 무산되어 그 점을 전하려고 여기에서 기다리고 있었습니다. 대신 아티프로 가 주셨으면 합니다."

"아티프로?"

아까 낮에 탄 배의 뱃사공이 말한, 해적을 막기 위해 거대한 사슬을 친 세관이 있다는 도시의 이름이다.

"레노스에서 상당히 멀군요…. 무슨 일 있었습니까?"

뇨히라에서 흘러나온 강은 남쪽으로 조금 내려가다가 진로를 바꾸어 서쪽으로 향한다. 강은 산맥 틈새를 구불구불 요리조리 빠져나간 뒤에 도란 평원이라 불리는 들판을 지나 바다로 흐른다. 레노스는 거기에서 더 서쪽으로 나간, 산을 몇 개나 넘은 곳에 있는 도시다.

"레노스 주교좌의 대주교와는 교섭이 일찍이 결렬되었거든요."

"어…."

"하이랜드 님께서 직접 나서고 싶어 하셨습니다만, 북방과 남방을 잇는 중요한 지역이라 라포크 백작님께서 대신 교섭에 임하기로."

내가 어릴 적에 레노스라는 도시에는 아직 교회가 없었는데,

지금은 북방 일대 신앙의 큰 중심지라 할 정도로 규모가 커졌다. 다른 교회의 주교를 임명하는 특권을 쥔 주교좌가 설치되고 대주교가 권한을 휘두른 지 어언 10년이다.

하지만 기분이 석연치 않은 것은 중요한 레노스의 교섭이 잘 풀리지 않아서가 아니다.

"하이랜드 님께서 꽤 아쉬워하셨겠습니다."

그 인물이 마음에 걸렸다.

"웬걸요. 그분의 장점은 포기란 없다는 것이죠."

하이랜드는 고위 신분으로 윈필 왕국 왕족의 혈통이지만 연락책인 남자는 친구 이야기라도 하듯 말했다. 원래 같으면 불경한 짓이겠으나, 남자의 심정도 이해는 간다. 하이랜드는 묘하게 젠체하지 않는 올곧은 성품의 소유자라 금세 친구 같은 기분이 든다.

내가 윈필 왕국을 돕기로 결심한 것도, 논리적인 이유도 있지만 뇨히라로 온천욕을 온 하이랜드에게 직접 설득된 면이 크다.

"그럼, 아티프에서 다음 교섭을? 하지만 레노스 다음이 아티프라니…."

"레노스의 교섭에 실패해 위축된 느낌인가요?"

남자의 지적에 순순히 고개를 끄덕인다.

"아티프 교회는 주교좌가 있긴 해도 신참 중의 신참이지요. 약소 주교좌이지만 요 몇 년간은 도시 전체가 교역으로 큰돈을 벌었으니 점점 더 성장할 것으로 보입니다. 그곳이 설득되면 북해의 삼분의 일은 확보하는 거죠."

북해의 구석구석까지 장악하고 있는 데바우 상회가 하는 말이니 거짓은 아니리라.

그리고 아티프가 어느 사이에 그렇게 커졌는지 모르고 있었다. 뇨히라 산중에 있으면 아무래도 세상 돌아가는 이야기에 둔해지는가 보다.

"아직 어느 왕권에도 속하지 않은 자치도시이니 손잡아서 나쁠 것 없지요. 아티프가 설득에 응하면 다른 자치도시도 함께할 겁니다. 그리고 아티프에서는 최신 배로 해로를 타면 윈필 왕국까지 이틀밖에 걸리지 않아요. 지도상으로는 먼 것 같아도 사실은 중요한 도시입니다."

지리는 꽤 안다고 자부했지만 세상은 크게 변하고 있다. 내 기억은 과거의 것이라 보는 게 나을 듯했다.

"아무튼 하이랜드 님과 윈필 왕국은 잘되셔야 합니다. 그래야 뒤에 탄 우리도 좀 벌 테니까요."

상인다운 남자의 말에 씁쓰레 웃었지만, 사실이기도 하다.

"콜 님도 미래의 왕가를 받드는 사제 자리를 노리고 계시지요?"

"그건."

변명을 하려다가 우물대고 만다. 나온 것은 자신의 욕심을 인징하는 겸연쩍은 웃음이었다.

"입신출세에 관심이 없다, 고는 못 하겠습니다. 하지만 교황님의 횡포라 할 수밖에 없는 정책과, 신의 가르침이 자의적으로 이용되는 현 상황은 역시 용납이 안 됩니다. 무엇보다, 하이랜드님의 확고한 신앙심에 감동했습니다. 그런 분이 세상을 다스려주셨으면 합니다. 그리고 제 힘이 올바른 신앙에 도움이 된다면 더없이 기쁠 일입니다. 게다가…."

"게다가?"

"십일조가 강화되면 뇨히라가 구입할 수 있는 다양한 물품의 가격도 오르겠죠? 반대로 그게 폐지되면 뇨히라 온천장의 수입을 지킬 수가 있습니다."

남자는 다소 놀란 표정을 짓다가 이마를 딱 치고 웃었다.

"콜 님은 수도원에 틀어박혀 있던 학승들과는 다르시군요. 실로 든든합니다. 오른손에는 저울, 왼손에는 성전이로군요."

"이도 저도 아닐 수도 있지요."

"그야 차차 증명하면 될 일이고."

그리고 그 결과 각자가 원하는 이익을 손에 넣는다. 나도 그 행렬에 가담한 사람 중 하나이기는 해도 하이랜드에게 순수하게 협력하는 마음이 없지 않다. 설령 보상이 없다 하더라도, 라고 장담할 수도 있다.

고급 손님들만 쓰는 동굴 안의 조용한 탕에 몸을 담근 채 교리문답을 구하던 하이랜드를 상대했을 때를 지금도 또렷이 기억할 수 있다. 하이랜드의 신앙과 정열은 진짜였고, 자신의 나라가 교황의 욕망으로 위기에 처한 것을 진심으로 가슴 아파했다. 자고로 고위급 인사 곁에 선 성직자는 그들의 친구이기도 하다. 내가 공부해 온 것들이 훌륭한 인물의 버팀목이 된다면 참으로 자랑스러운 일이다.

"또한, 하이랜드 님의 원대한 계획도 기대됩니다."

남자가 히죽 웃으며 말했다.

"'우리 신의 말씀'을 만든다니, 나이를 이만큼 먹었어도 가슴 설레는 대사업입니다. 콜 님께도 기대가 큽니다."

"몸 둘 바를 모르겠습니다."

겸손이 아닌 진심이었으나 남자는 껄껄 웃었다.

"어쨌든 두 분의 체류는 우리 데바우 상회 상관에서 편의를 봐드리겠습니다. 도구류도 바로 갖춰질 겁니다."

"잘 부탁드리겠습니다."

"그럼, 저도 다음 장소로 가야 하니 여기서 이만. 급히 배에 타면 아직은 다음 도시로 갈 수 있을 테니까요. 하이랜드 님도 해로로 이미 아티프에 도착하셨을 겁니다. 그럼 신의 가호가 함께하시길."

남자는 나직이 웃고는 방을 나섰다.

쾅, 하고 닫힌 문 앞에서 한숨을 푹 쉬었다. 무심결에 긴장했었나 보다.

나는 수많은 협력자 중 하나에 지나지 않는다는 것은 알고 있고, 이것은 신앙을 둘러싼 진지한 문제라는 것 또한 안다. 그럼에도 어쩔 수 없이 가슴속이 뜨거워지는 느낌을 받는다. 본래 임무를 잊은 교황과 그에 맞서는 윈필 왕국.

거대한 무언가에 저항하는 흥분과 모험을 향한 동경심이 내 안에도 있었을 줄이야.

우선은 아티프에서 하이랜드 님을 보좌한다…고 하기는 주제넘고, 일조나마 할 수 있기를 바라고 결의를 새로이 다진, 그때.

"아~ 오라버니~!"

문 너머에서 들려온 뮤리의 늘어진 음성에 엄숙한 분위기가 깨졌다.

"문 좀, 열어~"

쿵, 쿵, 하는 것은 문을 걷어차는 소리이리라.

한숨을 쉬며 문을 열었다.

"문을 걷어차지 말라고 몇 번을 말했나요?"

"아앗, 잠깐 좀, 비켜!"

뮤리는 잔소리엔 아랑곳도 없이 나를 밀치고 방 안으로 미끄러져 들어와, 한 아름 안고 있던 것을 간신히 떨어뜨리지 않고 침대 위에 내려놓았다.

"손이, 손이 뜨거워! 데었나…."

그러면서 후~ 후~ 손을 식히는데, 보는 이쪽도 어이가 없다.

"뮤리? 왜 이렇게 많이?"

손에 쥐여 준 것은 디프 동화라고 불리는, 이 근방에서는 최소 단위의 화폐였다. 두세 닢으로는 끽해야 한 끼 식사거리나 살 수 있을까 말까. 돼지고기 몇 점과 마르고 오래된 빵이나 사 오면 다행일 터.

하지만 뮤리가 품에 안고 들어온 것은 커다란 잎에 싸인 이런 저런 음식과 뮤리의 허벅지 두께만한 훌륭한 빵 세 개. 아무리 생각해도 불가능한 양이다. 설상가상 작은 술통까지.

"술은 안 된다고 했죠?"

무시로 일관하기도 지쳤는지 뮤리가 새치름한 표정으로 대꾸한다.

"산 거 아니야."

"산 게 아니라니?"

"받은 거야."

"받았다니 — 설마, 이걸 전부?"

그러자 뮤리가 바로 의기양양하게 웃는다.

"돼지가 구워지는 것을 기다리고 있는데 춤을 추지 않겠느냐고 하잖아? 악기에 맞춰서 춤을 췄더니 다들 굉장히 좋아했어!"

양 뺨에 손을 얹고 기쁜 듯이 몸을 비틀며 한 바퀴 휙 돌자, 귀와 꼬리가 튀어나온나. 떠들썩한 것을 좋아하는 아이라 뇨히라 온천장에서는 무희와 함께 곧잘 춤을 췄다.

그런 모습에 한숨을 짓고 이마에 손을 얹는다. 그러다가, 콧노래를 흥얼대며 복슬복슬한 꼬리를 흔들면서 춤추는 뮤리의 머리를 손으로 꾹 눌렀다.

"뮤리, 앞으로 그런 짓은 삼가도록."

"흐엉?"

손바닥 밑에서 눈이 동그래져서 이쪽을 올려다본다.

이윽고 뭔가 깨달았는지 말문을 열었다.

"아…. 저기, 신발을 신은 채 테이블 위에 올라가는 건, 그게 저기, 나도 그러면 안 된다고, 생각은 했지만…."

귀가 추욱, 꼬리도 맥없이 흔들린다.

그런 짓을 했단 말인가. 현기증이 난다.

"그래도 저기, 다른 무희가 없는지는 잘 확인했거든? 일을 방해하면 안 된다는 건 안단 말이야."

그 정도는 가릴 줄 안다는 투로 가슴을 펴며 뮤리가 주장한다.

뇨히라에서는 무희들 사이에 끼면 명랑함과 천진난만함에서 뮤리가 제일 빛났다.

하지만 그렇게 하면 손님은 노련한 무희에게 놀음값을 던져 주고 약간의 미소라도 얻기보다는 고기나 빵을 주면 맛있게 먹는 천진한 뮤리만 상대하려고 한다. 그것은 엄연한 구역 침해라서 무희와 몇 차례 다투기도 했다. 뮤리는 그 이야기를 하고 있는 것이리라. 뮤리의 머리에서 손을 뗀 뒤 주먹을 쥐고 톡 친다.

"그런 얘기가 아니에요."

"······?"

뮤리는 보란 듯이 머리를 손으로 누르고는 불복하는 기색이다.

옛날에는 순순히 말도 잘 들었는데, 하고 피로감에 시달리며 나무창을 열고 밖을 내다보았다.

"여기는 뇨히라가 아니에요. 여자아이가 취객 앞에서 춤을 추는 건 매우 위험해요."

돼지 통구이는 뼈만 남았고, 거나하게 취한 손님들은 팔씨름에 흥을 내고 있었다.

이 세관에 모이는 것은 모피, 목재 등을 매매하는 상인, 짐꾼, 그리고 뱃사공들이라 용병만큼은 아니어도 퍽 거칠다.

"위험해?"

그러나 뮤리는 의아해 하며 되묻는다.

"멋진 춤에 마음을 빼앗겨서 꽃을 들고 무릎 꿇는 남자들만 있는 게 아니라는 얘기예요."

안 그래도 뮤리는 무방비하게 보이는데.

"아아, 그런 얘기? 괜찮아."

그러더니 침대 위에 던진 음식물로 손을 뻗는다. 곱게 싼 큼지막한 잎 꾸러미에서 나온 것은 기름이 뚝뚝 떨어지는, 참으로 먹음직스러운 돼지고기였다.

"헬렌 언니한테 여러 가지로 배웠어. 그리고 여자의 가치는 걸어찬 남자의 수로 정해진다고 어머니도 말씀하셨거든?"

손가락으로 돼지고기를 집어 먹더니 손에 묻은 기름을 핥으며 그런 소리를 한다.

뇨히라에는 젊은 귀족 자제가 함께 오기도 하는데, 산에서 사냥을 하다가 지치면 그들은 달리 할 일이 거의 없다. 농담인지 진담인지 뮤리에서 말을 거는 이도 많았다.

남자가 말을 걸어오는 것이야 당연한 일. 그러니, 그러다가는 시집 못 간다고 나무라 봐야 귓등으로도 안 듣는다.

"하여간…."

안 그래도 이 나이 때의 여자아이는 무서울 게 없는가 보던데.

십 년, 이십 년은 괜히 더 늙은 것 같은 느낌에 시달리며 말했다.

"모두가 다 말귀를 알아듣는 좋은 사람들만 있는 건 아니에요."

두 점째 고기를 먹으며 뮤리는 슬슬 또 시작이라는 듯 싫증 난 표정이다.

"일 생기고 난 뒤엔 늦어요. 알아들어요, 뮤리? 뮤리는 아직 어리고 세상일도 몰라요. 조신하라는 건 놀리려는 게 아니라, 그게 뮤리를 지키는 방법이 되기 때문이에요."

주절주절 떠드는 앞에서 뮤리는 침대 위에 고기 꾸러미를 내려놓고 빵을 갈라 고기를 끼워 넣고 있다.

엉거주춤한 자세로 작업을 하느라 이쪽으로 향한 작은 엉덩이에서 회색의 복슬복슬한 꼬리가 살랑거린다. 괜찮아, 괜찮다니까, 하고 대꾸하듯.

"듣고 있어요?"

"듣고 있어요— 자, 이거, 오라버니 것."

뮤리가 웃으면서 내민 것은 역시 뮤리의 허벅지만한 큼지막한 빵이었다. 거기에 고기를 듬뿍 끼우고 치즈도 잔뜩 넣었다.

"…이렇게 많이는 못 먹어요."

"어—? 그러니까 오라버니는 비실비실한 거야."

"비, 비실…."

사냥꾼이나 용병까지는 아니어도 나름대로 근육이 붙어 있다고 여겨 왔기에 약간 상처 입었다.

그런데 뮤리가 새로이 집어 든 빵은 내게 건넨 것보다 더 커서, 보기만 해도 배가 부르다.

"잘 먹겠습니다—아."

뮤리가 입을 쩍억 벌려 빵을 덥석 문다. 가느다란 저 몸 어디로 저게 다 들어가는지. 희희낙락 귀와 꼬리를 파닥댄다.

"참 나…."

오늘 몇 번째인지 모를 한숨을 쉰다. 먹는 것에 열중한 뮤리를 쳐다보다가 나도 빵을 물었다. 이 세상에는 즐거운 일만 있고, 아름다운 경지만 있고, 웃음과 행복으로 차 있다고 굳게 믿고 있는 듯한 모습에 일종의 부러움을 느끼지 않는 것은 아니다.

그리고 뮤리가 저런 천진함을 잃고 남을 의심하는 눈으로 보게
되는, 그런 일은 바라지 않는다. 이대로 올곧게, 아무것도 상
처받지 않고 자라 주면 더 바랄 것이 없다.

그러려면 가능한 바깥세상은 모른 채 뇨히라에서 조용히 살았
으면 했다.

"뇨히라로 돌아가는 것 말인데요."

그 이야기를 꺼내자 빵을 덥석덥석 먹고 있던 뮤리가 동작을
뚝 멈추고는 '뭔 소리…?' 하는 투로 고개를 갸웃했다.

"시치미 떼지 말아요."

설마하니 동행을 허락받은 줄 알고 있을 만큼 뮤리는 바보가
아니다.

아니나 다를까, 지적을 당하자 뿌루퉁하게 표정을 바꾸고 빵을
물어뜯었다. 순순한 태도는 배 위 한정이었나 보다.

"싫어. 안 갈 거야."

"안 됩니다."

딱 잘라 말하자, 뮤리의 꼬리가 뭉실뭉실 부풀어 오른다.

"스베르넬까지 가서, 거기에서 믿을 만한 사람에게 부탁해 돌
려보낼 생각이었는데, 예정이 바뀌었어요. 내일 파발로 뇨히라
에 편지를 보내서 누가 좀 데리러 오게 합시다."

이맘때는 뇨히라에 아직 투숙객이 많아 몹시 바쁘다. 그 점을
고려하면 직접 데려다주고 싶지만, 뮤리를 데리고 눈 쌓인 산길

을 기신기신 걸어가면 이틀에서 사흘은 걸린다.

하지만 현 상황에서 직접적인 고용주라 할 하이랜드가 이미 아티프에 도착해 있을지 모르니 일각이라도 빨리 가야 한다.

"그리고 지금쯤 로렌스 씨와 호로 씨가 뇨히라에서 걱정하고 있을 거예요."

로렌스는 반쯤 정신이 나갔을 것이다. 어쩌면 현랑이라 불리고, 그 참모습은 인간을 한입에 꿀꺽할 만큼 거대한 늑대이자 뮤리의 어머니인 호로가 어둠을 타고 데리러 올지도 모른다.

오히려 그렇게 되면 뮤리는 어머니에게만은 절대 복종하니 도움이 될 텐데.

그렇게 생각한 직후였다.

"걱정 같은 거 안 해."

뮤리는 토라진 듯이 말했다. 부모의 간섭을 귀찮게 생각하는 것은 저 나이 때 특유의 것이겠지. 대놓고 가르친들 반발만 살 테고. 자, 어찌 설명해야 한다? 하며 성전 속의 교훈을 머릿속으로 더듬고 있자, 뮤리가 빵을 입에 물어서 양손을 비우더니 품속에서 꾸물꾸물 무언가를 빼냈다.

"애아 어어이 우으 어이어 아우아 우 이으 이 어아아?!"

"어? 뭡니까?"

하고 묻는 것과 뮤리가 품에서 꺼낸 물건이 무엇인지 깨달은 것은 거의 동시였다.

"어, 아… 그건!"

뮤리는 토라진 게 아니었다. 어이없어 한 것이다.

뮤리가 손에 든 것은 끈으로 연결한 자그마한 주머니일 뿐이다. 언뜻 보기에는 별 특이점이 없으나, 내 입을 다물게 하기에는 차고도 넘치는 물건이다.

"에아…. 움, 우움. 내가, 어머니 눈을 속이고 가출할 수 있을리 없잖아?"

주머니는 뮤리의 어머니인 호로의 것이었다. 손바닥에 쏙 들어갈 만큼 작고, 호로는 저것을 늘 목에 걸고 있었다. 주머니에 담긴 것은 몇 알의 보리. 호로는 보리에 깃들어 풍작을 관장한다고 일컬어지는 존재이기에.

"어머니한테 오라버니 이야기를 의논했더니 보리를 조금 나눠서 이 주머니에 담아 줬어. 오라버니를 잘 부탁한다고 하셨다고. 이게 있으면 여차하는 순간에는 오라버니를 지킬 수 있다면서."

그 말에 천지가 뒤집힌 것만 같았다.

내가 뮤리를, 이 아니라 뮤리가 나를?

혼란스러워하고 있자 뮤리가 이쪽을 똑바로 응시한다.

"대체 아까 그 얘기는 뭐야?"

오싹한 눈빛이었다.

"아까?"

복수를 하려는 것은 아니지만 최대한 시치미를 떼며 되묻자 뮤

70

리의 꼬리털이 곤두섰다.

"방에서 모르는 사람과 만났잖아!"

"엿들었군요…."

"왔는데 이야기를 하고 있기에 그냥 밖에 있었을 뿐이야!"

말은 저렇지만 짐승 귀를 쫑긋 세우고 있었을 터.

"그보다! 오라버니는 역시 먼 나라에서 성직자가 되려는 거잖
아! 거짓말쟁이!"

늑대의 피를 이어서인지 사람보다 조금 더 눈에 띄는 송곳니를
드러내며 뮤리는 목을 그르렁댔다. 꼬리털도 오래 쓴 솔처럼 곤
두서 있다.

온천장 주인인 로렌스와 호로에게는 여행 목적을 전해 두었
다. 하지만 뮤리에게는 설명해도 이해하지 못할 테고 일이 복잡
해질 것 같아, 조금 먼 곳으로 일을 도우러 갔다가 올 것이라는
정도로만 말했던 것이다.

"오라버니는 그 금발에게 속고 있는 거라고!"

하이랜드의 머리는 왕가의 피를 잇기에 걸맞게 눈에 띄는 참으
로 훌륭한 금발이다.

뮤리는 왠지 그것을 몹시 적대시한다. 재에 은가루가 섞인 듯
신비한 배합의 머리카락에 애착을 품고 있기에 더 그러는 것인
지.

"속고 있기는요. 하이랜드 님이 하시려는 일은 아주 중요한 일

이에요."

"아니, 속고 있어. 오라버니는 착해 빠져서 금방 남의 말에 꿀 꺼덕 넘어간다고!"

착해 빠졌다는 부분은 칭찬하는 말로 받아 둔다.

"왜 속고 있다고 생각하죠?"

그러면서 뮤리가 만들어 준 빵을 먹는다. 불덩이 같은 뮤리에 게는 곧이곧대로 부딪쳐 봐야 끈기 면에서 이쪽이 지고 만다. 설득도 마찬가지다. 일단은 실컷 떠들다가 스스로 지쳐 말이 뒤엉 킨 순간 굴복시키는 수밖에 없다.

지난 일주일간의 공방도 그렇게 해서 버렸다.

그리고 뮤리도 이쪽의 그런 전략을 어렴풋이 짐작했는지, 이쪽 을 노려보며 손에 든 빵을 우적우적 먹는 모양새가 마치 체력을 비축하려는 것처럼 보였다.

"아우, 하구, …우움. 속고 있는 거 맞아. 생각해 봐. 이상하잖 아? 그 금발은 왕국의 높은 사람이라며? 그런 사람이 왜 오라버 니를 의지해?"

나는 타고나길 내성적인 성격이라는 자각도 있고 겸손함을 자 랑으로 여기고 있기도 하다. 그런 관점에서는 뮤리의 지적을 감 수해야 할 테지만, 양보 못 할 부분도 당연히 있다.

"나는 이래 봬도 뇨히라에 오는 학자, 고위 성직자 손님들에게 서 높은 평가를 받고 있어요. 뮤리가 생각하는 것보다 나는…."

자화자찬은 영 쑥스러우나, 말하는 수밖에 없다.

"나도, 나름대로 괜찮은 사람입니다."

"헛!"

그러자 뮤리가 샛눈으로 이쪽을 보며 코웃음을 친다. 오라버니, 오라버니, 하며 천진하게 꼬리치며 따르던 여동생의 눈이 아니다.

저것은 술에 취해 큰소리를 치는 손님을 보는 듯한, 남자에게는 몹시 엄한 무희와 같은 눈이다.

"오라버니, 나도 알 만큼 알거든? 성직자는 일단 높은 사람이잖아. 높은 사람은 위엄이 있고, 훌륭한 사람이잖아. 오라버니 같은 사람하고는 달라."

한 번도 산중 마을에서 벗어난 적이 없는, 어린애 말투 그대로다.

"후우…. 잘 들어요, 뮤리. 성전에 이런 이야기가 있어요. 신의 말씀을 받은 예언자가 생가가 있는 마을로 돌아왔을 때의 일입니다. 예언자의 친척이 예언자에게 이렇게 말합니다. 너는 신의 말씀을 받았노라 떠들고 다니는 모양이다만, 그런 허풍은 집어치워라. 네가 평범한 아이라는 것은 옛날부터 알고 있다. 그러자 예언자는 제자들에게 이렇게 말합니다. 물건을 들어 눈에 바짝 갖다 대고 보거라. 가까이 대면 댈수록 그 올바른 모양새가 보이지 않게 된다."

그러고 보면 성전은 참으로 함축적이다. 그런 생각을 곰곰이 하고 있을 때였다.

"가까이에서 봤으니까 알 수 있는 일도 있잖아?"

"…예를 들면 무엇이?"

한숨 섞어 되묻는다.

뮤리의 눈이 싸늘하게 빛났다.

"헬렌 언니 같은 무희 언니들한테 놀림을 받으면 오라버니는 금세 얼굴이 빨개져서 어쩔 줄 몰라 하잖아."

"엇."

뜻밖의 방향에서 얼음 단검이 날아들었다.

"그거, 옆에서 보면 진짜 한심스럽거든? 오라버니는 성전을 자세히 아나 본데, 성전에는 여자랑 사귀는 방법은 안 쓰여 있어?"

가슴에 꽂은 단검을 빙글빙글 돌린다.

이쪽은 숨도 쉴 수가 없는데, 뮤리는 빵을 마저 물어뜯고는 어이없다는 투로 씹는다.

"할아버지 손님들은 그런 점에서 여자를 어떻게 대해야 하는지 잘 알고, 치근덕대는 것도 알면서 그런다는 느낌이 들어서 차라리 좀 근사해 보여. 높은 사람은 그래야 하는 거 아냐?"

신학에 관해서라면 박학다식한 이들도 뇨히라의 온천장에서 지내는 사이에는 반쯤 헐벗은 무희에게 잘 보이려 기를 쓰는 늙은이에 지나지 않는다. 그뿐 아니라, 대놓고 지적하지는 못해도 독신을 관철해야 할 그들에게 대체 얼마나 많은 조카들이 있는지 알 수 없다.

그러니 금욕을 고수해 온 나는 그들보다 훨씬 더 높은 경지에 도달할 수 있으리라는 생각을 은근히 했었다. 그런데 뮤리의 평가는 정반대였나 보다.

"어머니도 아버지한테 자주 그렇게 말해."

그러고는 으음 목을 가다듬고 어머니인 호로의 말투를 흉내 냈다.

"당신은 세상을 다 이해한 줄 아나 본데, 여자를 알지 못하고는 세상의 반밖에는 못 본 거야. 왜냐하면, 이 세상에는 남자와 여자밖에 없으니까! 라고."

가슴이 너무 아파 현기증까지 일어나려는 참에 뮤리가 최후의 일격을 날렸다.

"그런데 오라버니는 나 말고는 여자랑 손을 잡아 본 적도 없잖아?"

그 정도는… 하며 반박하려다가 제일 먼저 떠오른 게 뮤리의 어머니인 호로였다. 그리고 호로는 뮤리뿐 아니라 내게도 어머니와 같은 존재. 호로와 손을 잡은 적이 있다고 반박했다가는 뮤리가 박장대소를 터뜨리기는커녕 불안한 얼굴로 이쪽을 염려하게 될지도 모른다.

하지만 아무런 대꾸도 안 하고 끝날 수는 없었다. 내가 하고자 하는 일은 이 조그만 여자아이의 이해를 넘어선 일이라며 자신을 추슬렀다.

"서, 설령 그렇다 하더라도 나는 하이랜드 님, 또는 윈필 왕국의 주장이 옳다고 생각하기에 그 뜻을 돕기 위해 이 여행을 결심한 거예요. 이성에게 둔한 것은 오히려 바라는 바죠. 금욕의 맹세는 신앙심을 드높여 주니까!"

이런 궁지는 이해를 바라지도 않는다며 세게 나갔다. 실제로 금욕의 맹세는 웃음거리가 되고 있고, 지키는 성직자도 거의 없다.

하지만 그래도 상관없다. 자신의 믿음도 지키지 못하고 어찌 앞으로 나아갈 수 있겠는가?

"그러니까."

하고 말하려는 순간, 뮤리가 재빨리 빵의 나머지를 입속에 욱여넣고는 손가락을 핥으며 끼어들었다.

"그러니까 내가 오라버니 곁에 없으면 안 된다는 거야."

"뭐…?"

"어머니도 걱정하셨어. 오라버니는 엄청 반듯해 보이지만 좌우간 여자들한테는 무른 것 같으니까 이상한 거에 걸릴지도 모른다고. 볼일을 마치고 뇨히라로 돌아올 때 의기양양하게 이상한 여자를 데리고 오면 쳐다도 보지 않을 거라고."

"……"

76

"어머니는 행여 아버지가 누군가의 꼬임을 받을까 봐 걱정이 돼서 뇨히라에서 못 움직여. 그러니까 나더러 곁에 있으면서 잘 지켜보랬어."

뮤리는 씨익 웃으며 그렇게 말했다

그 웃음이 몹시도 싸늘해서 대체 뭐지 했는데, 모친인 호로를 쏙 뺐다. 상인으로서는 일류에, 십 년 전에는 북방 일대를 확 바꿀 대소동에서 활약을 펼친 로렌스를 아이 취급하며 즐기는 현랑 호로가 곧잘 저런 웃음을 보였다.

뮤리의 꼬리가 파닥파닥 움직인다. 주춤거리는 먹잇감을 앞에 둔 늑대처럼.

꿀꺽, 하고 숨을 죽이고 있자 뮤리가 스윽 하고 가까이 다가왔다.

"그리고 나도 오라버니가 걱정돼서 그래. 진짜라니까?"

머리 하나만큼 키 차이가 나기에, 나란히 서면 뮤리는 내 가슴 정도밖에 오지 않는다.

그 위치에서 윗눈질.

머릿속에서 조합하려는 말들이 와르르 무너져 내릴 만큼 마력(魔力)이 있었으나, 어떻게든 현실에 머물 수 있었다. 뮤리의 입가에, 바보스럽게도 빵과 치즈 조각이 붙어 있는 덕분에.

"…먼저 입이나 닦아요."

"어? 앗."

황급히 소매로 입을 문지른 후 이쪽을 힐끗 쳐다보는 즈음에는, 장난치다 들킨 것을 얼버무리려는 듯한 그런 가짜 웃음.

"이상한 쪽으로만 성장해서는…."

고개를 툭 떨구자 뮤리가 까치발을 하여 이쪽의 머리를 쓰다듬었다.

"옳지, 옳지. 오라버니를 잘 부탁한다고 어머니도 말씀하셨어. 나한테 맡겨."

"……."

나이는 절반. 첫울음을 들었고, 기저귀도 수없이 갈았다. 겨울밤 동상이 걱정된다며 한 이불 속으로 파고 들어오더니 한밤중에 오줌 싸고 우는 것을 달래 가며 뒤처리를 한 적도 부지기수다.

그런 뮤리가 어느 사이엔가 이렇게 자라 있었다.

하기야, 어머니인 호로가 여자의 무기를 쓰는 데에는 초일류이니, 피는 못 속이는 건가.

로렌스와 함께 깊은 대화를 나누고 싶었다.

"그럼, 나도 여행에 동행하기로 하는 거다?"

그럼은 무슨 그럼이냐고 대꾸하고 싶었으나, 호로를 한편으로 끌어들인 시점에서 당해 낼 도리가 없다.

그리고 뮤리도 어디서 치고 빠져야 하는지 안다.

"물론 오라버니의 방해가 되진 않을 거야. 신에 관해서는 나는 까맣게 모르니까."

그건 그것대로 문제지만, 고대 정령의 피를 이은 뮤리이니 정말로 있을지 어떨지도 확실치 않은 신을 경시할 권리는 있을지도 모르겠다.

"그래도 둔한 오라버니가 깜빡 놓치고 못 보는 진실은 딱 지적해 줄게."

대체 무슨 자신감이냐며 확인하고 싶기도 하지만, 저런 게 바로 숲의 지배자인 늑대의 피를 잇는 자일 테지.

"아, 그리고 있잖아, 오라버니."

"…또 뭐요?"

몹시 지친 듯이 대꾸하자, 우물쭈물하며 한 곳을 가만히 가리킨다.

"그 빵, 안 먹을 거야?"

뮤리가 가리킨, 내가 먹다 만 빵을 보고 한숨을 짓는다.

"자요."

뮤리에게 내밀자, 커다란 빵을 먹은 지 얼마나 됐다고 기쁜 듯이 입에 덥석 문다. 저런 모습을 보고 있자니 체념한 듯한 웃음이 나려 한다.

하지만 웃는 쪽이 지는 거다.

"애 으애?"

왜 그래? 하며 입안 가득 빵을 문 채 묻는 뮤리의 머리를 쓰다듬고는 의자를 가리켰다.

"앉아서 먹어요."

뮤리가 얌전히 시키는 대로 털썩 앉는다.

이럴 때만 순순하니, 참 약았다. 모르는 게 없다.

"신이시여, 제게 힘을 주소서…."

나의 영원한 반려의 이름을 부르며 한숨을 내쉬었다.

O│틀날은 날이 밝기 전에 잠에서 깼다. 달이 떠 있으면 아직 휘황하게 빛나고 있을 때이고, 산중의 공기가 가장 냉한 시간이기도 하다.

주변에서는 콜은 아침에 일찍 일어나는 것도 힘들어하지 않는 일꾼이라고들 했지만, 역시 졸리긴 하다. 그냥 허세를 부린 것뿐이지. 자, 오늘도 온천장 일을 해치워 볼까 하며 머릿속으로 순서를 재확인하다가 불현듯 이상하다는 생각이 들었다.

바깥에서 사람들의 음성, 자갈을 밟는 소리가 난다.

게다가 낯선 천장과 느낌이 다른 침대.

"…아아."

여행길에 나섰지, 하고 떠올린다.

그리고 일어나려다가 이불 속에 한 사람이 더 있는 것을 알았다. 자고 있을 때만큼은 얌전한 뮤리다. 옆 침대에 재웠는데 한밤중에 멋대로 들어온 모양이다.

이불 속이 더울 정도인 것은 뮤리의 높은 체온과 복슬복슬한 꼬리털 덕이다.

어젯밤에는 이런저런 말다툼을 하긴 했지만, 뮤리가 여행하고 싶어 하는 것은 그냥 마을이 따분해서 그런 것이리라. 그리고 뜻밖에도 걱정을 사는 입장이었으나, 걱정을 하는 자체는 진심이다. 그런 뮤리의 은빛 머리카락은 물에 젖은 것도 기름을 바른 것도 아니건만 신비하게 촉촉하다. 그러면서도 만져 보면 손가락 사이를 사라라락 빠져나간다. 호로에게는 훌륭한 꼬리털이 자랑거리인데, 뮤리는 아버지에게 물려받은 이런 색깔의 머리카락이 무척 자랑스러운 모양이었다.

짐승 귀가 나와 있는 머리를 쓰다듬어 주자 귀가 살짝 움직였다. 그러면서도 깨어날 기색은 전혀 없다. 아마 어깨를 흔들어도 일어나지 않을 것이다. 나직이 웃고는 모포 밖으로 나왔다.

나무창을 열자 바깥은 숨도 얼어붙을 듯이 추웠지만, 바람은 없고 눈도 오지 않은 것 같다.

어젯밤 늦게까지 떠들썩했던 광장, 그 너머 강변에는 사람들이 이미 돌아다니고 있다. 강 유역 도시의 아침 장에 시간을 맞추려 길을 나서는 사람들이리라.

나무창을 닫고 상의와 성전을 챙겨 든 뒤 1층으로 내려간다. 뒤편 우물은 이미 얼음이 깨져 있기에 통으로 물을 떠서 얼굴을 씻고, 나뭇가지 끝을 으스러뜨린 것으로 이를 닦은 후 일과로 삼고 있는 성전 암송을 시작했다. 도중에 다른 손님 몇 명도 세수를 하러 왔다가는 때는 이때다 싶게 내가 암송을 하고 있는 앞에서 멋대로 고개를 숙이고는 여행길의 가호로 삼는다. 때마침 비가 오니 통에 물을 받아 두자는 식인데, 상인들의 저런 꾸밈없는 실리주의가 싫지는 않다.

문제는 평소보다 오래 암송을 했는데도 여전히 날이 밝지 않았고, 이후에 할 일도 없다는 것이었다. 심심해서 좀 곤란했다.

84

시간을 그냥 흘려보내기도 아깝기에 결국 강변으로 가서 짐을 싣고 내리는 일을 거들다가 하늘이 희끄무레해질 무렵 방으로 돌아왔다.

"오라버니는 일중독이야…."

흔들고 두드려도 좀처럼 눈을 뜨려 들지 않는 뮤리를 간신히 일으키고, 칭얼거림에 나는 이미 이만큼 일을 했노라고 잔소리를 하자 그렇게 대꾸했다.

몸은 일어났건만 하도 졸려서 눈이 뜨이지 않는가 보다. 화로 대신 꼬리를 꼭 끌어안고 늘어지게 하품한다.

"나랑 여행을 한다는 건 이런 건데, 포기할래요?"

그 말에는 귀가 쫑긋하더니 눈을 번쩍 뜬다.

"치, 치사하게!"

"치사하기는 뭐가요. 자, 귀와 꼬리는 집어넣고, 가서 세수하고 와요. 빨리 준비 안 하면 두고 갈 거니까."

"아우!"

뮤리는 뺨과 꼬리를 부풀리고는 보따리 속에서 수건이니 뭐니를 줄줄이 꺼냈다. 가만 보니 빗이 둘, 솔이 셋이나 된다. 저렇게 많은 것을 대체 어디에다 쓰는 건지 짐작도 되지 않는다. 신학적 의문보다도 쉽지 않은 난제에 고심하고 있자, 뮤리가 방에서 나서면서 묘한 소리를 했다.

"그럼, 잠깐 탕에 가서 머리 좀 감고 올게."

뮤리를 돌아본 순간에는 이미 문은 닫혔다.

그러더니 얼마 안 돼 후다닥 돌아온다.

"오, 오라버니, 타, 탕은?"

"탕?"

"우, 우물밖에 없고, 들여다보니까 무, 물에 얼음이 떠서…. 더운물이 없는데 머리를 어떻게 감아?!"

반쯤 우는 뮤리의 말에, 심원한 호소를 듣는 성직자처럼 턱을 쳐든다. 그런 후 깊이 동의하듯 느릿느릿 고개를 끄덕였다.

뇨히라는 뜨끈한 탕이 내다버려질 만큼 얼마든지 솟는다. 뮤리는 그런 곳에서 나서 자랐다. 저택 밖으로 처음 나와 본 귀족 소녀가 자신이 얼마나 가진 것이 많았는지 깨닫게 되는 이야기는 흔하지만, 실제로 목격을 하게 될 줄이야.

살짝 가학적인 즐거움이 들지 않았다 하면 거짓말이다.

"탕 같은 건 없어요. 여기는 뇨히라가 아니니까."

"어, 아…."

"힘들어요? 그럼 여행을—"

"안 그만둬. 안 그만둘 거라고!"

뮤리는 그렇게 말하고는 성큼성큼 큰 걸음으로 복도를 걸어갔다.

적어도 기죽지 않는 것은 뮤리의 장점이었다.

무희인 헬렌에게 배웠다는 머리 손질법은 아침에 일어나면 머리를 감고 빗으로 빗은 후, 말갈기로 만든 털이 긴 솔과 짧은 솔, 그리고 돼지털 솔로 정성들여 빗는 것이라고 한다. 저렇게 빗다가는 오히려 아프지 않을까 하여 신기했는데, 좌우지간 이런 추위 속에서 머리를 감는다는 것 자체가 거의 자해 행위에 가깝다.

　방으로 돌아왔을 때에는 파랗게 질린 입술로 덜덜 떨고 있었다.

　"…하여간."

　외투를 벗어 뮤리에게 입혀 주었다.

　"그리고 밖에서 목욕재계를 하는 사이에 편지가 왔어요."

　허영을 부리느라 얼음물로 머리를 감는 근성에 약간 경의를 담아 목욕재계라 표현했다. 물론 비꼬는 뜻이기도 한데, 뮤리는 원망 어린 눈빛으로 쳐다보기만 했다.

　"펴펴…펴, 편…지에춰! 크훗… 편, 지?"

　"뇨히라에서 배를 섭외해 보낸 모양이에요."

　어젯밤 중으로 이곳에 다다르지는 못하고, 조금 위쪽 상류의 세관에서 밤을 보낸 뒤 아침 일찍 강을 타고 내려왔다고 한다. 상당한 운임을 치렀는지, 가져온 뱃사공은 무슨 귀족의 중요한 밀서인 줄 착각하고 있었다.

　"로렌스 씨… 그리고 호로 씨에게서."

　편지를 열어 내용을 들여다봤다가 쓴웃음을 짓고 말았다. 너무 커서 헐렁한 외투 속에 옹송그리고 있던 뮤리가 새끼고양이처럼 고개를 갸웃한다. 편지를 건네자 뮤리도 뭐라 형용할 수 없는 웃음을 짓는다. 가르치느라 상당히 고생을 했으나, 그 결과 뮤리도 어느 정도 글을 읽고 쓸 줄 안다.

편지에는 몹시 당황한 것이 엿보이게 오자투성이로 로렌스가 뮤리의 안부를 묻고, 한시라도 빨리 데리러 가겠다고 쓰여 있었으나, 그 위로 무자비하게 거대한 X자가 그어져 있다.

그리고 여백에 독특한 글씨체로 이렇게 쓰여 있었다.

"오, 오라버니를 잘, 부탁한, 다⋯앗취!"

"뮤리를 잘 부탁한다. 겠지요."

한숨을 섞어 가며 대꾸하자 코를 훌쩍인 뮤리가 이를 딱딱 부딪치며 편지를 도로 내민다.

"데리러 오거나 뜯어말려 주기를 조금 기대했었는데요."

남편인 로렌스의 의견은 호로에게 단박에 걷어차였다. 이 집안은 여자가 센 일족이 되리라.

"사랑하는 자식은 여행을 시⋯잇취!"

뮤리를 슬쩍 보자, 코를 훌쩍인 후 송곳니가 보일 만큼 씨익 웃는다.

"어리석은 자식을 잘못 읽은 거겠죠."

뮤리는 반론을 펴려다가 또 커다랗게 재채기를 터뜨렸다.

그 후로 로렌스와 호로에게 편지를 쓰면서 어젯밤 먹다 남은 것으로 아침 식사를 마쳤다. 답장은 여인숙 주인장에게 맡기고 준비를 마친 뒤 강변으로 갔다. 화톳불이 있기에 아직 젖어 있는 뮤리의 머리를 거기에서 말리게 했다. 오가는 뱃사공이며 사람들이 보더니 우물에 빠졌느냐며 웃었다.

아티프까지 내려가는 배를 교섭하자, 가는 도중의 도시에 납품할 장작이며 닭을 실은 배가 승낙해 주었다. 틈새에 여행객을 태워 용돈벌이를 하는 것이라 쾌적한 탑승감과는 거리가 멀다.

그래도 해가 뜨면 몸은 따스할 테고, 곁에는 바지런히 깃털 손질을 하는 작은 새처럼 머리를 빗질하던 뮤리가 지겨운 듯이 졸고 있기에 한가로웠다.

온천장에서는 지금쯤 이런 일을 하고 이러이러한 일을 할 때겠구나 하며 그 자리에 있는 것처럼 상상한다. 십 년 이상 반복해 온 일상에서 벗어난다는 것은 이런 것인가 보다. 뮤리에게는 달래려는 뜻도 겸해 온천장으로 돌아갈 것이라 구두약속을 하기는 했지만, 돌아가지 않을 가능성이 훨씬 높다. 로렌스도 호로도 그 점을 이해하고 보내 주었다. 좋은 사람들을 만나서 고맙기 그지없다.

이러저러하고 있는 사이에도 배는 강을 따라 내려간다. 흐름이 완만해지고 강폭이 차츰 넓어진다. 뜻밖에 둘이 된 여행길은 별 탈 없이 둘째 날이 가고, 셋째 날도 마찬가지다.

참고로 뮤리는 셋째 날 아침에도 머리를 감으려 했는데, 약간

학습이 되어 여인숙 취사장에서 물을 끓이면 된다 생각했나 보다. 하지만 그러려면 장작과 숯에 값을 치러야 한다는 것을 알고는 얼이 빠졌다. 뜨거운 물을 위해 돈을 내다니, 그런 발상 자체를 아예 못 했으리라.

결국엔 얼음 뜬 우물물로 또다시 머리를 감았지만, 이번에는 감는 방법을 연구했는지 조금 떠는 정도에 그쳤다. 다음에는 어떻게 할지 조금 기대가 된다.

이윽고 강변에는 돌이 줄고 초지가 많아졌다. 멀리 어렴풋이 산이 보이기는 해도, 그 앞까지는 완만하게 평원이 이어져 있다. 도란 평원에 들어선 모양이다. 보고 있으면 졸음이 오는 경치였는데, 산에서 자란 뮤리는 신기해 죽겠는지, 열심히 경치를 쳐다보고 있다가 강가의 길을 가는 나그네들에게 손을 흔든다.

그리고 그 완만한 경치 너머로 마침내 야트막한 언덕 위에 세워진 아티프 시, 그리고 유명한 아티프 세관이 보이기 시작했다.

"…읏…읏…읏!"

배 위에서 갑자기 일어서려는 뮤리를 끌어 앉히는 데에도 갖은 고생을 하면서, 귀와 꼬리가 나올까 봐 조마조마했다. 흥분하여 비명 아닌 비명을 지르며 뮤리가 아프리만큼 손을 꽉 잡는 통에, 그것을 살며시 풀어내기도 큰일이었다.

"오라버니! 도시! 엄청나! 강! 진짜로! 사슴!"

흥분한 나머지 말도 잊었나.

뱃사공이 말한 그대로의 것이 상상한 것보다 더한 박력으로 드리워져 있는 모습은 과연 놀라웠다. 금고를 묶을 만한 정도의 사슬이 아니라, 고리 하나하나가 뮤리의 팔뚝을 꿸 수 있을 만큼 거대하다. 그런 것이 좌악 연결되어 머리 위에 늘어져 있다.

"사, 사공 아저씨! 저거 진짜 안 떨어져요?"

얼마간 침착함을 되찾은 뮤리의 질문에, 처진 어깨에 콧수염이 난 뱃사공이 웃음기도 없이 말했다.

"일 년에 한 번은 떨어져서 배가 휘말려 가라앉지. 올해는 아직 안 떨어졌으니 이제 슬슬 위험하겠어. 당신들, 헤엄은 칠 줄 아나?"

뮤리가 식겁한 얼굴로 내게 매달리며 사슬을 올려다본다.

"금세 믿으니 놀리지 마십시오."

"엇."

뮤리가 놀라자 뱃사공이 웃었다.

"사슬의 고리 부분에 철새가 만들었던 둥지의 흔적이 많이 남아 있죠?"

손가락으로 가리키자, 마침 사슬이 머리 바로 위에 와 있어서 뮤리가 입을 딱 벌리고 올려다본다.

"해마다 가라앉아서 강물에 씻겼다면 상태가 저러지 못해요."

"사슬은 안 떨어지지만 새똥은 종종 떨어지니까 위를 쳐다보며 입을 벌리면 위험해."

뱃사공의 충고에 뮤리가 당황하여 입을 다문다.

그런 후 우리를 태운 배는 수많은 다른 배를 따라 선창으로 향했다. 배가 너무 많아서 차례를 기다리게끔 되어 있다. 모든 배가 이곳에서 짐을 내리고, 그 대신 말린 청어와 소금에 절인 청어를 산더미처럼 싣고 돌아간다고 한다. 마침내 선창에 다다르자, 뮤리는 그곳에 쌓인 생선을 보더니 이번에는 질린 표정을 지었다.

"생선과 함께가 아니어서 좋았어. 이제 소금에 절인 생선이라면 보기도 싫어."

청어는 얼마든지 잡히기 때문에 값싼 식재료다. 동절기에는 해안에서 산중까지 모든 가정의 식탁에 연신 올라가 사람들의 비명을 부른다. 매년 겨울이면 신세를 지는 생선은 이곳에서 뭍으로 올라온 것일 수도 있겠다.

"뭐, 냄새가 이미 엄청나지만…."

늑대의 피가 반쯤 흘러 냄새를 잘 맡으니 괴로운가 보다. 보통 사람인 내게도 항구 곳곳에 쌓여 있는 통에서 감도는 생선 비린내가 또렷이 난다.

그렇기는 해도 맛있겠다는 정도밖엔 느낌이 없는데.

"오늘 밤은 생선 소금구이로 할까요? 소금절임과는 딴판으로 맛있거든요."

"에이~… 고기가 좋은데…."

여행길의 식사에 관해서는 불만이 뚝뚝 떨어지는 뮤리였으나, 선창에서 인파를 헤치며 항구로 내려서자 별안간 조용해졌다.

"왜 그래요?"

돌아보자 하늘을 우러른 채 입을 쩍 벌리고 있다. 시선 앞에는 바닷새가 빼곡히 앉은 석조 요새가 있다. 이 도시는 뮤리가 난생처음 보는, 뇨히라 밖의 도시다.

"뮤리, 여기에 우뚝 서 있으면 방해가 돼요."

손을 잡아끌자 그제야 걸음을 떼더니, 이내 다른 무언가에 시선을 빼앗겼다.

"오라버니, 저기 좀 봐. 저 사람, 개를 엄청나게 데리고 있어!"

가리킨 방향에는 나무통을 운반하는 인부의 뒤를 개의 무리가 줄줄이 따르고 있다.

"저 사람은 개치기야?"

"개치기?"

"세상에는 양치기, 산양치기 같은 사람이 있잖아?"

확실히 그런 논리라면 어딘가에는 개치기도 있을지 모르겠다.

"개치기에 관해서는 모르겠지만, 저 나무통 안에는 소금에 절인 청어 같은 게 들어 있겠죠. 개들은 흘러나온 소금을 노리는 것일 테고."

"와~"

감탄하는 뮤리의 머리 위로 바닷새가 요란스레 선회하고, 쌓인 나무상자 위에는 고양이가 몸을 웅크리고 있다. 항구의 소란은 뭐든 신기한지 뮤리는 한 걸음 내디딜 때마다 저건 뭐냐 이건 뭐냐 부산하기 짝이 없었다. 그리고 설명을 할 때마다 눈을 반짝반짝 빛내며 이쪽의 말을 열심히 듣는다. 그 모습을 보자, 최근엔 부쩍 건방져졌지만 예전의 순진하고 귀엽던 뮤리가 떠올라 마음이 놓였다.

하지만 일일이 상대를 했다가는 앞으로 도통 나아갈 수가 없다. 시벽 안으로 들어가기 전에 준비해야 할 것도 있다. 우선은 환전소를 찾아 이 도시에서 물건을 사기 위한 돈을 확보해야 한다. 이제 그만 팔을 잡고 앞으로 가려던 그때였다. 뮤리를 잡기 위해 앞을 보지 않고 있던 탓에 누군가에게 부딪히고 말았다.

"아, 미안합니다."

황급히 사과하고 보니, 상대는 두건을 쓴 젊은 아가씨였다. 비교적 키가 크고, 시원스레 걷어붙인 소매 밑으로 늘씬하고 긴 팔이 뻗어 있다. 앞치마를 한 것으로 보아 어느 여관의 아가씨인가보다. 바닷가의 소금기 탓에 색이 빠진 머리카락과 같은 색깔의 밤색 눈이 매우 아름다웠다.

그런 아가씨가 이쪽과 눈이 맞자, 빙그레 미소 짓는다 싶더니 팔을 와락 끌어안는다.

"괜찮아요. 오빠처럼 멋진 사람이면 대환영이에요."

"예?"

"여행 오신 분이죠? 아티프에는 처음이에요? 오늘 밤 숙소는 정했어요? 이런 곳에서 서성이고 있으면 나쁜 여관의 호객꾼한테 끌려가게 돼요."

"어, 예? 저기—"

말이 다다다 쏟아진 탓에 대꾸를 잘 못 하기도 했지만, 팔에 아가씨의 가슴이 딱 닿아 있다. 고기와 생선과 항구의 활기로 훌륭히 성장한 탄력 있는 가슴이.

"우리 여관이라면 깨끗하고 안심이에요. 이제 막 실려 온 포도주에, 벼룩도 빈대도 없는 훌륭한 아마천 덮인 침대도 있고, 여자도 골라잡아 땡. 아유, 손님 같은 사제님도 문제없어요. 여자들은 하나같이 겸허한 신의 어린 양들이라서 신께서도 눈감아 주신다니까요? 뭣하면, 하룻밤만 결혼하고 이튿날엔 이혼해 주면 되고."

"그, 그건… 저기."

돈을 받고 여자를 제공하는 여관이라는 것을 이내 알았다. 성격 거칠기로 유명한 뱃사람들과 무역으로 큰돈을 번 부자들이 모이는 항구이니 그런 여관도 널렸겠지. 아가씨가 한층 팔에 가슴을 밀어붙이며 귓가에 속삭이듯 얼굴을 가까이 댄다. 무슨 향을 발랐는지, 갓 구운 빵 같은 달달한 냄새가 확 피어올랐다. 도무지 호객꾼 아가씨의 얼굴을 제대로 쳐다볼 수가 없었다.

"후후, 새빨개진 게 귀엽네. 오빠는 어디에서 왔어? 배로 남쪽에서 왔나? 숙소에 가서 여행 이야기 좀 해 줘요."

그런 소리를 하더니 팔을 잡아당기며 걸음을 내딛으려 한다. 아니, 저는 사제가 아닙니다, 숙소도 다른 곳에 묵을 예정입니다, 라는 말은 공허하게도 머릿속에서만 메아리친다.

그래도 어떻게든 버티고 있자, 이번에는 반대쪽으로 손이 잡아당겨졌다.

"자아, 오빠. 우리 숙소는 이쪽… 엇, 어어?"

포착한 양(羊)이 걸음을 떼지 않고 있자 아가씨가 의아한지 돌아보았다.

"뭐야, 혹이 붙어 있었어?"

쳐다보니, 아가씨와는 반대편 팔을 껴안은 뮤리가 매서운 눈빛으로 아가씨를 노려보고 있다.

"그런데 너, 못 보던 얼굴이다? 어느 구역 애야?"

아가씨의 표정이 영업용에서 험악한 얼굴로 변한다. 구역, 이라고 하는 것으로 보아 같은 업종인 줄 알았나 보다. 하기야 뮤리의 복장은 성실한 빵집 아가씨와는 거리가 멀다.

"아, 아니요. 이쪽은 제 주인의 딸로, 사정이 있어서 함께 여행을."

일이 복잡해지기 전에 그렇게 말하자, 아가씨는 나와 뮤리를 찬찬히 세 번씩 번갈아 쳐다본 뒤에야 팔을 풀어 주었다.

"오빠, 유황 냄새가 풀풀 나는 것을 보니 뇨히라에서 즐기고 오는 길인가 봐? 그랬구나."

이해했다는 표정으로 고개를 끄덕인다. 완전한 착각이지만, 정정하기도 귀찮다.

"그럼, 숙박은 됐으니까 환전이나 좀 해 줄래요?"

"환전?"

"강을 따라 내려왔으면 자잘한 동화 같은 거 갖고 있을 거 아니에요?"

호객꾼 아가씨가 그런 말을 꺼내서 조금 당황했다.

"거스름돈을 마련하지 못해 애를 먹고 있거든. 수수료만큼의 인사는 물론 할게요. 뺨에 뽀뽀든 무릎베개든…."

하며 또다시 다가서자, 뮤리가 비유가 아니라 진짜 으르렁댔다.

"농담이야. 하지만 조금이라도 좋으니까 바꿔 주지 않을래요? 애를 먹고 있는 건 사실이니까."

대충 이런 식으로 물정 모르는 여행객을 상대로 말을 걸어서 불리한 교환 비율을 밀어붙여 푼돈을 버는 것일 테지.

"죄송합니다. 저희도 지금 환전상에게 가려는 참이었습니다."

그렇게 말하자 아가씨는 매달리지 않았다.

"그래요? 그럼, 시벽 밖에서 환전은 안 하는 게 좋아요. 자리도 안 까는 엉터리들이거든. 엄청난 수수료를 갈취당할 테니까 조심해요. 오빠는 참 성실해 보이니… 뭐, 그래도 쪼그만 감시자가 붙어 있으니까, 뭐."

아가씨는 까르르 웃고 뮤리에게 손을 살래살래 흔들더니 휙 돌아섰다. 이쪽에겐 이제 전혀 관심 없다는 투로 두리번거리다가 지나가는 다른 젊은 남자에게 스스로 부딪친다. 인근 농촌에서 나왔는지 성실하고 착해 보이는 청년이었다.

그 후의 대화는 방금 전과 마찬가지로. 상대가 순진하게 사과를 하자마자 팔에 가슴을 딱 갖다 대고 귓가에 얼굴을 가까이 가져간다. 곁에서 보니 성실해 보이는 청년이 뻣뻣이 굳어 있는 게 여실히 느껴졌다.

그다지 칭찬할 방법은 아니지만, 저 꿋꿋한 영업정신과 재능에는 감복했다.

"어휴, 진짜."

그 순간 싸늘하고도 날카로운 음성이 울렸다.

"거 봐, 오라버니는 역시 내가 없으면 안 되지."

돌아보니, 어이없어 하는 뮤리의 얼굴이 앞에 있다. 시선을 다시금 청년에게로 돌리자 횡설수설하는 핑계 따위는 아랑곳하지 않는 아가씨에게 꽉 붙들려 그대로 끌려가고 있었다. 약한 자는 사냥을 당할 운명에 처한다.

"거기다가 헬렐레해서는."

"혜, 헬렐레는 무슨."

당황해서 대꾸했으나, 뮤리는 경멸하는 눈빛인 채로 흥 코웃음을 쳤다.

"저딴 거, 좀 큰 것뿐이잖아."

"뭐?"

하고 되묻자, 뮤리가 팔에서 몸을 떼고는 대신 손을 잡는다. 조그마한 손이다. 뮤리는 키도, 어깨 폭도, 허리둘레도, 온갖 곳이 작다. 몸을 뗀 것은 팔에 닿은 부분이 비교되는 게 굴욕적이다 싶어서겠지. 물론 지적은 하지 않았고, 눈치 못 챈 척했다.

대신 이렇게 말해 두었다.

"어쨌든 덕분에 살았어요. 고맙다고 인사는 해 둘게요."

뮤리는 못마땅한 투로 이쪽을 물끄러미 올려다보고 있더니 손바닥 뒤집듯 웃음을 지었다.

멍청히 서 있다가는 먹잇감을 노리는 사람에게 또다시 걸려들지 모른다. 얼른 걸음을 옮기자 뮤리가 항구의 경치를 바라보고 한바탕 만족했는지 이런 소리를 했다.

"그런데 오라버니. 오라버니는 여기서 결국 뭘 할 건데? 저런 모퉁이에서 설교 같은 거?"

"그런 거 안 해요. 기본적으로는 하이랜드 님을 도울 거예요."

"뭐라고 했더라? '우리 신···'."

역시 엿들은 모양인데, 새삼 숨길 이유도 없다.

"'우리 신의 말씀.'"

"그게 뭔데?"

"성전의 세속어 번역본을 만드는 계획이에요."

"아아, 그렇구나."

말은 그러면서도 전혀 이해하지 못한 표정이다.

어이가 없어 쳐다보니 이히히 웃는다.

"성전은 교회문자로 쓰여 있어요. 오래전 옛날, 예언자의 말을 기술한 것이 있기는 하지만, 교회가 세상에 널리 퍼지는 바람에 원전을 읽지 못하는 성직자가 대거 출현했지요. 그런 점에서 신께서 사람들에게 내려 주신 것이 교회문자라고 불리는 것입니다."

"흐―응. 옛날이면 어느 정도? 어머니가 어렸을 때쯤보다 더?"

나도 모르게 주위를 돌아보았다가, 설마 진지하게 듣는 사람은 없겠지 싶어 맥이 탁 풀렸다.

"글쎄요? 어쩌면 그 정도일지도 모르죠."

"흐음~"

야릇한 곳에서 감탄을 하는데, 원래 주제는 그게 아니니 헛기침을 하고 본론으로 되돌아간다.

"아무튼, 성전은 그 교회문자로 쓰여 있지만, 교회문자는 평소 쓰이는 문자는 아닙니다. 세속어라 불리는 평소 쓰이는 문자도 읽고 쓸 줄 아는 사람이 많지 않아요."

그 말에 뮤리가 얼굴을 찌푸린다. 때로는 거친 밧줄로 의자에 몸이 묶인 채 억지로 읽고 쓰기를 배워야 했던 것이 떠올랐겠지.

"그런 탓에 성전을 읽을 수 있는 것은 일부 사람뿐입니다. 그래도 교회에 가면 성직자가 성전에 쓰인 가르침을 해설해 주니까 이런 상황이 오래도록 이어져 왔죠. 하지만, 역시 그건 좋지 않은 일이에요. 그러니 교회의 성직자만 성전을 읽고 신의 가르침의 옳고 그름을 일방적으로 설명할 게 아니라, 많은 사람들이 성전을 직접 읽고 무엇이 옳은 것인지 각자 판단하게 하자는, 그런 계획입니다."

"그래서 '우리 신의 말씀'?"

"그래요. 멋진 이름이죠?"

뮤리는 아름다운 눈으로 나를 물끄러미 쳐다보더니 말했다.

"오라버니는 나를 어린아이 취급하는데, 오라버니도 꽤 어린아이 같아."

"뭐요?"

하고 되물어도 짓궂게 웃기만 한다.

아무튼, '우리 신의 말씀' 이야기에는 얼결에 콧구멍이 벌름벌름해질 만큼 모험과 도전의 요소가 가득하다.

"그럼, 오라버니는 책을 만들 거구나?"

"있는 그대로 말하자면."

그러나 성전 번역은 말은 쉬워도 행하기는 쉽지 않으리라. 성전은 모호한 이야기와 비유로 가득하여, 고명한 신학자도 사람에 따라 해석이 다양하다. 게다가 일상에서는 잘 쓰지 않는 특수 단어도 많이 있기에 번역은 보통 방식으로는 안 될 것이다.

또한, 이 계획이 강한 신앙심에서만 추진되는 것은 아니라는 현실도 알고 있다. 이것은 교황과 대립하는 상황이 장기화되고 있는 윈필 왕국이 잘못은 교황 쪽에 있다고 주장하여 상대를 아래에서부터 무너뜨리려는 작전일 뿐이다. 한 손에는 성전을 들고 청빈을 논하는 주교가 뒤로는 거대한 종루를 갖춘 장엄한 성당을 거느리고 있으니, 하는 짓과 말이 다른 것은 누가 보더라도 명백하다. 그러나 성전을 직접 읽을 수가 없기에 사람들은 그 차이를 지적하기 어렵거나 불가능하다.

당연히 교회 측은 이 계획에 맹렬히 반대할 것이 불을 보듯 뻔하다. 성전을 세속어판으로 번역하지 않음으로써 성전을 접할 수 있는 자의 수를 제한하고, 무지한 민중은 무지한 채로 두고 싶을 터. '우리 신의 말씀' 계획은 교회 측에게는 몹시 골치 아픈 문제가 되리라.

한편, 윈필 왕국 측에는 이 계획에 착수하는 절실하고도 실용적인 까닭이 있다. 현재 왕국 내에 있는 교회 전체가 교황의 명령으로 문을 닫아걸었기에 사람들은 탄생의 세례, 혼인 입회, 매장할 때의 기도 등을 스스로의 힘으로 바쳐야만 한다.

이 '우리 신의 말씀' 계획을 생각해 낸 하이랜드는 과연 혜안이라 할 밖에. 데바우 상회가 왕국 편에 서기로 결정한 것은 필시 하이랜드의 총명함 때문이리라.

히지만 그것은 궁시에 몰린 자의 고육지책이라고도 할 수 있다. 성무 정지는 무지막지한 수단이다. 소중한 사람이 임종을 맞이하는 중에 천국으로 갈 수 있게끔 기도를 올려 주기를 원해도 성직자는 그것을 해 주어서는 안 된다. 인생의 중요한 한 장면이 될 행복한 혼인식에 신의 축복을 받을 수 없다. 에초에 혼인 의식은 교회가 관장하는 일이기에 정식 혼인식을 올리는 것조차 불가능하다. 교황은 그런 모든 일을 세금 때문에 엉망으로 만들고 있다. 대체 사람의 일생을 뭐로 보는 거냐고? 신의 사랑은 대가를 바라지 않고, 신의 가르침은 세금을 받기 위한 게 아니란 말이다.

역시 잘못된 것은 교황이라고 생각한다. 거기에는 어떤 올바름도 없다. 그리고 그런 횡포를 인정한다는 것은, 자신들이 세계를 올바르다고 생각하여 그 올바름의 근원인 신 자체의 권위를 의심받게 하는 것이다.

"오라버니."

머릿속으로 빙글빙글 자문자답을 하고 있자, 뮤리가 소매를 잡아당겼다.

"표정이 무서워."

"……. 생각 좀 하느라고. 왜요?"

"항구는 여기에서 끝인데? 목적지가 어디야? 저쪽 언덕 위 시가지?"

항구 주변은 웬만한 도시보다 훨씬 발달해 있고 큰 건물도 많았다. 창고를 겸한 상회, 여관. 저 안쪽에도 건물이 쭉 이어지고,

골목 너머로도 조금 전 호객을 하던 아가씨가 일하고 있을 만한 수상쩍은 가게가 수두룩하리라. 아가씨가 말한 대로 자리도 안 깔고 선 채로 길모퉁이에서 환전을 하고 있는 자들도 있었다. 대장간, 목공 직인의 공방도 있기에 이 항구가 이미 하나의 도시라 할 수 있다.

그러나 항구에서 돌바닥이 이어진 언덕 위에는 여기에서도 그 크기를 알 수 있는 시벽이 보인다. 그 시벽 곳곳에 수많은 발판이 짜여 있는 것으로 보아 지금도 확장 중인 모양이다.

데바우 상회의 상관도, 있다면 저쪽이리라.

"시벽 안으로 들어갑시다."

"만세!"

"만세?"

의아한 얼굴로 쳐다보자 딴청을 부리기는 하나, 뮤리가 무슨 생각을 하고 있는지는 알겠다.

"군것질은 안 할 거예요."

"에이~…. 오라비니가 독니에 물릴 뻔한 것을 구해 줬잖아."

"그, 그건… 알아서 거절할 수 있었어요."

그러면서 헛기침을 하자 뮤리가 건방지게 어깨를 으쓱인다.

"무엇보다, 노잣돈이 무한하게 있는 것도 아니에요."

"내가 술집에서 춤추면 벌 수 있을걸?"

노려보자, 어깨 다음으로 목을 움츠리며 한 걸음 물러선다. 정말로 돈을 벌 수 있을 것 같으니 그게 또 문제다.

"사치는 적입니다."

"절제는 인생을 즐기는 데에 있어 적이라고 생각하는데?"

노려봤지만 이번에는 웃음으로 응수한다.

항구에서 시벽으로 이어지는 길가에는 이미 노점이 빼곡하게 늘어서 있었다.

예언자가 신께 받은 시련의 길에는 걸음마다 악마의 유혹이 있었다고 한다.

신이시여, 저를 구해 주소서.

마음을 다잡고 금욕을 맹세했다.

도시 아티프의 떠들썩함은 뇨히라와는 딴판이다.

다들 큰 소리를 지르며 온 힘을 다해 달려가는 듯한 떠들썩함이었다.

"거기. 비켜요, 비켜!"

"대체 어떤 놈이 이런 데에 나무상자를 쌓아 놨어?!"

"청어요! 청어! 소금에 절이지 않은 생청어요!"

"거기, 여행객이신 형씨! 호신용 단검 하나 어떻소?! 이거 하나면 소도 때려잡을 일품이오!"

바깥세상은 나도 안다고 생각했지만, 이미 10년 이상 오래전

일이라는 것을 실감했다. 하도 시끄러워 현기증이 날 지경이다.

"뮤리, 괜찮아요?"

인파에 치이고, 주위에는 온통 사람들의 엄청난 훈기, 생선 비린내, 길가에서 도살되는 양, 돼지의 피비린내, 그런 것을 기름으로 튀겨 대는 냄새며 숯불 연기로 그득하다.

걱정이 되어 물어보니, 뮤리는 마침 토끼고기 튀김을 다 먹은 참이었다.

"후엥?"

그러면서 닭장을 가득 실은 짐마차를 훌쩍 피하고 빙그르 도는 참에 지나가는 개의 머리를 쓰다듬는다. 순식간에 시가지의 떠들썩함에 익숙해진 모양이다.

"와! 다음은 저거 먹고 싶다."

하며 가리킨 것은 고기를 듬뿍 넣은 파이가 늘어선 가게였다.

"…하구에서 잡힌 장어튀김, 돼지피 소시지, 삶은 소 위장, 그리고?"

"쪼그만 게 튀김은 짭짤한 게 맛있었어. 생청어 소금구이도 상상 이상으로 맛있었고. 청어도 꽤 쓸 만하네?"

뮤리의 애원에 지고 만 자신이 한심스럽다.

"탐식은 일곱 가지 대죄 중 하나입니다. 지금까지 돈이 얼마나 든 줄 알아요? 뇨히라에서 기져온 잔돈노 다 썼고…."

이 시기에는 어디나 잔돈이 부족한지 노점에서 금액이 큰 화폐를 내밀자 노골적으로 얼굴을 찌푸렸다. 호객꾼 아가씨가 환전 이야기를 꺼낸 것도 용돈벌이가 아니라 정말로 애를 먹고 있어서 였나.

"은화로 사면 되지. 잔뜩 사면 거스름 같은 거 필요 없잖아?"

"뮤리!"

야단치자 손가락으로 귓구멍을 막더니 고개를 핵 돌린다.

"아니, 아버지가 전별금을 줬을 텐데 뭘 그리 쩨쩨하게 굴어? 탐식이 죄라면 그럼 인색은?"

"윽."

평소 이쪽의 설교를 흘려듣는 것 같으면서도 잘도 기억하고 있으니 골치다. 분노, 탐식, 정욕, 탐욕, 질투, 교만, 나태라는 일곱 가지 대죄에는 들어가지 않지만, 인색도 상당히 큰 죄다.

"…이건 인색한 것이 아닙니다. 절제하는 겁니다."

"뭔 차이야?"

정말로 몰라서 묻는 게 아니라 이쪽이 곤란해 한다는 것을 알고 저런다. 귀와 꼬리가 나와 있었으면 기쁜 듯이 파닥였겠지.

성직자를 지향하는 몸으로서는 한심한 행동이지만, 비장의 수단을 썼다.

"안 되는 것은 안 되는 겁니다."

뮤리는 뿌우 소리를 내고는 고개를 핵 돌렸지만, 물러날 때라고 판단했는지 더는 조르지 않았다.

때는 이때다 하고 말했다.

"그리고 역시 그 차림은 어떻게든 해야겠어요."

"어?"

조용해진 대신 내일은 뭘 조를까 탐색하듯 노점을 바라보고 있던 뮤리가 조금 놀라워했다.

"왜? 안 예뻐?"

약간 상처 입은 것처럼도 보였다.

"…예쁘고 안 예쁘고의 문제가 아닙니다."

"어휴, 뭐야. 예쁜 거 맞지? 다행이다."

에헤헤, 하며 기뻐하는 기색에 하마터면 마음이 꺾일 뻔했다.

"어울릴 수도 있겠지만."

그렇게 말을 바꾸고 어떻게든 이어 나갔다.

"역시 그런 차림은 눈에 띄어요. 여행을 계속할 거면 다른 옷을 마련할 테니 갈아입도록 해요."

이렇게 말하면 저렇게 대꾸하는 뮤리이기는 해도, 이쪽이 진지하게 설명하면 귀 기울여 듣는 귀도 가졌다.

자신의 차림을 잠시 내려다보더니 고개를 갸웃했다.

"오라버니가 그렇다고 하면 갈아입겠지만… 왜? 다들 칭찬하는데?"

"그러니까요."

아까 그 호객꾼 아가씨도 오해했듯이 노점에서 뮤리가 군것질을 할 때마다 돈을 내는 이쪽을 보는 가게 주인의 눈이 따가웠다. 젊은… 아니, 앳되다고 할 수 있는, 잘 차려입은 소녀를 데리고 다니며 먹을 것을 사 준다. 화려한 차림의 귀족 청년이라면 또 모를까, 로렌스가 여행용으로 갖춰 준 것은 여행 중인 성직자에 걸맞은 차림이다. 평판이 좋을 리가 없다.

그 점을 타이르듯 설명하자 뮤리는 따분한 표정을 지으면서도 이해한 모양이다.

"나야 어떻게 보이든 상관없지만… 오라버니가 곤란한 건 싫으니까."

한숨을 짓더니 이런다.

"그럼 어떤 차림이면 되는데?"

"여행 중인 여성의 차림은 대개 두 종류입니다. 수도녀 차림이거나 남장이죠."

"수도녀 차림은 어머니가 가끔 하는 그거지? 소매가 펄럭펄럭 길고 천이 넉넉한 거."

"옛날 여행길에서도 호로 씨는 수도녀 차림이 잘 어울렸었죠."

"그럼 나도 어울리겠네."

몇 백 년이나 산 늑대의 화신인 호로는 예로부터 쭉 변치 않은 소녀의 모습 그대로. 그리고 뮤리는 자라서 어머니와 판박이가 되었다.

"글쎄요? 호로 씨는 뮤리와 달리 침착함과 위엄이 있으니까."

110

"뭔 소리야?!"

바로 그런 점이 다른 거라고, 라는 말은 속으로만.

"움직이기 불편한 건 싫어. 그리고… 어머니와 겨루고 싶지 않아."

여자아이 특유의 허영과 오기인가 보다.

"그럼, 데바우 상회 사람에게 부탁해서 도제 차림을 마련하도록 합시다."

"오라버니보다 멋진 미남이 되면 어떡하지?"

쓴웃음밖에 안 나오지만, 뮤리는 어머니에게 물려받아 생김새가 오똑하다. 틀림없이 남장도 어울리리라.

게다가 남자가 여자로 변장하는 것보다, 그 반대인 편이 들킬 확률이 압도적으로 낮다.

"자, 갑시다."

"예에."

동에서 서로 흐르는 강의 남쪽에 위치한 언덕 위에 아티프 시가지가 있다. 언덕의 가장 높은 곳에 광장을 만들고, 그 주변에 교회, 시청사 등 도시의 중요한 건물이 늘어선 전형적인 남방식 구조다. 무역이 활발하니 시의 주요 인사들도 남쪽 사람들이 많으리라.

노점에서 들은 마에 따르면, 데바우 상회의 상관도 규모에 걸맞게 광장에서 뻗어 나간 번화가에 있다고 했다. 익숙한 이들이라면 인파가 적은 골목을 지나겠지만, 처음 온 도시라 큰길을 따라 일단 광장으로 가기로 했다. 환전상도 있을 테니.

"와아…."

하고 뮤리가 우러르며 얼빠진 듯 중얼거린 앞에는 훌륭한 교회 건물이 서 있었다.

항구에서도 석조 요새에 시선을 빼앗기더니, 석재만 사용해 지어진 건물 자체가 신기한가 보다. 뇨히라의 건물은 높아 봐야 3층이고 모두 목조다. 교회는 족히 5층은 되어 보이고, 종루는 더 높이 치솟아 있다. 그야말로 압도당할 크기였다.

"저기, 오라버니…. 저거, 일일이 돌을 쌓아서 짓는 거야?"

"그래요. 공이 많이 들지만, 일이 힘들면 힘들수록 신앙의 깊이를 나타내기도 하지요. 잘라 온 무거운 돌이 교회 건물로 쓰이는 것은 큰 영광이기도 하니까요. 가까이 가서 살펴보면 돌에는 기부한 사람들의 이름이 새겨져 있는 것을 볼 수 있어요."

"흐응~"

"조금 둘러보고 있을래요? 나는 아무개가 다 써 버린 잔돈을 보충하고 올 테니."

교회를 올려다보고 있던 뮤리가 천천히 시선을 내리고는 함박웃음.

"많이 바꿔 와야 해?"

신경 쓰는 기색도 없다.

"농담이고. 오라버니가 미아가 되면 안 되니까 같이 가 줄게."

"……."

곁에 선 뮤리를 보니 참으로 즐거운 모양이다. 자유분방한 모습에 이젠 한숨을 넘어 웃음마저 흘러나온다. 웃어야지 어쩌겠느냐고도 할 수 있겠고.

그런 후 광장 중심의 성모 조각상 주변에 멍석을 펼친 환전상들에게 갔다. 여행객뿐 아니라 물건을 사기 위해서인지 이곳 사람들도 끊임없이 찾아오고, 환전상은 심각한 얼굴로 저울에 지금(地金)을 올렸다가 화폐를 올렸다가 하고 있다. 그중에서 때마침 손님의 행렬이 끊긴 환전상을 발견해 말을 걸었다.

"환전하고 싶습니다만."

"아아, 뭘 얼마나?"

인사도 뭣도 없이 단도직입이다. 당황하여 염낭을 꺼내 하얀 은화 하나를 내밀었다.

"이것을 디프 동화로."

"태양은화? 그거면 디프 동화 30개요."

"예?!"

놀라서 얼결에 소리를 지르고 말았다. 디프 동화는 이 근방에서 쓰이는 얄팍한 동화로, 그것 한 닢으로 살 수 있는 것은 고작해야 빵 한 조각이거나 맥주 한 잔쯤. 한편 태양의 문양이 새겨진 은화는 원격지 무역에도 쓰이는, 이 일대에서는 최강의 은화로 한 냥이면 4인 가족 일주일치 식비를 족히 채우고도 안식일에는 약간의 진미까지 살 만한 가치가 있다.

사전에 온천장 주인인 로렌스에게 주요 화폐의 교환비율을 물어봤는데, 적어도 40개, 운 좋으면 50개도 될 것이라 들었다.

여행객이라고 얕잡아 보나 싶었는데, 환전상은 무슨 말을 하기도 전에 손가의 양피지를 좌라락 펼쳐 보이며 내용을 읊었다.

"시정 참사회의 지도 명령. 작금의 잔돈 부족을 감안하여, 참사회는 태양은화와 디프 동화의 교환비율을 30개로 규정한다."

여행객의 불평에는 익숙한 모양이다.

"경기가 좋은 것은 다행이지만, 덕분에 화폐 공급이 때를 못 맞추고 있어서 말이오. 이곳에 국한된 이야기는 아니오만."

환전상이 양피지를 둘둘 말아 저울을 올려놓은 받침대 밑에 둔다.

"저기 보시오, 이 도시에는 커다란 교회가 있지 않소? 잔돈은 모조리 저기 저곳의 기부함으로 빨려 들어가고 만다오."

돌아보지도 않고 엄지로 교회를 가리켰다.

"세금도 잔뜩 거둬들이면서 쌓인 잔돈은 대체 어쩌고 있는 것인지…. 아, 손님께서도 여행 중인 성직자이신가?"

말만큼 기죽은 기색도 없이 환전상이 히죽 웃는다.

"자, 어쩌실 거요?"

"아―… 알겠습니다. 그렇게 해 주십시오."

"고맙소."

은화를 건네자 앞으로 뒤로 살피더니 은 지금과 저울로 무게를 비교하고 나서야 동화 뭉치를 건네주었다. 딱 30개. 호객꾼 아가씨는 정말로 잔돈 부족에 애를 먹고 있었을 테고, 노점 주인이 거스름 주기를 꺼려 할 만도 했다.

뮤리의 군것질은 톡톡한 값을 치렀다.

"댁도 말 좀 해 주시오. 적어도 기부상자의 잔돈은 모아 두지 말라고. 지금의 교회는 온통 돈, 돈, 돈이지. 윈필 왕국이 힘 좀 내 줬으면 좋겠네그려."

쓴웃음밖에 나오지 않아. 동화를 염낭에 담고 환전상을 뒤로했다.

하지만 그 입에서 나온 교회 비판, 무엇보다 윈필 왕국의 이름에 고동이 빨라졌다. 시중 사람들의 불만을 직접 듣고 나의 사명을 재확인한다.

사람들의 삶을 압박하면서 무슨 영혼의 구제자란 말인가.

"오라버니, 다음은?"

그 물음에 힘차게 대답했다.

"데바우 상회죠."

하이랜드와 어서 합류해야 한다.

사명감에 재촉을 받아, 약간 당혹스러운 듯한 뮤리의 손을 잡아끌며 번화가를 걸어 나갔다.

광장에서 뻗은 대로를 남쪽으로 내려가자 엇비슷한 건물들이 늘어선 구역이 나타났다. 1층은 하역장이고, 2층에서 3층에 걸친 벽에는 깃발이 당당히 걸려 있다. 이 도시의 경제를 좌지우지하는 대상회의 건물이다. 그중에서 낯익은 데바우 상회의 깃발과 간판을 금세 발견했다.

"어…. 저 문양, 어디선가 봤는데?"

뮤리가 고개를 갸웃댄다.

"아까 환전한 은화."

"아."

데바우 상회는 상회이면서 독자적으로 데바우 은화라 불리는 고품위 화폐를 발행한다. 그 문양이 태양의 형상이라 태양은화라 불리는 일이 잦다.

"뮤리 부모님의 활약이 있었기에 발행할 수 있었던 화폐죠."

행상인과 늑대의 화신의 모험. 그 마지막을 장식한 대소동이었다고 한다. 역시 그 두 사람은 대단하다 싶은데, 정작 딸인 뮤리는 선뜻 와닿지 않는가 보다.

데바우 상회는 길가로 널찍한 입구가 난 건물로, 1층 부분은 하역장으로 이루어져 있다. 자기 몸보다도 커다란 짐을 짊어진 상인, 산더미 같은 짐을 실은 짐마차가 연신 드나들고 있었다.

하역장 구석에 웅크리고 있는 거지 행색인 사람은 적선을 받을 때마다 이 어수선함을 타고 도둑질을 하려 드는 놈은 없는지 감시 중인 것이리라. 도시에는 도둑 이외에도 길고양이, 들개, 풀어 기르는 바람에 누구의 것인지 알 수 없게 된 돼지, 닭이 먹잇감을 찾아 어정댄다. 나도 방랑학생 시절에 비슷한 일을 하고 입에 풀칠을 했었기에 옛날 생각이 살짝 났다.

"어이, 거기! 그런 곳에 우뚝 서 있으면 방해돼! 기부를 받으려는 거면 딴 데 가서 알아보고!"

웃통에서 김을 피워 올리고 있는 하역 인부가 개나 고양이를 쫓아내듯 내몬다.

뮤리가 당황하여 내 뒤로 숨었다.

"아니요, 상관 주인어른께 말씀 좀 전해 주십시오."

"뭐요?"

"토트 콜이라고 합니다. 레노스로 가는 예정이 이쪽으로 바뀌었다고 전해 주시면 됩니다."

"흠?"

이쪽을 수상쩍게 바라보더니 투박한 어깨를 으쓱이고는 안으로 사라졌다.

그리고 잠시 후 돌아왔다.

"안으로 들여보내라네. 뭐요, 그 높으신 양반의 일행이었소?"

역시 하이랜드는 이곳에 이미 와 있는가 보다.

인부에게 인사를 한 뒤 하역장 안으로 들어간다.

온갖 상품이 산더미를 이루었고, 한 단 높은 곳에는 모포를 깔고 잘 수 있을 만큼 거대한 계산대가 있다. 지금은 그 넓은 책상도 화폐와 양피지 더미로 가득 차서, 파묻힐 지경으로 서류를 작성 중인 사람이 있다. 그런 그의 뒤편 벽에는 커다란 그림천이 걸려 있다. 등신대보다 더 큰 천사의 형상이 고요한 눈빛으로 상인들이 일하는 모습을 내려다보고 있었다.

당당한 그림이기에 뮤리도 그쪽으로 시선을 빼앗기고 있었으나, 감동하거나 압도되는 게 아니라 의아한 듯이 고개를 외로 꼰다.

"천사도 돈을 세는구나. 그런데 검은 왜? 일하라고 협박하느라?"

천사는 오른손에는 검을, 왼손에는 저울을 들었다. 뮤리의 해석에 피식 웃고 만다.

"검은 정의, 저울은 공평을 뜻해요. 하지만… 그런 의미로 여겨지기도 하네요."

다들 뭔가에 쫓기듯이 일을 하고 있으니 더더욱. 그야말로 활활 타는 난로 속 같다. 바쁜 것으로 치면 온천장 일로 일가견이 있다 자부했는데, 뇨히라 온천장의 일은 일도 아니었다. 세상이 움직이는 속도는 이런 것이다.

10년 산중 생활로 낀 물때가 차츰 벗겨지는 것만 같다.

"아, 콜 님이십니까."

가도 가도 사람이 넘쳐 나는 상회의 안으로 들어서자 차림새 좋은 상인이 말을 걸었다. 무엇으로 염색한 것인지 녹색 천으로 된 옷이 꽤나 귀족스러운 것이, 큰 거래만 다루는 상인 부류임을 나타낸다. 단정한 긴 수염도 끝이 쇠뿔처럼 뾰족하다. 매일 달걀 흰자로 고정하고 있겠지.

"연락을 받고 이쪽으로 왔습니다. 토트 콜입니다."

"본점의 대지배인님께 말씀 들었습니다. 이 상관을 맡고 있는 스테판입니다."

악수를 나눈 뒤, 나보다 스무 살은 연상일 스테판은 자연스레 뮤리에게로 시선을 돌렸다.

"이쪽에 계신 아가씨는?"

"안녕하세요. 사정이 있어 오라버니와 여행을 하고 있습니다. 뮤리라고 합니다."

싹싹하게 웃으면서 지극히 당연하게 자기소개를 한다. 하도 스스럼없는 행동이어서 스테판은 그러려니 하며 멋대로 이해한 듯 했다.

"방은 준비되어 있습니다. 두 분이 함께라도?"

"상관없습니다. 폐를 끼치게 되었습니다만….."

"무슨 말씀을. 콜 님을 정중히 모시라고 하셨습니다."

훌륭한 차림새의 스테판이 최상급 예를 표시하자 옆에 있던 뮤리가 눈이 휘둥그레져서 놀라워했다. 하지만 이것도 다 데바우 상회가 로렌스와 호로에게 큰 은혜를 입어서이지, 나는 그 덕을 보고 있는 것에 지나지 않는다.

"하이랜드 님은 이미?"

"예. 그제 배로 오셨습니다. 조금 전 상인조합 회의에서 돌아 오셨으니…."

하며 스테판이 말을 꺼낸 그때였다.

하역장에서 더 안쪽으로 이어지는 복도에서 우르르 발소리가 난다 싶더니 바다가 갈라지듯 사람들이 구석으로 물러섰다. 그 안에서 등장한 것은 시종을 거느린 고위급 인물. 고위급이라는 걸 이내 알 수 있는 것은 옷 모양새가 보기에도 다른 것과 분위기 탓이다. 또는, 왕가의 혈통이 보이는, 남자가 보기에도 눈에 띌 정도의 이목구비와 강렬한 금빛 머리카락 탓일 수도 있고. 윈필 왕국에는 황금 양의 전설이 남아 있을 만도 하다 싶다.

하이랜드 본인이었다.

"하이랜드 님, 오셨습니까."

스테판이 허리 굽혀 경례하자, 하이랜드가 편히 하라며 손바닥으로 막는다.

그리고 이쪽을 보고는 옛 친구를 만난 것 같은 웃음을 지었다.

황급히 스테판을 따라 고개를 숙인다.

"그간 강녕하셨습니까, 하이랜드 님."

"콜 박사도 여전하군."

약간 더 나이가 어린 하이랜드가 특유의 쉰 음성으로 이쪽을 박사라고 불렀다. 박사 칭호는 교회에서 내리는 권위 있는 것으로, 박사 칭호를 가진 자가 있는 곳이 곧 대학이 될 정도다. 일반적으로는 내가 박사일 리 없으나, 하이랜드가 그렇게 말하면 '설마?'가 된다. 시종과 스테판의 놀란 기색에 역시 낯이 뜨거워졌다.

"농은 하지 마십시오. 박사라니 민망합니다."

"그럼 그쪽도 그만 좀 딱딱하게 굴지?"

장난기 가득한 웃음과 더불어 그런 소리를 듣고 만다.

"콜, 그대의 학식에는 당할 길이 없으니 그 능력이 도움이 되네. 하지만 그대는 내게 아첨하는 게 일은 아니잖나?"

온천장에서 격론을 벌인 때에도 비슷한 소리를 들었는데, 저것은 하이랜드가 가진 성격의 담백함이자 얼마간은 바라는 바일 수도 있다.

'아첨이 일'이라는 말에 공손히 굴던 스테판이 부자연스러우리만치 시치미를 뚝 뗀 표정을 짓는다.

"알겠습니다. 하지만 제 말투는 원래 이렇습니다."

"그래, 그럼."

하이랜드는 소년을 연상시키는 천진한 웃음을 보이며 그렇게 말하고는 "그런데." 하며 쓴웃음을 섞었다.

"거기 있는 아가씨는? 어째서 여기에?"

"이—잇."

뮤리는 내 뒤에서 얼굴을 내밀고는 하이랜드에게 이를 드러내 보였다.

"하하, 여전히 씩씩하군. 스테판 관장, 사탕과 월귤 과자가 있었지? 그것을 저 아이에게."

스테판은 어리둥절해 하다가 수완 있는 상인답게 이내 공손히 고개를 끄덕였다.

"그럼 나중에 다시. 만찬 때에라도."

하이랜드는 그렇게 말한 후 씩씩하게 걸어 나갔다.

시종도 함께 나간 탓도 있겠으나, 순간 공기의 밀도가 확 떨어진 것 같다.

이것이 바로 귀족의 품격이라는 거겠지.

"뮤리, 무례한 짓은 그만 좀 해요."

상회 밖으로 나간 하이랜드의 등을 노려보고 있는 뮤리에게 말하자, 고개를 팩 돌려 버린다.

"그래도 과자는 먹을 거야."

한층 불만스런 뮤리의 한마디에, 머리에 꽁 꿀밤을 먹인 후 맥빠진 한숨을 지었다.

준비된 방은 상관 3층 한쪽에 있었다. 평소엔 상회를 찾는 상인들을 재우는 곳이리라. 침대가 하나밖에 없기에 안내해 준 도제가 하나 더 필요한지를 물었지만, 거기까지 수고를 끼치기는 미안했다. 게다가 뮤리는 잠버릇은 나쁘지 않기에 별로 신경 쓰이지도 않는다. 물론 이성(異姓)이라는 눈으로 볼 일도 없다.

그러니 침대 대신 뮤리의 변장용 옷을 부탁했다.

"저기, 오라버니."

보따리 속에서 손에 익은 펜과 주석이 잔뜩 쓰인 성전을 꺼내고 있는데 뮤리가 말을 걸었다.

"우리는 지금 어디쯤에 있는 거야? 이거 세계지도지?"

뮤리가 서 있는 곳은 벽에 붙은 커다란 지도 앞이다.

지도는 가죽 한 장에 그려진 것으로, 뮤리만한 아이 정도는 휙 둘러쌀 수 있을 만큼 컸다. 양의 가죽으로 만든 양피지가 아니라 어린 소의 가죽을 한 마리 통째로 썼을 것이다.

"대충 이쯤이군요."

지도는 교황이 있는 남쪽 대도시를 중심으로 그려져 있다. 그곳을 기준으로 삼으면 아티프는 상당히 왼편 위쪽으로 가서도 구석이다.

"뇨히라는?"

"아티프에서 강을 타고 올라가서, 여기죠."

가리킨 위치는 땅의 그림이 끊기고, 장식용으로 그려진, 사람의 얼굴을 한 태양의 수염 밑 부분이다.

"아하하. 이 세상의 끝이네."

"그래도 사람들은 거주하고 열심히 살고 있죠."

"오라버니는 옛날에 여행을 했었다고 했지? 거기는 어디야?"

거기는 말이죠, 하며 성실하게 대답했으나 뮤리의 호기심은 한이 없었다. 도중에 문 두드리는 소리가 나기에 때는 이때다 하며 끊는다.

"뮤리, 지도만 보지 말고 옷 갈아입어요."

배달된 것은 도제용 옷 한 벌과 하이랜드가 스테판에게 일러둔 사탕과 월귤 과자였다.

"와, 대단해!"

물론 도제용 옷의 훌륭함에 감동한 것은 아니다. 뿡 소리가 날 기세로 귀와 꼬리를 내놓은 뮤리가 이쪽으로 덤벼드는 것을 훌쩍 피한다.

"먹는 것은 옷 다 갈아입고 난 뒤에."

키 차이가 있기에 과자가 쌓인 쟁반을 머리 위로 쳐들면 뮤리의 손은 닿지 않는다. 슬픈 눈으로 쳐다보기에 고개를 가로젓자 이내 표정이 뿌루퉁해진다. 변화무쌍한 뮤리가 갈아입을 옷을 확 잡아챘다.

"어휴, 귀찮게…."

불만이 뚝뚝 떨어지는 표정으로 옷을 갈아입기 시작하는데, 대범하게 옷을 벗어 던지는 바람에 방 밖으로 나갔다.

"어어? 탕에서 많이 봤으면서?"

하며 뮤리가 의아해 했으나, 그런 문제가 아니다. 문을 등지고 한숨을 내쉰다.

어머니인 호로도 과연 늑대의 화신답다고나 할까, 맨살을 내보이는 데에 별 주저함이 없었다.

이러면 과잉반응을 보이는 이쪽에 뭔가 삿된 감정이 있는 것 같아 민망하지 않은가. 아니, 정숙한 처녀여야 할 것은 저쪽이 아니냐며 생각을 정정한다.

다만, 뇨히라의 김으로 부연 와중에 봤던 뮤리의 알몸은 어느새 조금 달라져 있었다. 근육질로도 보이던 마른 몸에서 어느새 차츰 모가 누그러지기 시작한 모양이다. 아직 곡선을 띠지는 않았지만 그럴 조짐이 보인다고나 할까.

잘 자라고 있는 것 같아 기쁜 한편, 왠지 좀 섭섭하기도 했다.

"부끄럼쟁이 오라버니~ 다 갈아입었어~"

멍하니 과자를 먹으며 기다리고 있자 문 너머에서 그런 얼토당토않은 말이 날아든다.

문을 열고 안으로 들어가자 몹시 아름다운 소년이 서 있다.

"에헤헤. 어때?"

"…놀랍네요. 옷은 역시 중요한 것이로군요."

잘 지은 옷이라 그렇기도 하겠으나 말쑥한 바지와 통소매 상의, 얼룩 하나 없는 얇은 가죽조끼와 긴 허리띠를 두르자, 대상인 옆에서 심부름을 하는 빠릿빠릿한 도제가 따로 없다.

"하지만 머리는 어떻게 해? 오라버니처럼 묶으면 되나?"

내 머리도 자르기 귀찮아서 기르고 있지만, 뮤리의 머리는 꽤 길다.

"잘 땋아 두는 게 낫겠네요."

"알았어."

하며 뮤리는 책상에서 의자를 빼서 들고 오더니, 손을 뻗어 과자가 담긴 쟁반을 빼앗아 갔다. 그러고는 의자에 앉아 이쪽으로 등을 돌린다.

"응."

땋아 달라는 거다. 화를 낼 기력도 없었다.

뮤리의 짐에서 빗을 꺼내, 신이 나서 과자를 먹는 뮤리의 머리를 빗는다. 부드러우면서도 약간 서늘한 감촉이 야릇하다. 숱이 꽤 되기에 양 갈래로 땋은 뒤 하나로 비틀어 묶기로 했다.

"그나저나… 여러모로 귀찮겠네."

"뮤리를 돌보느라 수고스럽겠다, 는 뜻인가요?"

"아―닙―니―다."

뮤리는 그렇게 말한 후 몸을 뒤로 젖혀 이쪽을 거꾸로 쳐다보았다.

"귀와 꼬리도 감춰야 하고, 여자인 것도 숨겨야 하다니."

"원래 세상은 그런 겁니다. 자, 자세 똑바로 하고."

머리를 손가락으로 쿡 찌르자 얌전히 자세를 바로 한다. 이 부드러운 머리를 땋는 것도 오랜만이라 뜻밖의 재미가 있었다. 예전에는 머리를 땋아 달라고 자주 졸라 댔었지. 언제부터 그런 말을 하지 않게 되었는지 기억을 더듬고 있는데, 뮤리가 또 말문을 연다.

"있잖아, 오라버니."

"뭐요?"

한쪽을 다 땋고 다른 쪽을 시작한다. 빗질을 하는데 뒷말이 없다.

"왜요?"

거듭 묻자, 과자를 먹던 손길도 멈춘 뮤리가 감정이 엿보이지 않는 음성으로 말했다.

"저기 저 지도 어딘가에는, 귀도 꼬리도 감추지 않아도 되는 곳이 있을까?"

나도 모르게 손이 멎는다. 고개를 들자, 의자에 앉은 뮤리 너머로 웅대한 세계지도가 있다. 아티프처럼 큰 도시조차 지도 속에서는 한쪽 귀퉁이에 지나지 않고, 뇨히라는 그려진 것인지 아닌지 애매한 정도다. 세계는 그 정도로 광대하고 무한한 가능성으로 넘친다.

그리고 깨닫는다.

뮤리가 뇨히라 밖으로 나오고 싶어 한 가장 큰 이유는 어쩌면 이것인지도 모른다.

"그건…."

그러나 말을 잇지 못했다.

뮤리는 철들기 전까지는 온천장의 한 방에서 좀처럼 밖으로 내보내지지 않았다. 밖으로 나갈 때에는 얼굴만 빼고 천으로 칭칭 감았다. 주변에는 몸이 약해서 온천 김을 견디지 못한다고 해 두었지만, 물론 귀와 꼬리를 감추기 위해서였다.

사리분별을 하게 된 뒤로는 어머니인 호로가 뮤리에게 흐르는 혈통, 악마 들린 자의 개념, 행여 이 일을 들켰다가는 우리는 뇨히라에 있을 수 없게 된다는 것 등을 설명했다.

그 사실을 알게 된 날, 뮤리가 울면서 이렇게 물은 것을 어제 일처럼 또렷이 기억한다.

아무도 나랑은 안 놀게 돼?

명색이 성직자를 꿈꾸는 자라면 무엇이라 대답해야 할지는 자명했다. 괴로울 때, 슬플 때, 외로움을 느낄 때 하늘을 우러르면 거기에는 영원한 내 편이 있다고 가르쳐야 함을. 그러나 그때의 나는 이렇게 대답했다.

―무슨 일이 있어도, 적어도 나는 뮤리의 편이에요.

그때의 뮤리는 세상이 어둡고 차가운 것을 알게 되어 의지할 무언가를 필사적으로 찾고 있었다. 그런 뮤리의 마음에 말을 전하려면 바위보다 굳은 신념이 있어야 한다고 느꼈다. 내가 이 세상에서 믿고 있는, 가장 확신에 찬 말을 전해야 한다고 직감했다. 그러니까 아버지인 로렌스가, 라는 말은 꺼내지도 않았다. 여전히 돌아봐 주지 않는 신을 언급하는 것은 그래서 더 삼갔다. 나는. 나라면. 이것만큼은 반드시 약속할 수 있다.

그러자 뮤리는 웃어 주었다. 다행이다, 라며 웃었다.

그 이래로 뮤리는 자신의 운명을 받아들였고, 귀와 꼬리를 감추는 기술도 익혀서 평범…인지는 아직 의문이지만, 인간 소녀로서 뇨히라에서 살아왔다. 그 문제는 진작 해결된 줄 알았건만, 그리 간단치는 않았던가 보다.

"그건…."

뮤리의 머리를 땋던 손이 멈춰 있었다.

거짓말이나 임기응변은 이 손을 통해 뮤리에게 바로 전달되고 말 것 같았다.

무엇보다, 쉽게 속일 수 있는 상대라고 얕잡아 보는 것은 뮤리에게 실례다.

"어렵군요."

지도 중심에 교황의 옥좌가 있듯, 교회는 세상을 지배한다. 향토의 전설을 중시하는 지역이라도 사람 아닌 존재를 보고 받아들여 줄지 어떨지는 알 수 없다.

"뮤리, 하지만."

"괜찮아."

뮤리는 그렇게 말하고는 또다시 몸을 뒤로 확 젖혀 나를 보았다.

"어머니에게 아버지가 있듯이 나한테는 오라버니가 있잖아. 그렇지?"

그때보다 어른스러운 웃음이었다. 게다가 일부러 이상한 자세를 취하고 있는 것도, 심각하게 보이지 않게끔 이쪽을 배려한 행동이라는 것을 알겠다.

"…그렇죠. 내가 하는 말은 잘 듣지 않으면서 용케 기억하고 있군요."

그러니 이쪽도 그렇게 대꾸해 주었다. 나나 로렌스처럼 이해하는 사람이 반드시 있다. 그 사람을 찾으면 된다.

뮤리는 눈을 감고 미간을 찌푸리더니 이잇―이를 드러내 보인다. 그러다 자세가 무너져 뒤로 자빠질 뻔한 것을 황급히 붙들었는데, 정작 뮤리는 붙잡아 줄 것이라 확신한 모양이다.

여전히 눈을 감은 채 매우 편안한 표정이다.

"그럼 괜찮아. 어디든 함께할 거니까."

눈을 뜨더니 뮤리는 수줍게 웃고 몸을 일으켰다.

"오라버니, 머리 얼른 땋아 줘. 시내 구경하러 가고 싶단 말이야."

"구경이라니, 여기에 놀러 온 거 아니에요."

잔소리를 하자 뮤리는 가녀린 어깨를 흔들며 웃었으나, 그 뒷

모습은 아주 조금 쓸쓸해 보였다. 뮤리는 어머니인 호로와 달리 몇 백 년씩 살지는 못한다. 말로 싸우면 다 큰 어른도 말문이 막힐 정도지만, 겉모습 그대로 아직은 어린 소녀. 앞으로 수없이 많은 아픔과 괴로움을 경험할 테지. 그 모두를 막아 줄 순 없겠지만, 가능한 지켜 주고 싶다.

그런 마음을 담듯이 뮤리의 머리를 정성 들여 땋는다.

둘 다 아무 말도 하지 않았다.

조용한 시간만이 거기에 있었다.

뮤리의 차림을 정리한 후 '우리 신의 말씀' 작업 상황을 물으러 스테판을 찾아가자 집무실 앞은 하역장 못지않게 사람으로 붐볐다.

"오라버니. 뭐야, 이거?"

1층 가장 안쪽에 위치한 스테판의 집무실 앞에는 고급스런 옷차림부터 그다지 고급스럽지 않은 옷차림까지 다양한 사람들이 난감한 얼굴로 서 있었다. 시종을 데려온 자도 많고, 그 사이를 데바우 상회의 도제들이 용건을 묻기 위해 돌아다니고 있어 더욱 밀도가 올라가 있다.

언뜻 들리는 바로는 다들 무언가를 진정하는 듯했다.

"계절이 바뀔 때이니 모두들 물품을 구입하는 거겠지."

겨울 동안 쓴 비축 물품을 보충하기 위해 구입 자금을 빌리러 온 인근 마을 사람이 있는가 하면, 봄을 맞아 자재 구입 할당을 늘려 받기 위해 왔다는 직인조합 사람도 있다. 그 밖에도 멀리 떨어진 곳에서 무역선으로 이곳까지 왔기에 토산품을 들고 왔다는 상인도 있었다.

이 계절에 이미 남쪽은 겨울이 진작 끝나고 멈춰 있던 시간이 꿈틀대고 있다. 겨울 사이 항구와 길이 얼어붙어 있던 북방 도시와 마을도 텅 빈 창고를 채우고 봄철 파종과 축제 준비를 해야 한다.

계절은 만인에게 똑같이 찾아오지만 물자도 공평하게 배분되지는 않는다.

그렇기에 조금이라도 유리한 안배를 얻고자 대상회에는 이렇게 사람들이 모여드는 것이리라.

"다들 그 사람을 만나고 싶은 건가? 오라버니는 상당히 훌륭한 사람의 마중을 받은 거였네."

"조금은 다시 봤나요?"

"응. 아버지와 어머니는 이렇게 대단한 곳을 도와주었던 거구나."

뮤리가 생긋 웃음을 짓기에 이쪽도 웃음으로 돌려주었다.

그러지 잠시 뜸을 들이나가 "토라지지 마, 오라버니." 하며 꽤 즐거운 표정을 짓는다.

그런 대화를 하는 사이에 지나가는 도제를 붙잡아 용건을 전했다. 원래 같으면 차례를 기다려야 하는지도 모르겠으나 아무리 봐도 복도에 선착순으로 선 것 같지는 않다. 이국의 문화를 고스란히 드러내어 머리에 천을 칭칭 감고 목에는 금 장식품을 건 거무스름하게 볕에 탄 한 무리는 나중에 왔는데도 일찍 집무실로 불려 들어갔다.

돈이거나, 권력이거나, 중요도이거나.

하이랜드의 위광, 로렌스와 호로의 연줄을 이용한다고 해서 벌을 받지는 않겠지.

도제는 다른 사람들의 틈을 뚫고 집무실로 들어갔다가 금세 돌아왔다.

"다들 이곳에 급한 용무로 오신 것이니, 이제부터 여러 가지로 알아보겠다고 하십니다."

책망할 일은 아니다. 이렇게 어수선하니.

"그럼 우리가 직접 사람과 도구를 모으러 갔다가 오겠습니다."

그렇게 말한 후 덧붙인다.

"계산은 이쪽으로 달아도 될까요?"

"콜 님의 모든 계산은 저희 상회가 맡기로 되어 있다고 합니다."

"고맙습니다."

그렇게 대답한 후 뮤리에게 눈짓하여 혼잡한 상회에서 밖으로 나갔다.

바깥도 엇비슷하게 북적였으나 천장이 없는 만큼 공기가 더 풍부한 것처럼 느껴진다.

"대단하네. 오라버니, 들었어?"

바깥으로 나오자 뮤리가 한 첫마디가 그것이었다.

"계산은 자기네가 하겠대. 그럼 오라버니의 절제도 상관없네."

"군것질은 안 됩니다."

"어어~?"

"계산을 하겠다는 것은 저쪽의 성의 표시입니다. 우리는 그 성의에 걸맞게 행동해야 하고요. 노점에서 사 먹은 음식 값을 줄줄이 청구하면 상대가 어떻게 생각하겠어요?"

"어… 배가 고팠나 보다…?"

"……."

두통과도 비슷한 것을 참아 가며 여하튼 걸음을 내디뎠다.

"절제는 단순히 양을 줄이면 되는 게 아닙니다. 먹고 싶은 것, 마시고 싶은 것, 또는 갖고 싶은 것을 욕망이 향하는 대로 가지려 하지 않고 자신을 다스리는 정신을 말합니다."

그렇게 설명하다가 인색과 절제의 차이도 문득 깨달았다.

"그리고 인색은 자신을 다스리는 것과는 달리, 무언가를, 이 경우에는 돈을 갖기 위해 급급한 것을 말합니다. 알겠습니까?"

설교는 사람들을 계몽하기 위한 것인 한편 자신을 위해서이기도 하다고 들은 적이 있는데, 과연 맞는 말이다.

"대충 알겠는데…."

곁에서 따라오는 뮤리의 표정이 한층 불만스럽다.

"그럼, 절제해도 아무것도 얻을 수 없는 거잖아? 그럼 뭐 하러 그래?"

"엇."

그 질문은 평소 내가 곤란해 할 줄 알고 하는 질문과는 달랐다. 뮤리가 순수하게 의문을 품고 있다는 것은 바로 알았다. 그뿐 아니라, 뮤리의 과하게 솔직한 질문은 참으로 심오했다.

왜? 무엇을 위해?

그럴 듯한 대답이 금세 입 밖으로 나올 것 같다가도 모두 그게 아닌 것 같았다.

곰곰이 생각하며 걸어가다가 하마터면 짐마차에 치일 뻔했다. 내 소매를 잡아 온몸의 체중을 실어 가며 끌어당겨 준 것은 다름 아닌 뮤리였다.

"어휴, 오라버니 바보!"

"미안."

그러나 짐마차에 치일 뻔한 것을 사과한 게 아니다. 뮤리의 소박한 질문에 대답을 할 수가 없어서였다.

절제가 중요시되는 것은 물론 성전에서 절제를 장려하고 덕목 중 하나로 꼽기 때문이다. 하지만 성전에 쓰여 있지 않아도 선(善)으로 여기는 일들은 많다. 하물며 그게 왜 옳으냐를 따지고

들면 아무런 이유도 없는 것 같다.

있다고 한다면 단 하나.

"왠지 그냥 그게 옳은 일일 것 같아요."

뭐? 하며 뮤리가 의아한 표정으로 이쪽을 쳐다본다.

"절제를 싫어하는 사람도 있겠지만, 그런 사람도 절제 자체의 좋은 점은 알고 있지 않을까?"

"……."

의아함을 넘어 뭔가 걱정스런 표정을 짓는 뮤리는 아랑곳없이 다시 자문한다.

그것이 자연스럽다고 생각하는 것을 솔직히 추구하는 것이 잘못된 일인가?

선이 곧 자연스러운 일이라고 외친 고대 사상가도 있었던 것 같은데.

"그러나, 그렇다면 금욕의 맹세는…?"

혼인은 축복받아야 할 일인데, 성직자는 자연스러운 그 욕구를 억누르는 것이 장려된다.

무욕이 자연스러워?

금욕이 자연스럽다고 대체 누가 동의하는가.

"으음…."

당연하다 여기고 있던 것에 의문을 품으면, 엄청난 것이 앞을 가로막고 있는 것을 깨달을 때가 있다. 길에 우뚝 서서 생각에 잠겨 있자 누군가가 소매를 잡아당긴다.

돌아보니 울 것 같은 표정을 짓고 있는 뮤리였다.

"오라버니…. 이제 떼 안 쓸 테니까 그만 용서해 줘…."

"어?"

되묻자 덥석 매달린다. 무슨 말인지 한동안 이해하지 못했는데, 내가 우뚝 서서 꼼짝하지 않은 것이 자기가 군것질을 조른데에 대한 타박인 줄 알았나 보다. 어린애처럼 매달리는 뮤리를 내려다보며 잠시 생각한다.

다음부터는 이 방법을 쓰자고.

"아니, 잠시 생각 좀 하느라고."

그렇게 말한 뒤 뮤리의 머리에 손을 얹고 안심시키듯 쓱쓱 쓰다듬었다. 하지만 문득 떠오른 의문은 쉴 나무를 찾지 못한 새처럼 머릿속을 여전히 빙빙 돌고.

뭉글뭉글 불쾌함과도 비슷한 조바심을 느끼면서도, 이 새가 어디로 향할지 그것이 약간 기대되기도 했다.

시가지는 광장을 중심으로 구역이 나뉘어 있기에, 길을 잃었다 싶으면 시내 어디에서나 보이는 종루를 향해 광장으로 가면 된다. 참으로 합리적이라며 감탄했다.

먹을거리를 조르지 않게 된 뮤리를 데리고 시내를 걸어, 동쪽으로 펼쳐진 직인거리로 향했다. 항만이 있는 도시에 걸맞게 목공 관련 공방이 상당히 많다. 나무를 깎고 자르고 가공하는 공방 앞에서 걸쭉하고 새카만 나무 타르를 목재에 바르고 있기도 했다. 저것을 담는 용도의 나무통에 숨었었으니 냄새가 떠올라 인상을 찌푸릴 줄 알았는데 뜻밖에 뮤리는 열심히 작업을 바라보고 있었다.

"저런 식으로 쓰는 거였구나."

"방수와 방부를 위해 바르는 거죠. 장거리 무역선에 탈 때나 전장으로 갈 때는 고기를 저기에 절여서 썩지 않게도 한다고 해요."

"흐―음. 훈제 같은 향이 배어서 맛있을지도 모르겠네."

과연 매사 생각하기 나름이로구나.

걸음을 더 내딛자 모피를 취급하는 구역에 다다른다. 탁 트여 통풍이 잘되는 1층의 공방에서 가죽을 무두질하는 각 공정이 행해지고, 가죽 끈도 만들어진다.

따스해 보이는 흰 담비의 털가죽이 나열되어 있다. 어느 귀족이 사려는 것인지.

이런저런 구경을 하다가 아마도 가게 간판으로 삼은 것인지 길가로 난 벽에 거대한 소가죽을 줄줄이 내건 점포에 도착했다.

"지도에 쓰인 그건가?"

뮤리가 가죽 냄새를 맡고 있자 공방 안에서 면도칼 자루를 쥔 남자가 이쪽을 알아보았다.

"뭘 찾으시오?"

뮤리가 슬쩍 "털가죽을 얻을 수도 있겠네."라고 하는 바람에 웃음을 참아야 했다. 그 정도로 직인은 털북숭이인 데다 가로로도 세로로도 덩치가 큰 것이 딱 곰이었다.

"젊은 성직자 양반과 데바우 상회의 도제라니, 신기한 조합이시네? 무슨 문방도구라도 찾소?"

장난만 치는 뮤리의 머리에 살짝 꿀밤을 먹인 후 목을 가다듬고 말했다.

"초고용 종이와 잉크, 양피지와 활석도 주십시오."

활석은 울퉁불퉁한 양피지의 표면을 평평하게 할 용도로 갈아서 가루를 문지르는 데에 쓴다.

"옳지, 알았소! 라고 말하고 싶소만, 어제 주문이 산더미처럼 들어와서 지금도 한창 양피지를 늘리는 중이라오."

곰 같은 직인은 투박한 어깨를 으쓱하더니 작업대 위의 양피지를 집어 팔락팔락 흔들었다.

"여기에서 양피지를 다섯 장은 뽑아야 한다오. 다른 데 같으면 세 장밖에 못 뽑거든."

은근슬쩍 솜씨 자랑을 한다. 그나저나 다섯 장이라니 대단하다. 양피지는 짐승의 가죽을 고스란히 쓰는 것이라 넝마 따위를 떠서 만드는 종이와 달리 솜씨에 따라 얇게 잘라 낼 수 있다.

"다른 공방에도 같은 주문이 많이 들어와 있습니까?"

그렇게 묻자 곰 직인이 어리둥절해 하다가 크하하 웃었다.

"어지간히 큰 도시에서 오신 모양이오? 양피지와 문구류를 취급하는 것은 우리 공방과 이쪽 계열뿐이오. 여기는 공증인이 수두룩해서 양피지 주문이 쉴 새 없이 들어오는 곳이 아니거든."

"그렇군요…."

그렇다면 어찌해야 할까.

고민하고 있자 곰 직인이 문득 뭔가를 깨달은 기색이다.

"어? 그러고 보니 어제 주문도 데바우 상회에서 들어온 것인데?"

"예?"

"아아, 맞다. 생각났다. 아주 잘 차려입은 일행이 와서 종이를 있는 대로 다 달라는 거야…. 양피지를 자를 수 있는 게 하도 기뻐서 잊고 있었네."

잘 차려입은 일행이 종이를 있는 대로 모두 데바우 상회로 보내 달라고 했다면 짚이는 것은 하나뿐이다.

그런 생각을 하고 있는데, 공방 안에서 곰 직인과는 대조적으로 비쩍 마른 백발노인이 나왔다.

"오? 손님이신가?"

"아, 아버지. 어제 그 고객이 어디의 누구였더라?"

"뭐이? 하여간 네놈은 여전히 가죽을 벗겨서 자르는 재주밖에는 없지. 그래서 어떻게 장사를 할래? 그분은 윈필 왕국의 귀족님이시다."

역시 하이랜드였나 보다.

"허어? 섬나라 귀족님께서 이 도시에 뭔 볼일이시레?"

"하여간에…. 그러기에 가끔은 조합 회의에도 얼굴 좀 내밀라니까. 십일조를 둘러싸고 왕국과 교회가 대립하고 있잖느냐? 그 귀족님은 십일조 세금은 불합리하다는 왕국의 대변자이시다. 아티프 주교좌를 아군으로 끌어들이려고 설득하러 온 모양이야. 그리고 그 전에 우선 시중 사람들을 자기편으로 끌어들이려는 생각인지, 각 조합과 회의를 하고 있지. 오늘도 아침부터 내가 그래서 나갔다 왔고."

"아아, 흐응…."

곰 직인은 도통 흥미가 없는지, 도구인 면도날만 힐끔힐끔 들여다보고 있었다. 두 사람의 관계를 보고 있자니 왠지 백발노인 쪽에 공감이 간다.

"흐응 소리나 낼 때냐? 이 멍청한 놈. 그 귀족님이 설득에 성공하면 교회에 세금을 내지 않을 수도 있게 되는데."

"아아, 그건 대단하네. 대주교의 만찬은 늘 호화롭기 짝이 없다잖아. 드디어 놈들의 사치를 위해 돈을 내지 않아도 되는 건가?"

난폭한 말투이기는 하지만 곰 직인의 말이 곧 시중 사람들의 심정일 터.

"하지만 그것과 우리 주문에 무슨 관계가?"

면도날을 쓰다듬는 곰 직인의 머리를 백발노인이 사정없이 후려쳤다. 딱 하고 좋은 소리가 났다.

이어서 백발노인이 우리 쪽을 돌아보더니 눈부신 듯 눈을 가늘게 떴다.

"데바우 상회의 도제를 데리고 온 것으로 보아, 그 귀족님을 도우러 온 거 아니시오?"

"아, 예."

"아, 이거 참. 왕국에 관해서는 전부터 알고 있었지만, 오늘 회의에서 자세한 이야기를 듣고 어찌나 놀랐는지. 특히 그 하이랜드 님이라는 분은 참으로 훌륭하신 분이야. 게다가 상상도 못 한 발상도 하시고."

노인은 이야기를 하면서 악수를 청하더니 내친 김에 뮤리의 손도 잡고 머리를 깊이 숙였다.

"교회와 왕국의 주장 중 어느 쪽이 옳은지 우리네 같은 아랫사람들이 관여하게 될 줄은 생각지도 못했다오. 그런데 성전을 세속어로 번역할 테니 신의 가르침을 직접 읽어 봐 달라니. 아, 이거 참, 어떻게 이런 일이 있을 수가 있는지."

말을 하다가 노인은 목이 메었다.

"이거 실례…. 어쨌든, 우리는 주교나 교회의 사치며 방탕에 어이가 없으면서도 거역할 입장이 아니라 말이오. 여기는 항구

도시요. 바다에서 사고를 당할지 어떨지는 신만이 아시지. 성무를 정지한다고 하면 도시의 숨결의 뿌리가 멈추는 거지. 싸늘한 바람이 몰아치는 한겨울의 시커먼 바다로 배를 띄우는 건 웬만한 용기로는 부족해. 게다가 사고는 끊이지 않고. 이곳에 사는 사람은 바다와 관련된 일을 하는 가족이 꼭 있게 마련인데."

레노스에서 주교좌 설득에 실패한 후 아티프로 대상을 바꾼 데에는 나름의 이유가 있었던가 보다. 사람들은 선박에 성인의 이름을 붙이고, 선수에는 성모상이나 천사상을 조각하여 항해의 가호로 삼는다. 항구에 올라온 산더미 같은 대구와 청어를 보면 어부의 숫자도 상당하리라. 그뿐 아니라 이곳은 남쪽 나라들처럼 따스하고 온화한 해변도시가 아니다. 시벽 밖에 펼쳐져 있는 것은 떨어졌다가는 목숨을 잃는 극한의 잿빛 바다.

"우리가 그것을 직접 도울 수 있게 되다니, 참으로 영광스러운 일이지. 나는 보다시피 늙은 몸이지만, 저 곰탱이 녀석의 솜씨 하나는 확실하거든."

역시 누구든 그를 보면 곰을 연상하는 듯했다. 뮤리가 옆에서 머리를 숙인 채 웃음을 참고 있다.

"알고 지내는 필사직인에게도 이야기를 하고 있으니, 복사하는 것도 맡겨 주시게. 번역이 진전되면 마구마구 복사해서, 사람들이 교회의 이상한 점을 알 수 있게 해야지!"

이 노인도 시중 사람들도 신의 가호를 의심하는 것은 아니다.

144

단지 신의 지상 대리인인 교회 내부의 악폐, 행실에 불만을 품고 있을 뿐이다.

역시 윈필 왕국의 행동은 만행이 아니라 꼭 필요한 행동이라는 것을 재확인한다.

내가 믿는 세상은 저 너머에 있다.

올바른 신의 가르침은 하이랜드가 지향하는 곳에 있다.

"함께 노력합시다."

노인이 손을 되잡으며 그렇게 말했다.

"뮤리, 뮤리도 이제 하이랜드 님의 대단함을 조금은 알았나요?"

공방에서 돌아오는 길, 뮤리에게 그렇게 말하자 마지못해 하며 고개를 끄덕였다.

그날은 그 후로 시내를 잠시 둘러보고 건설 중인 시벽, 바다가 보이는 언덕에서 잿빛 바다를 바라보며 시간을 보내다가 상관으로 돌아갔다.

밤에는 스테판 관장이 주재하고 하이랜드를 주빈으로 한 형식적인 식사 자리에 초대되어 해가 되지도 약이 되지도 않는 대화를 나눴다. 하지만 만찬에서 하는 모습을 지켜보니, 스테판이 공손하게 구는 깃은 하이랜드에게 아첨하기 위해서라기보다는 좀 더 다른 무언가가 있는 것 같았다.

"그야 그럴 테지. 시중 사람들과 이야기하면 내가 데바우 상회 상관에 체류하고 있다는 것에 다들 놀라. 이 상관을 관리하는 스테판은 대주교와 한 고향 출신인 데다 교회에 납품을 하는 등등으로 깊은 관계에 있으니까. 설마하니 교회에 대적하는 내게 편의를 봐 줄 줄이야 싶은 거지. 스테판이야 위에서 시키니 마지못해 나를 묵게 해 주고 있는 거고. 스테판 같은 상인은 대의보다는 눈앞의 이익이 먼저거든. 십일조가 사라지더라도, 그로 인해 교회의 자금력이 줄어들면 그만큼 당면한 거래도 감소할 것이라는 정도로만 생각하지."

만찬 후 하이랜드의 방으로 불려 갔다. 만찬에서는 미소를 유지하는 것에만 정신이 집중돼 무엇을 먹었는지도 모르겠다. 뻔뻔한 뮤리는 배가 터지도록 음식을 먹어서 꼼짝하기도 싫다며 못마땅해 하다가 과자가 있다는 말에 슬렁슬렁 따라왔다.

"데바우 상회도 단순하지는 않군요."

"저 정도로 거대한 상회는 한 나라나 다름없지. 일치단결이 가당키나 하겠나. 하물며 저들은 상인인데. 지붕 위의 풍향계 닭보다도 더 팽팽 돌고 있지."

존경해 마지않는 로렌스가 전직 행상인이었기에 잔잔히 미소 짓는 정도로만 그쳤다.

"하지만 종이를 구하러 직인 공방에 갔다가 이야기를 듣고 확신했습니다. 역시 교황의 성무정지는 명백히 잘못된 일입니다."

"나도 이 도시의 각 조합 사람들과 말을 나눠 보고 레노스와는 반응이 판이하게 달라 놀랐다. 마치 내가 구세주라도 된 것 같더군."

하이랜드는 쉰 음성으로 웃으며 포도주를 입으로 가져갔다.

"원래 이곳은 이교도의 땅이었다고는 해도 남방에서 배를 타고 온 사람들이 정착한 도시거든. 시벽 바깥에 대한 두려움이 있어. 바다에는 마물이 숨어 있다고 믿고, 사람이 어쩔 수 있는 게 아니라고 확신하지. 신의 은혜를 다른 곳보다 강하게 느낄 거야. 그렇다 해도."

하며 하이랜드는 사랑스럽다는 듯 눈을 가늘게 뜨고 의자 팔걸이에 턱을 괴며 뮤리를 보았다. 뮤리는 신의 가르침이 어쩌고저쩌고하는 이야기에는 전혀 흥미 없이, 말린 사과를 설탕에 절인 것을 담은 쟁반을 독차지하고는 우적우적 먹고 있다. 이곳에 과일 설탕절임이 흔한 것은 장거리 항해를 하는 배 위에서 여행의 무료함을 달래는 부자들이 많아서이리라.

"사람들은 대부분 실리에 따라 움직이지. 그들은 세금 내는 것을 못 참겠다는 거지."

과자가 있다는 소리에 슬렁슬렁 따라온 뮤리를 본 것은 하이랜드의 장난기다.

"건설 중인 시벽은 봤지? 힝구에서 이어지는 돌바닥도 괜찮고."

"훌륭한 도시더군요."

"정확하게는, 훌륭해지려고 애를 쓰는 중이지. 온갖 구실로 징발되는 세금 때문에 허덕이고 있거든. 번화한 데에 비해 이곳 사람들의 돈벌이는 신통치 않아."

데바우 상회가 제공한 정보이기도 하리라.

"그리고 이곳의 주교좌는 역사가 깊지 않고 교회 내 권위가 낮아. 더욱이 대주교는 경기 좋은 도시의 교회를 관리한 경험도 없는 듯하고."

고귀한 자가 짓는 웃음은 때로 몹시 박정하다.

"한껏 들떠서는 교회에 들어오는 돈이 전부 제 것인 줄 알지. 그런 만큼 일은 열심히 한다고 시중 사람들은 입을 모으고 있지만."

욕심 사나운데 성무에는 열심이라는 것이 머릿속에서 잘 연결되지 않았다.

하이랜드가 내 표정을 보고는 키득키득 웃는다.

"콜, 그대도 좀 더 책 외의 것에 눈을 돌려 보도록 해."

"…송구합니다."

"장검은 장검의 이점이 있으나 단검처럼 휘두를 수는 없는 법이야."

하이랜드는 그릇에 포도주를 보태고 말했다.

"교회와 제 집의 구별이 없는 거겠지. 그러니까 자기 일처럼 성무에 온 힘을 쏟아붓는 한편, 교회를 제 것으로 간주하고 멋대로 구는 거야. 아마 그게 자기 멋대로라는 생각조차 안 하고 있을걸? 하지만 곁에서 보면 명백하지. 이 도시에서 가장 유복한 여성은 대주교의 부인이라고들 하니까."

"그건…."

"물론 정식 부인은 아니지만 다들 알지. 그렇다 해도."

하이랜드는 어깨를 으쓱였다.

"서자인 내가 뭐라 할 수도 없지만."

귀족과 왕족이 정부인이 아닌 다른 여성에게 손을 뻗는 일이 흔하고, 독신을 고수해야 하는 성직자도 마찬가지임은 공공연한 비밀이다.

원래 그런 것이라며.

"하지만 이곳의 대주교님께서 일을 잘 해내고 계시느냐 하면, 그건 좀 아니거든? 우리 아바마마는 교황의 조카인지 뭔지와 강제로 혼인을 해야 했지만, 진실한 사랑은 내 어머니와의 사이에 있다고들 보거든. 내가 보기에도 아바마마는 애교가 많으시지."

약간 뼈가 있는 이야기였으나 무슨 말이 하고 싶은 것인지는 알겠다.

"반면, 대주교는 성무에 하도 열심인 나머지 자주 고압적이 된다더군. 권력을 휘두르는 데에는 능숙함이 필요한데 그 점을 모르는 거겠지. 간음죄, 간통죄에도 엄격한네, 어느 입에서 그런 소리가 나오느냐고 생각하는 사람들도 있거든. 절제 소리에는 그야말로 피식댈 뿐이고."

곰 직인도 비슷한 말을 했다. 교회의 만찬은 늘 진수성찬이라고.

"그래도 사람의 죽음에 눈물짓고, 혼인 축복에 눈물짓고, 난생에도 눈물짓는, 성무를 열심히 하는 점은 인정받고 있기도 해. 그렇기에 시중 사람들은 교회에 관한 비틀린 감정을 어떻게든 해결하고 싶어 하는 거지. 중세를 부과해 흥청망청 쓰고 있지만, 성무 때에는 의지가 되는 골치 아픈 이중성을."

"존경하고 싶지 않은 것은 아니다?"

"또는, 신의 말씀을 빌리자면 순수하게 사랑하고 싶은 거지."

경애라고 하는 게 나으려나? 하며 하이랜드는 웃기도 했다.

신앙이라는 물의 흐름을 개선하면 세상은 보다 더 맑아지겠지.

"그러니까 사람들은 '우리 신의 말씀' 계획에도 호의적이지. 번역된 부분만이라도 좋으니 당장 보여 달라고 조를 정도거든."

"종이와 잉크를 사려고 공방에 갔더니 장인으로 보이는 사람도 감격해 하더군요."

하이랜드는 웃더니 방구석에 대기 중인 시종에게 신호를 보냈다. 그러자 문관 분위기의 내 또래로 보이는 청년이 양피지 다발을 내게 내밀었다.

"아바마마도 이 계획에는 일찍부터 찬성하셔서 왕국 내에서 한가하게 빈둥대는 성직자를 그러모아 작업 중이시다. 주로 신의 가르침을 강의한다는 명목으로. 그들도 일을 하지 않으면 먹고살 수 없고, 아바마마께는 호의적이라 잘 진행되고 있는 듯해. 그러나 상아탑에 사는 이들은 세속어에는 유난히 약하니 재야 학자들의 의견을 절실히 듣고 싶어 하지.”

박사라 부르지 않은 것은 그나마 다행이나, 학자라는 호칭도 아직은 영 낯간지럽다.

그런 기분을 눈치챘는지 하이랜드가 쿡쿡 웃는다.

“콜. 겸손이 미덕임은 나도 인정한다만, 주위에 어찌 보일지는 의외로 말하는 사람에게 달렸다.”

자신감을 가지라는 뜻이리라.

“정진하겠습니다.”

하이랜드는 어이없다는 웃음을 지었다.

“그 양피지 내용의 다음 부분도 번역이 진행되고 있기는 하겠지만, 그대도 진행해 줘. 왕국으로 보내면 그들에게 큰 참고가 될 테니.”

송구스럽지만, 거물과 마주한다는 것은 이런 일이다. 배에 힘을 딱 주고 양피지를 받았다. 성전의 세속어 번역은 사람들을 계몽하여 교회의 이상한 점을 밝히는, 일종의 전쟁이라고도 할 수 있다. 이것이 무기가 되고 방패가 된다 생각하자 양피지 다발이 묵직하게 느껴졌다.

“알겠습니다.”

힘차게 대답하자 하이랜드도 만족한 기색이다.

"그리고 아가씨에게도 먹은 과자만큼의 일은 기대 중이야."

친밀감이 가득 담긴 하이랜드의 시선 끝에서는 뮤리가 다 먹은 과자 쟁반에 묻어 있는 설탕을 손가락으로 찍어 먹고 있는 중이었다. 손가락을 물고 있는데 시선이 집중되자 천하의 뮤리도 조금 겸연쩍어한다.

"내 앞에서 저렇게 행동할 수 있는 것은 특권장(特權狀)의 비호를 받는 광대나 저기 저 아이뿐이야."

"참으로 죄송합… 뮤리!"

야단을 치자 뮤리는 자라목을 하면서도 눈빛은 반항적이다.

"아니, 괜찮아. 우리가 뛰어든 것은 권위와의 싸움이니까. 권위는 사람의 눈을 멀게 하고 생각할 힘도 빼앗지. 이상한 것을 이상하다 말할 수 있는 용기는 더더욱. 기대하겠다는 건 거짓말이 아니야. 그러니까… 글은 읽을 수 있나?"

그 물음에 뮤리는 어리둥절해 했다.

"글 말이야. 교회문자까지는 아니어도."

"아아, 그거라면, 약간은."

대신 대답하자 하이랜드가 반색했다.

"그래? 그럼, 그대 같은 아가씨에게는 따분하겠지만, 성전을 좀 읽어 봐 줘. 우리는 생각지도 못할 진실을 간파해 주겠지."

뮤리는 영 싫지는 않은지 자신만만한 표정이나, 하이랜드의 과

대평가이리라.

"하이랜드 님, 그런 말씀은."

하며 직언을 하려는 참에.

"빈말이 아니야. 저 아이에게는 묘한 느낌이 있거든. 뇨히라에서 묵었던 온천장 여주인도 그랬는데…. 어느 명가 출신인가?"

하이랜드의 견해에 뜨끔했다. 호로와 뮤리의 혈통을 명가(名家)라 칭한다면, 말 그대로 인지를 넘어선 것이다. 가문의 창시 담에 초현실적 존재를 두는 것은 그야말로 세상에 널린 왕가 중에서도 한층 격식 있는 가문뿐이다.

"거 봐, 오라버니. 아는 사람은 안다니까."

그러나 나의 걱정은 아랑곳없이 뮤리는 뿌듯해 한다. 겸손이라고는 눈곱만치도 없고.

"하하하. 저쪽 아가씨가 세상사를 더 잘 아는 듯하군."

꼬리가 나와 있었으면 파닥대고 있었으리라.

"곧이곧대로 받아들이지 말아요."

하고 못을 박았지만, 알아들은 것 같지 않다.

"뭐, 들추진 않겠네. 성전에도 쓰여 있듯이."

비밀은 언젠가는 밝혀지게 마련이다.

그게 좋은 의미인지 아닌지 이 경우엔 어려운 문제다.

"그리고 나는 그대들을 믿으니끼."

신하를 회유하는, 타인의 위에 선 자의 어법으로 여겨 둔다.

하이랜드라는 인물을 얕잡아 보는 게 아니라, 하이랜드는 귀족이고 우리와는 다르다는 언질을 미리 해 두지 않고 데려온 탓이다. 이런 매력적인 인물의 영지에서 성당 재직 사제가 되면 얼마나 멋지겠는가.

그러나 되도록 그런 사욕 없이 협력하고 싶다. 이곳에는 개개인의 이익을 초월한 대의가 있으니까.

"세상을 바로잡을 첫걸음을 위하여."

하이랜드는 그렇게 말하며 포도주를 높이 쳐들었다.

제 3 막

하이랜드에게서 성전의 번역문이 쓰인 양피지를 받아 든 그날 밤은 끝내 거의 잠을 자지 못했다. 책상 앞에 달라붙어 참고삼아 밤새 읽었다. 이런 해석도 있을 수 있구나, 이런 비유가 있었나 하는 지적 자극이 넘실댔다.

뮤리는 촛불이 눈부셔 잠을 잘 수가 없다며 한동안 화를 내는 듯싶더니 어느 결에 조용해졌다.

그리고 화들짝 정신이 들고 보니 바깥 길에서 짐마차를 끄는 소리가 들렸다. 조금 전까지 번역문을 읽고 있었던 것 같은데 어느 결에 잠이 들었는지, 어깨에 이불이 덮여 있다. 침대를 보자 뮤리가 웅크린 채 자고 있었다. 왠지 기막혀 하는 것 같기도 하다.

추위 속에 한 자세로 있은 탓에 고목처럼 뻣뻣해진 몸을 찬찬히 풀고, 잠깐 눈 좀 붙이려고 침대로 들어간다. 뮤리의 높은 체온 덕에 따뜻한 잠자리에 긴장이 풀리고 순식간에 잠이 들었다.

다음에 눈을 뜬 순간엔 '아차!' 하는 공포감으로 벌떡 일어났다.

"점심 준비!"

날이 완전히 밝아 있고, 햇빛의 색깔로 보아 온천장은 아침밥은 끝나고 점심 준비에 들어갈 시간이란 것을 바로 안다. 식은땀, 그리고 준비에 바쁠 로렌스에 대한 미안함이 가득하다. 요 몇 년간 늦잠은 자 본 적이 없는데, 하며 이불 밖으로 나갔다가 그제야 깨달았다.

"…잘 잤어?"

책상 앞에서 머리를 빗고 있던 뮤리가 어리둥절해 하며 묻는다.

"아아… 맞다, 온천장이 아니었지."

활짝 열린 나무창 너머에서 떠들썩한 시가지의 소음이 들려온다.

그리고 희미한 바다 냄새도.

"오라버니, 진짜 일꾼이네."

뮤리가 어이가 없다는 듯 웃었다.

"아, 그리고 잠꾸러기 오라버니가 쿨쿨 게으른 잠을 탐하는 사이에 짐이 도착했어."

평소엔 본인이 늦잠을 자서 혼이 나는 쪽이기에 뮤리가 반가운 듯이 살짝 깨물어 댄다. 좀 깨워 주지, 하고 생각하는 것은 뮤리에게 과한 기대를 하는 거겠지. 눈을 떴는데 내가 아직도 자고 있는 것을 보고 히죽 웃었을 게 뻔하다.

얼굴과 옷에 장난을 치지는 않았는지 점검하는 것도 잊지 않았다.

그런 후 짐이라고 온 것을 보자 잠이 확 달아났다.

"뮤리, 자리 좀."

"흐엉?"

문 옆에 놓인 것을 안아 들어 책상 위에 쿵 내려놓는다. 쫓겨난 뮤리는 못 마땅한 얼굴로 침대에 걸터앉았다.

"이만큼 있으면….”

배달되어 온 것은 넝마를 이용해 만든 종이, 양에게서 채취한 양피지가 한 아름. 넘칠 듯한 잉크와 하늘도 날 수 있을 만큼 수 많은 깃털 펜이었다.

"오라버니 혼자서 그렇게 많이 써?"

침대 위에 앉아 부지런히 머리 손질을 하고 있던 뮤리가 약간 어이없는 표정을 짓는다.

"아니, 필사직인의 협조도 받겠지만…. 뮤리, 누구 찾아온 사 람은 없었나요?"

"응? 아아, 오라버니 있느냐고 누가 오기는 했는데 잔다고 했 더니 그럼 기다리겠다고 했어.”

"그거예요!”

그런 뒤 방에서 성큼 나가려 하자 뮤리가 불러 세웠다.

"아, 오라버니! 아침밥은?!”

"대충!”

그렇게 말해 둔 뒤 방에서 나왔다.

이미 하루의 업무를 시작한 지 오래인 데바우 상회는 어제에 이어 오늘도 사람들로 붐비고 있었다. 지나가던 도제에게 물으 니 1층 하역장 구석에 무료하게 앉아 있는 남자들에게 데리고 갔 다. 그들은 나를 보지 이영사 소리가 어울리게 완만한 동작으로 몸을 일으켰다. 하나같이 구부정한 자세에 오른쪽 손가락에는 붕대를 감았다. 어깨에 멘 가방은 몹시 낡았고, 옷은 진흙 속을 끌고 다닌 것처럼 온통 얼룩 천지. 덧붙여 말하자면 그들의 얼굴과 손 모두 옷에 뒤지지 않을 만큼 얼룩덜룩하다.

아무것도 모르는 사람이 보면 가난한 나그네이거나 세금이 무거워서 마을에서 도망쳐 나온 농노인가 할지도 모른다. 그러나 마신(魔神)과도 같은 강인함을 자랑하는 용병이 시뻘건 피를 뒤집어쓰듯 우수한 필사직인은 잉크 얼룩으로 범벅되게 마련.

다른 어디를 봐도 피폐하기 그지없으나 눈만은 형형하게 빛나는 남자들이었다.

"우리가 신의 올바른 가르침에 도움이 될 수 있다고 하던데?"

"물론입니다. 잘 오셨습니다."

세 남자의 손을 잡으며 이렇게 달려와 준 데에 감사했다.

"그나저나 이 시기엔 다들 바쁘지 않으신지?"

"하하하. 그거야 뭐. 하지만 나는 공증인인 주인어른이 다녀오라고 했으니까."

"나는 항구의 징세사 조합에서."

"시정 참사회의 문서고에서 왔습니다."

읽고 쓸 수 있는 사람은 귀하고, 문서를 복사하는 작업을 담당하는 사람은 더욱 귀하다. 필사 작업은 보통 사람의 상상을 뛰어넘는 힘든 일이라, 수도원에서는 고행의 한 가지로 꼽는다. 하겠다고 나서는 사람이 별로 없는 작업이고, 그것을 끈기 있게, 오차 없이 할 수 있는 사람은 더더욱 한정돼 있다.

필시 하이랜드가 종이직인을 통해 섭외한 인재들일 테니 매우 우수하리라. 그들이 빠진 곳은 야단법석이겠다.

"그래도 우리가 하이랜드 님, 나아가 윈필 왕국에 협조하는 것이 우리가 빠진 것보다 더 돈벌이가 된다고 우리 주인어른들은 판단한 거지. 십일조는 온갖 것에 해당하거든. 그걸 면세 받을 수 있을지도 모른다는데 나 같은 직인 하나둘쯤이야 뭐가 아깝겠어."

"다른 대규모 직인조합은 산하 직인들에게 하이랜드 님의 견해를 선전하게 한다거나, 여차하는 때에는 사람을 차출해 교회 앞에 집합할 심산인가 본데, 우리 주인어른들은 일의 성격상 일꾼이 그리 많지 않거든. 아무 협조도 안 하고 십일조를 면세 받았다가는 시벽 안에서 자리를 못 지키게 될 테니까."

"거기에 보태서, 단순하게 성전에 무엇이 쓰여 있는지도 다들 관심 있어. 교회의 설명은 영 석연치 않은데, 신께서는 실제로 뭐라고 말씀하셨는지 궁금하잖아."

직인들의 반응에서 하이랜드의 계획대로 잘 되어 가고 있다는 것이 전해졌다.

세상이 바뀔지도 모른다는 느낌에 이루 말할 길 없는 흥분이 인다.

"하이랜드 님께 듣자 하니 댁은 학식이 풍부한 신학자라던데?"

"꼭 좀 우리에게도 지도 편달을."

"예? 아, 아니요. 아닙니다. 무슨 말씀을. 송구할 따름입니다."

하이랜드가 여기저기에서 꽤나 치켜세운 모양인데, 허세를 부려서 사람들을 부추기려는 뜻도 있었으리라. 하이랜드는 마냥 사람 좋기만 한 귀족은 아니다.

"오호. 겸손의 미덕을 갖춘 성직자는 처음 보는데."

"과연 훌륭하시네."

이렇게 되는 것까지가 하이랜드의 책략인 것만 같아, 눈이 휘둥그레진 필사직인들 앞에서 쓴웃음만 나왔다.

이들의 작업장을 확보하는 것이 또한 큰일이었다. 데바우 상회의 상관은 몇 개의 건물을 무리하게 복도로 이어붙인 듯한 구조라 안내 없이는 길을 잃을 만큼 복잡하고 넓다.

그런데도 어느 방이나 다 차서 결국 우리가 잠시 빌리고 있는 방을 쓰기로 했다.

"뮤리, 그쪽 좀 들어."

하며 침대와 가구를 모조리 벽에 붙이고 다른 방에서 책상을 가져와 넣었다.

즉시 공방이나 교회의 필경실 분위기가 나게 된 방 안에서 뮤리만이 침대 위에 오도카니 앉아 무릎을 끌어안고 있었다.

"옮길 문서는 어느 겁니까?"

"이겁니다. 분담해서 옮겨 주세요."

"잘못된 철자는 없을지. 나는 글을 읽지는 못해서."

글을 읽지 못하는 필사직인도 드물지 않다. 글도 결국엔 그림 같은 것이라 모양을 따라 쓰는 능력만 있으면 일은 할 수 있다. 오히려 그쪽이 원래 문서의 글자를 충실하게 재현할 수 있기에 환영받기도 한다. 문제는 오자까지도 정확하게 옮기고 만다는 점이지만.

"제가 아는 범위 내에서 표시는 해 두었습니다만…."

글을 읽지 못한다는 것은 어느 부분을 수정했는지 모른다는 뜻이다. 그렇다고 번역문을 담은 양피지에 직접 써넣을 수도 없다. 어떻게 할까 고심하고 있는데, "염려 마시라."라면서 남자가 가방에서 바늘겨레를 꺼냈다.

"이것을 잘못된 철자가 있는 단어 부분에 꽂아 주세요. 그다음엔 이쪽을 참고해서 바르게 고쳐 쓰겠습니다."

"훌륭하십니다."

직인의 합리적인 지혜에 감복했다. 남자가 맡은 양피지에 재빨리 차례차례 바늘을 꽂아 나간다.

다른 두 사람은 목에 천을 감기도 하고, 작업을 할 때에는 늘 그렇게 하는지 작은 팔걸이를 꺼내고 있다. 그런 행동이 이제부터 전쟁에 나갈 기사들의 준비 작업처럼 보여 참으로 믿음직스러웠다. 순식간에 직입 세세가 갖춰졌다.

"그럼 교회에 한 방 먹여 줍시다."

직인 한 사람이 그렇게 말한 후 각자 작업에 착수했다.

그럼 나도 계속해서 번역을, 하다가 문득 깨닫는다. 뮤리가 없다. 그러고 보니 아침밥이 어쩌고저쩌고했던 것이 떠오른다. 혹시 내가 깨어나기를 기다리며 밥을 안 먹었나?

당황하여 방 밖으로 나가 보니, 복도 창틀에 몸을 기대고 중간 정원을 바라보며 새에게 모이를 주고 있다.

"뮤리."

하고 이름을 부르자 새들이 포르르 흩어진다.

"오라버니는 의외로 동물들이 싫어하더라."

늑대의 피가 흐르는 뮤리는 그런 소리를 하고는 손바닥 위에서 새가 쪼고 있던 빵을 입에 넣는다.

"아침밥을…, 그 빵은?"

"바깥에서 살짝 춤추고 받았지."

살랑살랑 허리를 흔든다.

조금 화가 난 것 같다.

"농담이야."

"알아요. 하지만—"

"나도 노잣돈은 가져왔어. 자, 오라버니 몫."

내 말을 가로막고 손에 들고 있던 주머니에서 딱딱하게 굳은 빵과 육포를 꺼내어 내민다.

"그 빵, 뱃사람들이 먹는 두 번 구운 빵이래. 이가 부러질 것처럼 딱딱해."

씩 송곳니를 드러내며 웃는다. 확실히 딱딱해 보이긴 했으나, 신경 쓰이는 것은 그 부분이 아니다.

"어, 저기, 뮤리. 나는 작업해야 할 게 있어서…."

"알아. 내가 저 방에 있으면 진짜 이상하더라."

억지로 여행길에 따라나선 것은 뮤리였고, 있을 곳이 없는 것을 알고 얌전히 뇨히라로 돌아가 준다면 그것이야말로 다행한 일이다.

하지만 막상 실제로 방해꾼이라고밖에 할 수 없는 상황에 이르자, 신경이 쓰인다.

"─라고 얼굴에 쓰여 있네."

"……."

"뭐, 돌아가 주진 않을 거지만."

뮤리는 짓궂게 웃고는 우뚝 서 있는 이쪽의 가슴을 손가락으로 쿡 찔렀다.

"헬렌 언니나 다른 사람들이 오라버니를 놀리면서 장난치던 기분, 알 것도 같아."

무슨 건방진 소리를, 하며 노려볼 쯤에는 훌쩍 거리를 떼고 서 있었다.

"여기는 어디든 바빠 보이니까 할 일을 찾아서 하고 있을게. 다행히 차림도 이렇고."

뮤리는 어제에 이어 상회의 도제가 입는 것과 같은 옷을 입고 있다.

하지만 머리가 평소 그대로라 저런 복장에는 몹시 단정치 않아 보인다.

"그럼 머리는 잘 정리해야지요."

그런 뒤 덧붙였다.

"땋아 줄게요."

아마 일부러 땋지 않았으리라.

"후후. 예~"

즐겁게 웃으며 떼었던 거리를 좁힌다. 휘둘리는 느낌이지만 뮤리가 기분 좋다면 그만 아닌가 하고 생각을 고쳐먹는다.

도중에 여러 번 청소를 하는 도제나 짐을 나르는 상회 사람들이 지나갔는데, 손님이 도제의 머리를 땋고 있는 모습에 다들 의아한 표정이었다.

아닌 게 아니라 좀 창피했는데, 자유분방한 뮤리만은 개의치 않고 신이 나 있었다.

그로부터 며칠은 오로지 작업에 몰두했다.

하이랜드에게 받은 번역문은 고칠 곳도 거의 없어, 오히려 많이 배우기만 했다. 원필 본국에서는 다음 부분의 번역도 진행되고 있다 하니 내가 번역을 하면 선행 번역에 대항하는 꼴이 된다. 참으로 송구한 짓이다 싶지만, 한편으로 즐겁기도 하다. 어차피 잃을 게 없는 자유로운 몸. 마음 가는 대로 하기로 했다.

필사직인들의 실력도 뛰어나, 하이랜드에게 받은 원고도 차츰 매수가 늘어났다. 세밀직인(細密職人)에 의한 여백의 장식을 건너뛰면 하루에 다섯 장은 베낄 수 있다고 한다. 총 13장(章)인 성전 내용 중에 하이랜드에게 받은 원고는 앞부분 4장에 해당하고, 그 부분은 즉시 매수를 늘려 나갔다.

완성될 때마다 하이랜드는 그것을 받아 아티프의 도시귀족, 시벽 밖에 사는 토지 소유 귀족에게 건넸다. 또한 시중 사람들의 요청도 있어, 2부 정도 건넨 이튿날에는 각 조합의 책임자가 자기네한테도 달라며 몰려와서 소란이 벌어졌다.

하이랜드의 유세 덕분일 수도 있지만, 이 도시에는 원래부터 그런 기질이 있었으리라. 바로 옆 바다는 가혹하리만큼 차고, 강을 거슬러 올라가면 눈 깊이 쌓인 산과 맞닥뜨린다. 직인들에게 들으니 아주 최근까지도 거친 북해에서 해적이 습격해 왔다고 한다. 시벽 밖은 느긋이 살 만한 환경도 못 되니 도시 전체가 신의 가르침을 갈구하고 있었다.

그런 상황이었기에 연일 낮이고 밤이고 늦도록 작업하는 것도 힘들지 않았다. 지금ㅆ시는 아무의 쓰임도 되지 못한 채 그저 공부만 해 왔다. 마침내 그것이 보탬이 되니 그 어떤 고통도 고통

축에 들지 않았다. 직인들은 날이 저물면 돌아갔지만, 작업은 당연히 거기에서 멈추지 않았다. 하도 밤늦게까지 촛불을 밝히고 있자 마침내 뮤리가 밤에는 방 밖으로 쫓아냈다. 하는 수 없이 복도에 큼지막한 나무상자와 의자를 놓고 이불을 뒤집어쓴 채 작업을 하니 오히려 집중이 잘되었을 정도다. 지금 비꼬는 거냐며 뮤리가 화를 내기도 했는데, 아마 혼자 자는 게 추워서 그랬으리라.

눈을 떴을 때부터 눈을 뜨고 있지 못하게 될 때까지, 때로는 꿈속에서도 오로지 성전 생각만 하는 시간은 그지없이 행복했다. 뇨히라에서는 로렌스의 이해가 있기는 했어도 온천탕 일이 없어지는 것은 아니었다. 이것이야말로 동경하던 생활이다.

하지만 유일하게 그 생활을 어지럽히는 것은 뇨히라에서도 아티프에서도 역시 뮤리였다. 상회 일 돕기를 마치고 나면 뮤리는 방으로 돌아와 그날 있었던 일을 낱낱이 보고했다. 건성으로 대답하면 이윽고 조용해지기는 하는데, 그 대신 의자를 나란히 하고 성전을 읽는다. 성전의 번역문을 읽다가 모르는 부분을 물으면 잘 대답해 주어서 그런 것인지.

다만, 하도 끈덕지게 작업에 몰두해서인지 뮤리가 나의 몸 상태를 염려하기 시작했다. 아침에 나갈 때 차려 둔 밥이 돌아왔을 때까지 전혀 줄지 않으니 그럴 만도 하겠지만.

평소에는 내가 뮤리의 생활 태도를 꾸짖었는데 입장이 완전히 역전됐다. 밤에도 방 밖으로 쫓겨나는 일이 사라지고, 대신 초가 다 타면 강제로 침대로 끌고 갔다. 그러는 모습이 남의 일처럼 재미있어서, 뮤리에게 남동생이나 여동생이 있었으면 틀림없이 좋은 누나, 좋은 언니가 되었겠다는 생각도 했다.

그렇긴 해도 나의 열의를 뮤리가 이해하기는 역시 어려웠나 보다. 어느 날 또다시 책상에서 끌어내다시피 하여 침대 속으로 데려가더니 뮤리가 이렇게 말했다.

"오라버니. 한 가지 물어봐도 돼?"

대답을 하려 했으나 목을 통 쓰지 않은 탓인지 심하게 기침을 터뜨린 후에야 무엇이냐고 물었다.

"오라버니는 왜 그렇게 될 정도까지 신의 가르침에 열심이야?"

뮤리는 잔소리 삼아 한 말인지도 모르겠으나, 매우 근원적인 물음이었다.

"콜록… 으흠. 내가 이야기한 적이 없었나요?"

"없어. 그래서… 조금, 무서워."

뮤리는 이불 속에서 내 팔에 매달려 있다. 이것도 자는 사이에 내가 빠져나가 책상 앞으로 돌아갈까 봐 경계하느라 이러는 면도 있다. 실제로, 영 표현할 길 없던 특수한 단어의 해석이 잠을 자다가 떠올라 벌떡 일어난 적이 여러 번 있었다.

아닌 게 아니라 가만 생각해 보니 뮤리에게 이런 이야기를 한 기억이 없다. 어린 시절부터 무수히 많은 이야기를 나누어 온 것을 생각하면 조금 이상하기도 하다.

"그렇군요…. 하지만, 어려운 질문이에요. 한마디로 말하기는 아주 어렵지만."

"얘기해 봐. 그리고 이해가 되면 자기 전 촛불을 두 개로 늘려 줄게."

촛불 한 개 분량으로 할 수 있는 작업이 연장될 테니 썩 괜찮은 제안이다. 게다가, 어째서 신의 가르침에 집착하느냐는 질문에 설명을 제대로 하면 뮤리가 신의 가르침에 눈을 뜨는 좋은 계기가 될 수도 있다.

생각을 찬찬히 정리한 후 검은 천장을 올려다보며 말문을 열었다.

"원래 나는 교회의 신의 가르침 따위는 믿지 않았었어요."

"어?!"

뮤리가 귓가에서 놀란 소리를 낸다. 세간에서는 물 끓이는 데에 돈이 든다는 것을 알았을 때와 비슷할 만큼 놀라워한다.

"진짜예요. 내가 태어난 마을은 이른바 이교도가 사는 마을이었어요. 기도를 드리는 대상도 깨끗한 샘이나 거대한 나무. 신은 마을을 지켜 준다는 전설이 있는 거대한 개구리였죠."

"개구리?"

"그런 전설이 있었어요. 어쩌면 옛날에는 정말로 있었을 수도 있죠."

어쨌든 뮤리의 어머니는 거대한 늑대의 화신이니까.

"뭐, 그런 마을에서 태어났으니 교회의 가르침을 배우겠다고 순수하게 생각한 건 아니에요. 얄궂게도 그렇게 결심한 것은 고향 마을이 교회 병사들에게 파괴될 뻔한 뒤부터였으니까요."

뮤리에게 이런 말을 한 적이 없었던 이유를 알았다. 재미있는 이야기만 있는 것은 아니었기에.

"교류하던 마을들은 점점 파괴되고, 그렇다고 물리칠 길도 없었고요. 마을의 신께 아무리 기도를 해도 아무도 도우러 오지 않았죠. 남자 어른들은 죽을 각오로 끝까지 싸우고, 여자와 어린아이들은 다시는 마을로 돌아오지 않을 생각으로 도망칠 준비를 했어요."

지금도 세상 어딘가에서 일어나는 일이겠지만, 그때는 더 빈번히 그런 일이 일어났었다. 뮤리는 입을 꾹 다문 채 매달린 팔에 힘을 주었다. 목을 움츠리고 있는 것이, 괜히 이야기를 물어봤다며 약간 후회하는 것 같기도 하다.

"뭐, 결론부터 말하자면 마을은 우연이 겹쳐 완전히 파괴되지는 않았어요. 지금도 건재해요."

뮤리가 또렷이 마음을 놓는 게 느껴진다.

"하지만 당시 내가 태어난 마을이 있던 북방 일대는 이교도의 땅이라 불리는 전쟁 상태였죠."

"…뇨히라만 안전했었다고 했지?"

역사가 긴 뇨히라는 당시 이교도의 땅에 있는 정교도들의 낙원이라 불렸다.

"그래요. 그러니까 또 언젠가 교회가 공격해 오지 않으리란 법이 없고, 마을을 지킬 수단은 하나뿐이라고 생각했죠. 내가 교회의 높은 사람이 되는 것."

그 말에 뮤리는 당황하는 기색이 역력했다.

그럴 만큼 단순한 발상이라는 것은 나도 잘 안다.

"당시에는⋯ 지금보다 더 세상물정을 까맣게 몰랐던 어린애였죠. 지극히 단순한 발상이었고, 동시에 계산적이었어요. 묘하게 약았다고나 할까. 아무튼 그래서, 그때는 신의 가르침을 배우면서도 사실 믿고 있는 것은 교회라는 조직의 무서움, 강력한 힘이었죠. 신의 가르침을 배우는 주위 사람들도 장래에 특권을 가진 일을 갖고 싶어서였지, 누구도 성실하게 신의 가르침을 실천하지는 않았어요."

대학도시라 불리며, 교회에서 박사로 인정받은 현인들이 모이는 번화한 도시.

공부에는 돈이 들고, 돈이 드는 곳에는 사기꾼이 모여든다. 나는 그곳에서 가진 돈을 모조리 갈취당하고 빚까지 진 끝에 허둥지둥 도망쳤다.

쓰라린 경험이었지만, 그 덕분에 오늘이 있다.

"그래도 내 성격에는 맞았는지 신의 가르침을 배우는 것은 즐거웠어요. 어느 사이엔가 나의 피와 살이 되었고, 익숙해지니 배우는 일 자체가 즐거워졌죠. 하지만 신앙심이라는 것이 아무래도 내 가슴속에 딱 잡히질 않았어요. 확고한 신앙심을 품기에는 세상이 너무도 부조리하고 불확실했으니까요."

마을이 어느 날 완전히 파괴될 위기에 처했는데 단순한 행운으로 그곳을 벗어나고, 개구리 신을 믿는 것은 우리 마을뿐이었다는 것을 알게 되자, 이 세상에 확실한 것 따위는 아무것도 없다고 느꼈다.

세상에서 유일하게 옳은 것은, 더 강한 자의 폭력이 이긴다는 사실 하나인 것만 같았다.

"그런 생각이 뒤집힌 것은 두 별난 나그네를 만나고였죠."

"…아버지와 어머니?"

"정답."

사소한 것이라도 뮤리는 칭찬을 받으니 기뻤나 보다. 난로 대신 밤에는 내놓고 있는 꼬리가, 함께 덮은 이불 밑에서 파닥거려 간지럽다.

"하지만… 왜? 오히려 어머니와 만났으면 교회의 신 같은 건 거짓말이다 싶지 않아?"

그보다 더 강력한 신의 존재에 대한 반증은 좀체 없으리라.

하지만 신앙이란 좀 더 다른 종류의 깃이나.

"그렇게 생각할 수도 있지요. 하지만 뭐랄까, 그렇지가 않아요. 신이 실제로 천상에 계시느냐 하는 그런 존재론적 이야기도 중요하지만, 그것과는 별도로 이 세상에는 진심으로 믿을 수 있는 무언가가 있다는, 그런 가르침을 준 것이 두 분입니다."

"…모르겠어."

불만스레 이불 밑에서 꼬리가 움직였다.

"이 세상에 절대로 확실한 것이 있다면 그 두 분의 관계가 그중 하나일 거라 생각지 않아요?"

그렇게 묻자 뮤리는 조금 놀라는 눈치다.

그 후 잠시 생각하더니 왠지 조금 기쁜 듯이 말했다.

"그럼, 지도? 아버지와 어머니는 기분 나쁠 정도로 사이가 좋으니까."

친딸이 보기엔 그런 감상인가 보다.

"하지만 그게 신의 가르침하고 어떻게 연결돼?"

"그건요."

하며 눈을 감은 것은 호로와 로렌스 두 사람과 만난 후로 떠들썩하고, 때로는 위험한, 그러면서도 묘하게 웃음이 나던 대모험이 생각나서였다.

"두 분은 그 어떤 역경에 부딪히고 절망적인 상황에 빠져도 결코 상대의 손을 놓으려 하지 않았습니다. 왜냐하면, 서로의 마음만은 이 세상에서 절대적인 것이라는 확신이 있었으니까요."

"……."

뮤리가 아무 말이 없는 것은 역시 부모의 그런 이야기를 듣기가 쑥스러워서이리라.

"무언가를 확신하게 되면 그 어떤 역경도 극복할 수 있다는 생각을, 두 분을 보고 했어요. 그리고 그 무언가가 이 세상에 분명히 존재한다는 것을 나는 처음으로 알게 되었죠. 관점을 달리하니 신념이라는 것이 이 차가운 세상을 살아 나가는 데에 얼마나 중요한 것인지 잘 이해할 수 있게 되었어요."

그것은 사랑하는 사람에 대한 마음일 수도 있고, 소속한 집단 또는 모시는 영주에 대한 충성일 수도 있으며, 때로는 수전노처럼 그다지 칭찬할 수 없는 신념일 수도 있다.

하지만 공통점은 그런 신념이 있기에 사람들은 강해질 수 있다는 사실이다.

"하지만 그와 동시에, 기댈 곳 없는 이들의 불쌍함과 무력함도 통감했어요. 내가 그랬었으니까요."

이제 그 시절의 절망은 진정한 의미에서는 이해할 수 없을 테고, 이해하고 싶지도 않다. 의지 할 곳 하나 없는 외로움은 사람을 살아 있어도 죽음의 늪으로 끌고 들어가는 병마와도 같은 것이다.

"그때 비로소 내 안에 있는 신의 가르침에 피가 통했어요."

신은 늘 너와 함께.

아, 그런 것이었나, 하며 머리의 덮개가 벗겨진 것 같았다.

"신은 절대 우리를 저버리지 않는다는 가르침의 의미를 깨달은 순간, 따뜻한 온천수가 폭포수처럼 갑자기 쏟아져 내린 것만 같았어요."

과장도 심하다며 웃을지 모른다 싶었는데, 뮤리는 뜻밖에 웃지 않았다. 웃기는커녕 이쪽의 팔에 매달린 힘을 한층 더하고는 깨물듯 어깨에 입을 맞췄다.

"그건, 알겠어. 오라버니가 앞으로도 쭉 내 편이라고 말해 줬을 때, 나도 같은 느낌이었다고."

불평하듯 말한 것은 부끄러워서인가. 뮤리가 어머니인 호로에게서 자신의 몸에 흐르는 늑대의 피 이야기를 들은 그때의 이야기다.

"성직자가 되면 이 세상에서 외로움의 추위에 떠는 사람들에게 그런 따스함을 전할 수 있어요. 나는 망연자실했던 어린 시절에 우연히 호로 씨와 로렌스 씨를 만났지만, 세상의 많은 사람에게 그런 행운은 찾아오지 않아요. 하지만 내 자신이 그런 행운의 운반자가 될 수 있다는 것을 깨달았어요. 신의 사랑은 한이 없고, 차별하지 않으니까요."

그러기 위해서는 최대한 신을 이해해야 한다. 온갖 의심에 대항할 수 있어야 한다. 졸음을 참기 위해 생양파를 씹어 가며 면학에 힘썼던 것은 바로 그런 신념이 있었기 때문이었다.

"어…."

하며 뮤리가 당황하는 기색이었기에 너무 열을 냈나 싶어 반성했다.

"미안. 약간 과장이었어요. 그래도 크게 벗어난 건 아니라고 생각해요."

"아니, 그게 아니라…. 오라버니가 공부를 하는 데에 분명한 이유가 있었다는 거에 놀랐어. 우리 오라버니는 좀 별나다고 생각했거든."

"읏."

약간 상처를 받아서 곁에 있는 뮤리를 쳐다보자 어둠 속에서도 확연하게 알 수 있을 만큼 짓궂게 웃고 있었다.

"하지만 알았어. 그만큼 진지한 생각을 하는 오라버니는 역시 좀 별난 사람이네. 그러니까 헬렌 언니나 무희 언니들이 말을 걸어도 꿈쩍도 하지 않지."

"뮤리."

음성을 낮춰도 뮤리는 기뻐 보일 뿐.

"게다가 마을 밖으로 나온 이유도 조금은 알았어. 교황인지 뭔지 하는 사람이 세금을 걷느냐 마느냐 하는 일에 오라버니가 왜 화를 내는지 알 수 없었는데… 중요한 부분을 다친 거였구나."

바로 그것이었다. 하도 적확하게 정곡을 찌르는 바람에 앗 소리가 나올 뻔했을 정도다.

교황은 사람들의 구원인 신의 가르침을 사적인 욕심에서 도구로 이용하고 있다. 그 점을 도저히 용서할 수 없다.

"내가 그 점을 이해받고 얼마나 기쁜지 전할 수가 없는 게 유감이네요."

"으응? 그럼, 꼭 안아 줘. 어렸을 때처럼."

키가 자라서 모친인 호로를 쏙 뺀 모습이 되고, 산에서 짐승을 쫓아다니기보다는 차림을 꾸미는 데에 눈을 뜨자 이젠 다 컸구나 싶어 조금 섭섭했었다. 하지만 속은 아직 어린애인가 보다.

허허, 쓴웃음을 지으며 뮤리를 꼭 껴안자 키득키득 웃는다.

"그런데 오라버니."

"뭐요?"

"내가 어머니한테서 귀와 꼬리 이야기를 듣고 울었을 때, 그 중요한 신에 관해서 왜 말하지 않았어?"

이야기의 흐름상으로는 그랬다.

그리고 그 이유는, 아무래도 설명하기가 좀 그렇다.

"그건요….

"응."

여기에서 얼버무리면 뮤리는 오히려 짓궂게 달려들겠지. 포기하기로 했다.

"나도 신의 모습은 본 적이 없으니까요."

"어?"

"하지만, 나는 여기에 있어요. 보고, 만지고, 말을 할 수 있어

요. 그러니까요. 신의 종복을 지향하는 몸으로서는… 그게… 모순되기는 하지만….”

이보다 더 한심스러울 수가 없다. 이런 점에서 교회의 무수한 기만도 생겨나는 것이리라. 뮤리도 어이없어 할 줄 알았는데, 불쑥 이렇게 말했다.

“다시 꼭 안아 줘.”

“어?”

“보고, 만지고, 말을 하잖아? 내 신앙심이 사라지려고 해!”

뮤리가 신께 신앙심을 품게 되는 날은 먼 듯하나, 어떤 의미에서는 좋은 일인지도 모르겠다.

공주님의 분부대로 했다.

성실하게 일을 한 탓인지 평소의 특기인지, 뮤리는 어느 결에 품속에서 새근새근 자고 있었다. 자유분방한 점도 여전하다. 하지만 몸집이 작기는 해도 어릴 때와는 달라서 계속 안고 있으려니 팔이 아프다. 깨우지 않도록 살며시 팔을 빼고, 후우 한숨을 쉰다.

그런 후 다시금 잠든 얼굴을 보자 나도 모르게 흐뭇해진다.

세상의 확실한 것 중 하나에 이 잠든 얼굴의 순수함을 더해도 될 것 같다.

내일부터 또 열심히 해야겠다고, 그렇게 생각하게 하는 얼굴이었다.

기도와 사색의 나날을 되풀이하며 하이랜드에게 받은 원고의 사본의 사본이 시중에 나돌 무렵, 뮤리의 성전 번역문 읽기도 나의 번역문을 따라잡았다. 참견하고 싶어 몸이 근질근질한 뮤리는 빨리 빨리를 외치며 일부러 재촉하는데, 그런 기분은 나도 마찬가지였다. 마침내 제7장까지 번역이 끝났을 때에는 멈췄던 숨을 크게 들이마신 것 같은 기분이 들었을 정도다.

성전의 주된 가르침은 제7장까지이고, 나머지는 신의 말씀을 들은 예언자들이 여행하는 모습, 제자들의 언행록이다. 물론 번역은 잠정적인 것이라 손볼 곳이 산더미처럼 나오겠지만 대의는 전해졌을 것이다.

용케 때를 맞춘 느낌이었다. 밑작업에 분주하던 하이랜드가 마침내 교회 대주교와 본격적인 대화에 들어간 것이 어제.

들리는 바에 따르면, 시중 분위기는 완전히 윈필 왕국파 일색인 듯했다. 시중 사람들의 존경의 뜻과 기부금으로 설립한 교회라면 사람들의 의향을 무시할 수 없을 터.

신의 기본적인 가르침을 기술한 제7장까지의 번역이 든든한 뒷받침이 될 것이다.

또한, 시중 사람들이 이토록 신의 가르침에 관심을 보이는 것에 가슴이 벅찼다.

세상은 아직 쓸 만하다. 올바른 것은 올바르게, 길은 진실로 이어져 있다.

직인들도 돌아간 저녁 무렵, 아직 태양의 잔재가 길 건너 건물 지붕에서 느껴질 즈음의 일이었다.

"오라버니— 작업 끝났어—?"

문도 두드리지 않고 벌컥 여는 것은 뮤리나 하는 짓이다.

돌아보니 왠지 몹시 오랜만에 뮤리의 얼굴을 보는 것 같다.

"오늘쯤엔 끝난다고 하지 않았어?"

"방금."

"옳거니, 옳거니."

무슨 장인 같은 말투에 피식 웃고 만다.

"뮤리도 조금은 노동에 대해 배웠나요?"

"물론이지. 내가 매일 얼마나 큰 활약을 했는데? 여기저기에서 날 찾았다니까. 그런데 제일 놀란 건, 이 세상에는 엄청나게 많은 일이 있다는 거."

번역문을 기입한 양피지의 잉크가 얼마나 말랐는지 확인하면서 즐거워하는 뮤리의 모습에 마음이 풀어지는 것을 느꼈다.

"상회는 세상을 돌리는 물레방아니까요."

"시시하고 귀찮은 일도 많았지만."

"그것이 세상이라는 겁니다."

"그건 알지만…, 그래도 어이가 없을 만큼 어마어마한 양의 나무상자에 꽉 들어찬 화폐의 개수를 세기도 했거든? 그런데, 그렇게 돈이 많은데, 하루 종일 손이 새까맣게 되도록 셌는데, 받은 것이라곤 그중에서 진짜 진짜 진짜로 쪼금!"

그러고 보니 뮤리가 손에서 나는 냄새에 자꾸 신경을 쓰던 밤이 있었던 것 같다. 생선이라도 만졌나 했는데, 돈 냄새를 신경 썼던가 보다.

"근데, 좀 이상해."

"이상해요? 뭐가요?"

"환전상에 심부름을 가기도 했는데, 그 많은 돈을 왜 안 쓰는 거지?"

"누가 맡겨 놓은 돈이거나, 대규모 거래용이거나, 수출용일 수도 있지요."

"수출? 다른 도시에 판다는 뜻이야? 하지만 시중에 잔돈이 없어서 다들 고생인데?"

"이곳보다 더 많이 필요한 곳이 있으면 그쪽에 파는 게 돈벌이가 되는 거겠죠. 종종 있는 일이에요."

"흐―음. 이상해."

그런 화폐 수출을 둘러싸고 왕년에 나는 일대 조작 사건을 알아낸 적이 있다고 자랑하고 싶어졌지만, 어른스럽지 못한 듯해서 자중하기로 했다.

"어쨌든, 그런 일은 싫어. 항구 일 같은 게 제일 재미있더라."

"항구?"

하고 되묻자 뮤리의 눈이 반짝반짝한다.

"커다란 배에 우러러봐야 할 만큼 짐이 잔뜩 쌓여 있어. 그 위에 뛰어올라서 뭍에서 기다리는 사람들한테 짐을 던져 주는 거야. 항구는 배로 북적이고 파도가 쳐서 흔들리니까 큰일이거든! 특히 오늘은 아주 기다란 잠자리 같은 배가 해 질 녘이 다 돼서 밀고 들어왔어. 항구의 규칙도 안 지키고 말이지! 그래서 다들 막 소리를 질렀어!"

흥, 콧방귀를 뀌며 가슴을 편다. 데바우 상회의 일원인 어엿한 도제 행세가 완벽하다. 솔직한 아이이고 씩씩하기도 하니 그런 곳의 분위기에 물들기 쉬운 거겠지.

잠자리 같다는 배는 바람에 의존하지 않고 수십 개의 거대한 노를 저어 완력으로 밀고 나가는 쾌속선을 말하는 것인가? 무슨 급한 짐이 있었나?

그건 둘째 치고, 시끌벅적한 항구에서 산더미처럼 쌓인 짐 위에 뛰어올라 작업하는 모습을 슬쩍 상상해 본다.

"그런 일은… 꽤 위험한 거 아닌지?"

"아아, 몇 사람인가 바다에 떨어지기도 했어. 나만 한 번도 안 떨어졌지."

뮤리가 의기양양해 활짝 웃으며 그렇게 말했다. 뇨히라에서는 얼음처럼 싸늘한 급류 옆에서 이쪽 골짜기에서 저쪽 골짜기로 건너뛰는 놀이를 아무렇지도 않게 했었다. 물론 헤엄치기도 달인이다.

하지만 문제는 그게 아니다.

"로렌스 씨와 호로 씨는 내게 뮤리를 맡겼어요. 만에 하나 다치기라도 하면 어떡하나요?"

"아, 알아. '흠이 가면' 책임져야 하지?"

"……."

땅이 꺼져라 한숨을 짓는다. 헬렌을 비롯한 무희들에게서 의미도 모른 채 설들은 말일 테지.

"조금 다르지만… 대충 그래요."

"그래?"

그 말이 떨어지기가 무섭게 꾸르륵 개구리 울음 같은 소리가 났다.

"그보다 배고파. 작업 다 끝났으면 밖에 나갈 수 있지?"

요 며칠은 내내 방에서 밥을 먹었다. 뮤리는 바깥의 떠들썩한 곳에서 뇨히라에는 없는 음식을 먹고 싶은 눈치였지만 내가 요지부동이라는 것을 알자 얌전히 상회 사람들이 사다 준 빵 같은 것을 방 안에서 먹었다.

"그래, 그래, 알았어요. 나도 오랜만에 봄을 움직이어야지, 인 그랬다가는 이대로 돌이 될 것 같으니까."

"몇 번이나 진짜 죽은 게 아닌가 했다고."

하며 뮤리가 깔깔대다가 별안간 무슨 생각이 난 것처럼 고개를
쳐들었다.

"아, 오라버니!"

"왜요?"

"밖으로 나갈 거면 그 모습은 좀 그래."

그 말에 내 차림새를 내려다봤는데, 뇨히라에서 떠나온 때 그
대로다.

그게 아니면 혹시 얼굴에 뭐가 붙기라도 했나 하여 뺨을 만지
자 뮤리가 붕붕 고개를 가로저었다.

"딱 성직자 같은 그 외투 좀 벗어."

"뭐?"

"잔말 말고!"

시키는 대로 외투를 벗자, 위에서 아래로 뚫어져라 보며 "으
음." 고심한다.

"아직도 왠지 좀 그런데…."

"뮤리? 대체 뭐가요?"

"오라버니, 머리 좀 숙여 봐."

따지기도 귀찮기에 시키는 대로 고개를 숙인 순간, 뮤리가 머
리를 마구 흩뜨렸다.

"…뮤리."

"이렇게 하니까… 아, 좀 낫네."

주변을 둘러본 뮤리가 잉크 뚜껑을 열어 가느다란 새끼손가락 끝을 폭 담갔다가 이쪽의 뺨에 쓱 선을 긋는다. 그리고 반대편에도 그은 후 거리를 두고 이쪽을 본다.

"대충 됐네."

"뮤리."

음성에 노기가 담겼건만 뮤리는 기죽는 기색도 없이 허리에 손을 얹고 가슴을 편다.

"지금 성직자 차림으로 바깥을 돌아다녔다가는 위험해."

"…무슨?"

"힘쓰는 일을 하는 사람들 분위기가 심상치 않거든."

석양 무렵 밤의 장막이 내리고 있는 가운데 뮤리의 눈이 어둠 속에서 야릇하게 빛난다.

"일하는 틈틈이 사람들이 하는 이야기를 여러모로 수집했어. 열심히 했다고."

"여러모로, 라니…."

"역할 분담이야! 오라버니는 방 안에서 열심이었지만 세상일엔 깜깜이잖아. 대신에 내가 눈이 되고 귀가 되었다니까! 모험의 기본 아냐?"

넋을 놓고 서 있자, 뮤리가 또렷이 못마땅한 표정을 짓는다.

"설마하니 정말로 심심해서 일을 한 줄 알았어?"

"아니…."

실은 그런 줄 알았다.

"어휴! 이러니까 오라버니는 안 된다는 거야! 그 금발도 무슨 꿍꿍이인지 모르잖아!"

하이랜드 같은 고위 인사가 단순한 이유에서 나섰으리라고는 물론 생각지 않는다.

그러나 뮤리는 그 이상으로, 근본부터 하이랜드를 믿지 않는 듯했다.

"역시 오라버니는 세상의 4분의 1밖에는 못 봤어."

"반도 아니고?"

세상에 있는 것은 남자와 여자. 그리고 여자에 관해서는 전혀 모르니 세상의 반은 모른다. 백보 양보해 그런 평가는 받아들인다 해도, 거기에서 또 반은 어째서?

그러자 뮤리는 난처한 듯, 조금 서글픈 듯한 얼굴로 말했다.

"오라버니는 사람의 좋은 면밖에는 안 보니까."

이 천진난만한 소녀는 이따금씩 깊은 곳에 바늘을 찌른다.

"하지만 사람은 선의의 덩어리는 아니지. 안 그래?"

차가운 진실이었다. 나이가 반밖에 안 되는 뮤리에게 저런 말을 들으니, 어쩌면 나는 4분의 1에서도 더 반밖에 못 보고 있는지도 모른다.

망연자실하고 있자, 뮤리의 따스한 손이 이쪽의 손에 포개진다.

"하기야, 오라버니가 계략을 꾸미는 건 상상도 안 가기는 해."

188

그 말에 뮤리를 내려다보자 계략 덩어리인 뮤리가 겸연쩍게 웃는다.

"그러니까 오라버니는 내가 지켜 줄게. 오라버니가 보지 못하는 곳을 잘 보고 있다가 낭떠러지에서 거꾸로 곤두박질치지 않게 해야지."

무슨 건방진, 이라고 생각했지만 너무 사고(思考)에 몰두한 나머지 마차에 치일 뻔했을때, 뮤리가 도와준 일이 있었다.

뭐라 대꾸해야 할지 모르겠는데, 가만있기만 해서는 체면 문제다.

"그럼 나는 좁은 시야로 뭘 보면 되나요?"

뮤리는 이쪽을 삐딱하게 올려다보더니, 어이가 없다는 투로 고개를 가로젓는다.

"눈을 뗄 수 없는 사람이 하나 있잖아?"

그건 이런 때 쓰는 말이 아니건만, 뮤리는 몹시도 자신만만하다.

그 간극이 이상해서 그만 피식 웃고 말았다.

"그렇군요."

"그렇다니까."

뮤리가 씩 송곳니를 내보인다. 그러고는 내 팔에 이마를 댔다.

"그러니까 있지…."

"예?"

음성이 먹먹해 알아듣지 못했다. 그래서 되물으니 뮤리가 팔에서 이마를 뗐다.

"그보다, 배고파!"

뭔가 중요한 말을 한 것 같기도 하고, 코가 간지러워 문질렀을 뿐인 듯싶기도 하고. 아무튼 눈을 뗄 수 없는 것은 맞다.

"너무 많이 먹으면 안 돼요."

"예에—"

건성인 대답도 여전하다.

재빨리 방 밖으로 나가는 뮤리의 뒤를 따라나서며 맥 빠진 웃음을 지었다.

밤거리의 떠들썩함은 낮과는 또 달랐다.

굳이 표현하자면 뇨히라에 가깝게, 이른바 술과 고기와 잔치.

뇨히라와 다른 점은 길에까지 튀어나온 긴 의자에 앉아 떠드는 것이 기골이 장대하고 늠름한 남자들이라는 점. 항구에서 일하는 하역 인부, 커다란 톱으로 목재를 가공하는 직인, 또는 대형 선박을 묶어 두는 어마어마하게 두꺼운 밧줄을 짜는 이들이려나. 바닷바람에 그을린 데다 술기운에 벌건 그들의 쩌렁쩌렁한 웃음소리, 고함에는 독특한 박력이 있다.

그리고 뮤리의 충고가 옳았다는 것을 이내 이해했다.

"대주교는 결국 어쩔 셈인 거야?"

"오늘 아침 기도에도 부제(副祭)만 얼굴을 내밀었다고. 우리 윈필 님이 두려운 거지."

"그게 아니야. 대주교와 윈필 님은 계속 교회 안에서 회의를 하고 계시다고."

너나 할 것 없이 화제로 삼고 있는 것은 교회와 윈필 왕국, 혹은 하이랜드였다. 사태의 추세를 지켜보려 하는 이들이 있는가 하면, 세금에 불만을 토로하며 하이랜드를 구세주라 외치는 이도 있다.

그런 그들을 바라보며 슬렁슬렁 걸어, 해가 졌는데도 길가에 나와 있는 노점에서 기름에 튀긴 대구살을 끼운 빵을 샀다. 뮤리는 낮에 한 일로 돈을 벌었는지 자기 염낭에서 돈을 꺼내 돼지 소시지도 추가했다.

"그 차림새로 나왔으면 정말 밥도 제대로 못 먹었겠네."

취객의 시비에 걸려 너는 어느 편이냐고 추궁을 당했을 게 눈에 선하다.

"겉모습은 중요하거든?"

이제 알았느냐는 투로 머리를 갸웃하기에 웃으면서 수긍한 뒤 뮤리의 머리를 쿡 찔렀다.

네거리에 서서 오가는 사람들을 바라보며 빵을 먹고 있자 여러 가지 것을 알 수 있었다.

저들이 무엇에 흥미를 가지고 어떤 말을 하고 있는지. 개중에는 성전의 세속어 번역본 사본이 있다고 과시하는 자도 있었다. 존경하는 음성이 터지고, 마치 그것만 있으면 교회의 악폐를 날려 버릴 수 있을 것처럼 떠든다.

취한 것이 뻔하기에 저들의 언동을 곧이곧대로 받아들이는 것은 위험하다. 그러나 그들의 기대 정도는 엿보였다. 이만큼 많은 사람들이 우리 편에 있다면 하이랜드의 희망은 이루어질 터. 대주교라 해도 시중 사람들의 의향은 무시하지 못한다. 악폐는 개선하고 교황이 잘못하고 있다고 함께 목청을 높여 주리라.

"이대로라면 정의가 이루어질 수도 있겠군요."

아티프 교회가 효시가 되어 다음 도시, 그다음 도시로 이어질 수도 있다. 내가 한 작업이 그 일에 일조한다고 상상하면 가슴이 두근거려 가만있을 수가 없다.

그런 희망에 찬 눈으로 길모퉁이에서 풍경을 바라보고 있자, 이 도시에 완전히 녹아든 모습으로 벽에 기대어 빵을 먹고 있던 뮤리가 한숨을 지었다.

"정의… 정의?"

"왜요? 다들 하이랜드 님이 가리키는 올바른 방향으로 가고 있잖아요?"

그렇게 묻자 뮤리는 무표정하게 나를 보고는 정말 도제처럼 턱 짓을 했다.

왜 그러나 싶어 시선을 돌리자, 술집 앞의 긴 탁자에서 남자들이 소란을 피우고 있었다.

"하하하하!"

"옳~지, 오옳~지, 봐라, 봐~"

시끄러운 음성과 함께 개 짖는 소리도 들린다. 취객이 육포를 손에 들고 들개를 놀리고 있었다. 저것 자체는 흔한 일이다. 시벽 안에는 짐승이 넘쳐 나니까.

"자―십일조 고기다! 주워 먹어!"

육포를 던지자 개가 냅다 뛰어가 고기를 먹는다. 그것을 보며 남자들이 박장대소한다. 이내 개의 모습이 좀 이상하다는 것을 느꼈다.

수단*과 비슷한 앞치마를 하고 있다.

"멍멍 주교님! 우리의 십일조 빵도 드십쇼!"

개가 먹이를 먹을 때마다 남자들은 뒤집어질 듯 웃어 댔다.

뮤리는 반웃음을 지었으나, 이쪽은 전혀 웃을 수가 없었다.

너무도 노골적인, 권위에 대한 모독이기에.

"어제쯤부터 저런 식이야. 술 마시고 떠드는 사람은 뇨히라에서 많이 봤지만, 저 사람들은 그거랑 전혀 달라. 좀… 무서워."

뮤리는 빵을 다 먹고 손으로 옷을 털고 있다.

※수단(soutane) : 성직자가 제의 밑에 받쳐 입거나 평상복으로 입는, 발목까지 오는 긴 옷.

"오늘 낮에는 이 근처 섬에 있는 교회에서 그곳 주교님이 왔는데, 그때도 엄청났어."

"…어떤 식으로?"

개가 먹이를 받고 기뻐라 꼬리를 흔들면 흔들수록 남자들은 박장대소다.

"교회의 높은 사람이 타고 있는 배는 교회 문장을 염색한 돛을 올리기로 되어 있나 봐. 그래서 다들 그런 사람이 배에 타고 있는 걸 바로 알았지. 그랬더니 완전히 터져 나갈 듯한 박수와 대환호."

뮤리를 보자 얼굴이 어둡다. 표정과 내용이 딴판이다.

혹시 뮤리는 주교가 환영을 받는 것이 싫은가?

그런 생각을 하고 있자 예쁜 얼굴의 도제가 한숨을 짓는다.

"아무도 환영 같은 거 하지 않았어. 어느 상인이 가르쳐 줬는데, 그 주교님은 대주교를 지원하러 불려 온 거래. 시벽 안 분위기가 교회를 적대시해서, 금발에게 대항하기 위해서. 그걸 다들 아니까 일부러 박수와 환호성을 올리면서 맞이한 거야. 배를 뒤엎을 순 없으니까. 배에서 내려온 주교님은 당황한 얼굴이 하얗게 질려 있었어. 잘못 왔구나 싶었던 거지."

악의.

거기에 있는 것은 권위에 대해 부글부글 들끓는 악의다.

"아무도 사실은 환영하지 않는데, 사이에 끼이는 게 무서울 거야. 그 주교님, 사람 좋아 보이던데, 도망치듯 항구에서 빠져나 갔어."

누구나가 다 특권 위에서 안주하지는 않는다. 이 도시의 대주 교도 그렇다. 성무에는 열심이라고 하니 진정으로 악인인 것은 아니다.

"여기에서 며칠 일해 보고 생각한 건데, 다들 세밀한 부분엔 신경도 안 써. 그냥 뭐랄까, 열을 낼 대상만 있으면 뭐든 상관없 다는 느낌? 이놈이고 저놈이고 얼마 안 되는 자기네 돈을 빼앗아 간다며 화를 내는데, 십일조 세금이라는 게 그렇게 높아요? 하고 물어보면, 자기네는 징수당해 본 적이 없다면서 재미있다는 듯 이 웃어."

하기야, 하루에 짐을 나르고 얼마간 돈을 받는 사람들에게서 일일이 세금을 거두고 있을 리는 없다. 그런 것은 큰 상회나 세 관, 또는 토지 수입에서 걷히는 것이리라. 물론 돌고 돌아 내 봉 급에도 영향을 미친다는 생각은 할 수도 있겠지만 그것을 실감하 기는 어려울 것이다.

"있잖아, 오라버니. 오라버니가 어떤 것을 빌고 있는지 알 것 같고, 번역하는 모습은 정말 열심이고 즐거워 보이니까 계속 입 다물고 있었는데."

하며 나를 우러르는 눈이 전에 본 적 없이 진지하다.

"오라버니가 번역한 양피지의 복사본도 돌고 있는데, 왠지 그게 있으면 교회에 대한 그 어떤 험담을 해도 되는 것 같은 분위기야."

"번역본은 그런 것이―"

"오라버니가 어떻게 생각하는지, 그 안에 무엇이 쓰여 있는지는 별 상관없는 것 같아."

신의 가르침 따위, 자세한 것은 알 바 아니다. 내가 하루의 일과로 성전을 암송하는 것을 보자 때는 이때다 하며 제 맘대로 머리를 숙이고 신의 가호를 받아 두면 이득이라 여기는 상인들도 있다. 그게 일반적이다.

"그러니까 정말로 조심하는 게 나아. 금발이 이렇게 될 줄 알고 그러는 건지 어떤지도."

"그건⋯."

"그 사람, 그럴싸한 말만 하잖아."

세상의 반에서 또 반.

뮤리의 눈을 응시하면서도 아무런 대꾸를 하지 못했다. 시선을 피하자 놀림을 당하고 있는 개가 눈에 들어온다. 내가 너무 순진한 건가? 하지만 신앙이란 본래 순진한 것이다. 순진함이 나쁘다고 하면 대체 어떻게 해야 하는가?

하이랜드가 성인(聖人) 같은 동기로 움직이고 있다고는 생각지 않는다. 하지만 그가 가는 쪽에 정의가 기다리고 있는 것도 같다.

확실한 것이 무엇인지 알 수 없는 이 느낌.

간절히 성전이 읽고 싶었다.

"뮤리."

"응?"

놀림을 당하는 개와 박장대소하는 사람들을 보면서 말했다.

"상관으로 돌아가지 않을래요?"

나는 저런 악의를 위해 성전을 번역한 게 아니다. 교회의 권위를 업신여기고 싶은 게 아니다. 이상한 것은 이상하다고 써서, 단순히 바로잡고 싶은 것뿐이다.

물론 저들 같은 사람이 전부는 아닐 테고, 하이랜드가 부추기고 있으리라고 생각지도 않는다. 그렇더라도 나는 세상의 4분의 1밖에 보지 못하고 있었다는 것을 깨달았다.

"그래."

더 사 먹고 싶다고 수선을 피울 줄 알았는데 뮤리는 선뜻 그러자고 했다.

그리고 벽에서 몸에 떼어 앞으로 후다닥 나아가더니 빙그르 돌아본다.

"손도 잡아 줄까?"

이상을 위해 열심히 했건만, 시중 사람들의 예상치 못한 악의를 목격했다. 낙담한 것이 얼굴에 드러나 있었나 보다. 놀리면서도 마음을 써 준다.

이래서야 어느 쪽이 연상인지 모를 일이다.

"…길을 잃으면, 안 되니까요."

"오라버니가!"

뮤리의 손에 이끌려서 길을 되돌아간다.

걸음이 약간 급한 것은 혼잡하고 폭력적인 시가지의 분위기에서 조금이라도 빨리 끌어내어 주려는 뜻이겠지. 시끄럽고 제멋대로에, 이따금 엉뚱한 소리를 해서 식겁하게 하지만, 기본적으로는 착한 아이다.

그렇다면, 하고 생각한다.

뮤리가 참 착한 아이라면 뮤리 외에도 마찬가지로 착한 사람들이 있지 않겠는가.

세상은 의심을 하자면 끝이 없다는 것은 안다. 악인이 있다는 것도 물론 이해한다. 내가 로렌스와 만난 것부터가 사기꾼에게 홀딱 속은 후였으니까.

그러니 근심을 털어 버리고자 교회의 권위를 조롱하는 사람들이 있는 한편, 대다수의 사람들은 성전의 번역본을 읽고 나면 교회의 옳고 그름을 올바로 이해해 줄 것이다. 적어도 나는 그렇게 믿고 싶다.

뮤리와 함께 상관으로 돌아가, 이 시간에도 여전히 업무에 쫓기고 있는 이들의 틈새를 뚫고 3층 방으로 향했다.

"뭐든 좋지만, 오늘은 푹 잘 것! 알았어?"

"알았어요, 알았어."

왈왈 짖는 뮤리에게 미소를 지은 후 문을 연다. 그러자마자 잉크 향이 확 넘쳐 나와 바깥의 소음으로 거스러미가 인 마음이 차분해진 듯했다.

잉크 향은 지혜와 평안의 향이다.

"하지만 자기 전에 얼굴을 좀 씻고 싶네. 그리고 뮤리도 조금 먼지 냄새가 나니까 뜨거운 물을 얻어서―"

하며 초에 불을 붙이고 나서야 뮤리가 문간에 우뚝 서 있는 것을 알았다.

"뮤리?"

뮤리는 내 물음에 반응하지 않고 부르르 몸을 떠는가 싶더니 귀와 꼬리를 드러냈다. 그리고 방으로 들어서자 문을 닫고 코를 킁킁댄다.

무슨 장난을 치는 건가 했는데, 뮤리가 보이지 않는 실을 더듬는 것처럼 일직선으로 걸어가 책상 앞에 선다.

"뮤리."

의문형이 아니라 이름을 불렀다. 책상 위에는 갓 번역된 원고가 가지런히 쌓여 있다. 나가기 전과 똑같다.

"우리가 없는 사이에 누가 여기에 있었어. 몇 사람이."

의심하지 않는다. 뮤리의 귀와 꼬리털이 바짝 곤두서 있으니.

게다가 방에는 딱히 자물쇠도 달려 있지 않다. 누구나 자유로이 드나들 수 있다.

"설마, 도둑맞았나?"

양피지 다발을 들춰 촛불로 비추며 확인한다. 그러나 매수는 맞고, 필적도 나의 것이다.

"망쳐 놓은 것도 없어…. 누가 궁금해서 읽어 보러 왔었나?"

상회에는 열렬한 신도들도 있다. 슬슬 번역이 끝날 때가 됐다는 소문을 듣고 찾아왔는데 사람이 방에 없기에 참지 못하고 읽었을 수도 있다.

그런 생각을 하고 있는데, 엉거주춤한 자세로 책상 주위까지 냄새를 맡고 다니던 뮤리가 몸을 일으키고 코를 문질렀다.

"글쎄? 내가 알 수 있는 건 누가 여기에 있었다는 게 다야. 어머니처럼 늑대가 될 수 있으면 누가 있었는지도 알겠지만."

속상한 듯 말하고는 한차례 재채기를 터뜨린다.

뮤리는 귀와 꼬리를 자유자재로 넣었다 꺼냈다 할 수 있는 반면, 어머니인 호로처럼 거대한 늑대가 되지는 못한다. 반은 인간의 피가 흐르고 있어서이리라.

"아무튼 오라버니는 좀 더 조심하기다?"

"알았어요. 하지만 사람을 너무 의심하는 것도 좀 그렇다 싶네요."

그렇게 주장하자, 팔짱을 낀 뮤리가 꼬리를 느릿느릿 크게 젓고는 불만스레 나를 쳐다보았다.

그러고는 한숨을 푹 쉬더니 항복하듯 어깨를 으쓱였다.

"그럼, 가서 뜨거운 물을 얻어 올 테니까… 혹시 모르니 단검을 바닥에 꽂고 자루로 문을 괘서 열리지 않게끔 해 둬요."

"그럴 바에야 나도 갈래."

화난 듯이 말하기에, 하긴 그런가 하고 생각을 고쳐먹는다.

초를 촛대로 옮겨 들고 방을 나가려는 순간이었다.

"아, 3층에 누가 왔다. 누구지? 이 발소리는 루이스인가?"

귀를 쫑긋대며 뮤리가 그런 소리를 했다. 일하다 친해진 도제의 이름인가. 그럼 온 김에 더운물을 부탁할까 하는데, 뮤리가 귀와 꼬리를 후딱 감춘다. 이내 문 두드리는 소리가 났다.

"쉬시는데 죄송합니다."

정중히 인사한다. 부재중에 방에 들어와 뭔가를 하고 간 자는 아니겠지.

"예."

대답하고 문을 열자 뮤리보다 두어 살쯤 어려 보이는 소년이 서 있었다.

"실례합니다. 하이랜드 님께서 부르십니다."

그 한마디에 방에 있던 것이 하이랜드가 아니었을까 싶다. 하이랜드라면 일을 의뢰한 주인으로서 성과물을 마음대로 읽을 권리가 있고, 평민의 방에 무단으로 들어오는 데에 거리낌이 없으리라.

"알겠습니다. 곧 가겠습니다."

그렇게 대답하자 도제가 공손히 머리를 숙였다가 방 안으로 힐 끗 시선을 던지는 게 보였다. 표정 없던 얼굴이 순간 웃더니 살 짝 손도 흔든다.

물론 모른 척해 줄 만큼의 상냥함은 있다.

문을 닫자 직인들이 쓰는 책상으로 다가간 뮤리가 생글생글 웃 고 있었다.

"루이스였나요?"

"응. 항구에서 같이 일했는데, 바다에 두 번 떨어졌어."

친해서 웃는 것인지, 아니면 바다에 떨어진 멍청함을 비웃는 것인지 구분이 잘 가지 않는다. 아마도 양쪽 모두이겠지.

"그럼 잠시 하이랜드 님께 다녀오겠는데."

말을 자른 것은 일부러였다.

"물론 나도 갈 거야."

"과자는 없을지 모르는데?"

"먹이를 너무 먹어 댔다가는 총기가 흐려지니까 괜찮아."

실제로 하이랜드가 뮤리에게 과자를 주는 것은 경계심을 드러 내는 산짐승을 길들이는 즐거움과 비슷한 것인지도 모른다.

"무례한 짓은 하지 않도록."

"알았다고."

책상에서 벗어나 먼저 방 밖으로 나간다.

그 뒤를 따르려다가 문득 방 안을 돌아보았다.

번역 원고는 저대로 둬도 될까?

"오라버니?"

복도에서 부르는 소리에 한순간 망설이다가 가져가기로 한다.
제7장까지의 번역에 관한 보고도 해야 하니까.

"갈까요?"

"응. 그건 그렇고, 뮐굴, 사과는 나왔으니까 이번엔 배일까?"

과자를 기대하는 뮤리의 식탐에 웃으며 걸음을 내딛는다.

그리고 긴 복도 저편, 손에 든 불빛이 닿지 않는 그 너머로 깊은 어둠을 보았다.

조심해서 나쁠 것은 없다.

그렇게 마음을 돌리고, 하이랜드의 거처로 갔다.

밤의 장막이 완전히 내린 후의 호출. 더욱이 하이랜드는 내일부터 대주교와 논의를 시작한다.

호출한 이유는 여러 가지이리라.

"아아, 왔나."

방으로 들어서자 하이랜드는 눈이 시릴 만큼 흰 천이 깔린 테이블 앞에 앉아 있었다. 거기에는 요리가 늘어서 있었으나 모두가 온기를 잃은 지 오래되어 보인다.

"죄송합니다. 식사 중이셨습니까."

"아니."

하이랜드가 쓸쓸하게 웃으며 나이프를 가볍게 까닥였다.

"식욕이 없어서."

결국엔 나이프를 내던지고 의자의 등받이에 몸을 기댔다.

"교섭을 하느라 긴장하신 것이겠지요. 너무 무리하지 마십시오."

"긴장…하고는 좀 다를 수도 있어. 불쾌함, 그리고 낙담이지."

낙담이라니, 교섭이 잘 풀리지 않고 있나?

"시중 사람들이 저토록 지지하는데도 대주교님께서는 완고하십니까?"

그러자 하이랜드는 나직이 웃었다.

"시중 사람들의 지지."

곁에 있는 뮤리가 기분 상해 하는 것이 기척으로 느껴졌다. 하이랜드의 웃음은 어딘지 모르게 조롱하는 투였다. 그러나 그것은 자신을 향한 것이었나 보다.

"나도 그런 줄 알았지. 하지만 웅성대고 있는 건 하층민들뿐이야."

하역 인부, 어부, 또는 일용직 일꾼.

"게다가 그들 같은 자들은 폭력적으로 소란을 떨 줄밖엔 몰라. 오늘 대주교가 지원 삼아 수하의 사제를 부른 모양인데, 그 사제는 교회에 도착하자마자 털썩 주저앉더군. 마치 전쟁터를 뚫고 나온 것처럼 겁에 질려서."

뮤리에게서 들은, 전혀 환영받지 못하는 곳에서 박수와 대환영을 받은 그 사제이리라.

"그걸 보니, 나는 어떻게 비치고 있을까 싶어."

다 식은 식사 앞에 지친 듯이 앉아 있는 하이랜드가 서글프게 말했다.

"내란을 선동하고, 이 도시를 왕국의 판도에 끼워 넣으려는 게 아닌가 의심들 하고 있지."

"옛?!"

그것은 윈필 왕국과 교황 사이의 싸움과는 전혀 다른 이야기다.

"시중에서 성전의 번역본을 쳐들고 자랑하는 자들이 있잖아? 그 바람에 성전을 번역한 내용은 거짓이고 내란 봉기를 일으키려는 문서가 아니냐며 대주교가 통렬히 비난하더군."

"어떻게 그런…."

"물론 읽어 보면 알 수 있지. 대주교에게도 헌상했거든. 하지만 이 도시 권위의 상징이 우리를 반란 주동자가 아닌지 의심하는 바람에 시중의 주요 인사들이 꼬리를 말아 버렸어. 만에 하나 그게 사실이면 내게 가담하는 것은 곧 역적에게 가담하는 꼴이니까."

자학하듯 말하며 담담히 웃고 있긴 하나, 괴로워 보였다.

이곳 데바우 상회의 상관을 관리하는 스테판의 공손함도, 경의

가 아니라 경원에 가깝다고 말했었다. 그들은 이 도시에서 장사를 하는 이들이고, 힘 앞에는 굴복하는 게 이득인 입장이니까.

그렇게 생각하자 우리가 방을 비운 새에 번역 원고를 보러 온 게 누구인지 알 것 같다. 데바우 상회의 면면들. 내가 그 방에서 반란 봉기를 부추기는 문서를 작성하고 있지 않은지 확인하러 온 것이리라.

하이랜드는 숨을 크게 들이마셨다가 천천히 오래오래 토해 냈다.

"본국에서는 교황 때문에 인생의 중요한 순간에 신의 가호를 받지 못하는 백성이 넘쳐 나고 있다. 우리는 신을 믿지 않는 게 아니야. 하물며 이것을 기회 삼아 타국의 영토를 빼앗으려는 생각은 하지 않아. 신의 가호와 돈을 한 저울에 올려놓고 있는, 저 교황이 마음에 들지 않는 거지. 왜 그 단순한 이치를 모르는 것인지… 나는 이해가 가지 않아."

테이블 위에 놓인, 꽉 쥔 주먹이 부들부들 떤다. 저 답답함을 알기에 내 주먹에까지 힘이 들어간다.

그러나 이윽고 힘을 탁 풀더니 창피한 듯이 웃는다.

"어쩌면 이렇게 화가 나게 만들려는 의도인지도 모르지. 화를 내면 지는 거다. 교섭 시에는 특히."

하이랜드는 술을 들어 가볍게 입에 머금은 후 말했다.

"대주교와의 교섭도 그렇다. 저쪽은 있는 대로 줄줄이 나와서

206

는 하나같이 저 좋을 대로 말로 돌멩이를 던져 대거든. 검은 것을 검다고 하기도 어려울 정도로."

무력으로 배제할 수도 없는 노릇이니, 수적 우세로 행사하는 폭력이다.

"그래서 말인데, 콜. 그대에게 부탁이 있다."

"제게요?"

"조금이라도 머릿수를 늘리고 싶다. 저쪽이 내일도 같은 전술로 나올지는 모르겠지만, 교섭 자리에 나와 주지 않겠나?"

뜻밖의 제안에 이유를 물으려 하는데, 웃는 얼굴로 제지당했다.

"신학적 조언은 구할지도 모르지만, 뭔가 적극적으로 발언하라고는 하지 않아. 그 자리에서 당당하게 있어 주면 돼. 그대는 명성 있는 신학자들과 교류하는, 젊고 우수한 학자로 선전돼 있으니까. 진지한 얼굴로 서 있어 주기만 하면 그것만으로도 효과적일 거야. 대주교가 교리문답을 하려고 들 염려는 일단 없다. 그들은 신의 가르침을 통해 주교직에 얻은 게 아니라, 출세의 방편으로 그 자리를 얻은 것이니까."

그것은 하이랜드의 편견이라기보다 실제로 대화를 나눠 본 김 상이리라.

"그리고 성전을 제대로 읽은 적이 없는 대주교라도, 이곳은 항구도시이니 고명한 성직자가 뇨히라에 다녀오면서 들른 적도 있을 테니까 얼굴이나 이름쯤은 알겠지. 아무개의 이름을 대고 특징을 대면서 꽤 친교가 있는 것처럼 말하면 주교들은 그대를 고명한 신학자를 같이 놓고 볼 거야."

마치 밭의 새싹을 노리는 까마귀나 새 떼를 쫓기 위한 허수아비 같지만, 도움이 된다면 무엇이든 못 하랴.

"사실 이런 무모한 방책은 쓰고 싶지 않다. 하지만 진실을 논하면 상대가 자기 잘못을 깨닫는 훌륭한 세계는 책 속에만 있는 모양이다."

이상과 현실의 사이에서 하이랜드는 마모되고 있는 듯했다.

하지만 책이라는 말에, 자신의 손에 그 이상의 덩어리 같은 것이 들려 있는 것이 떠올랐다.

"번역 말씀입니다만, 일단은 제7장까지 잠정적으로."

"오오!"

하이랜드의 얼굴이 확 밝아지니 나까지 기뻐진다.

"수정은 당연히 필요하겠으나 대의는 전해지리라고 봅니다."

"아니, 수고 많았다."

양피지를 건네자 하이랜드가 애지중지하듯 눈을 가늘게 뜨고 글을 읽어 내려간다.

"음…. 아아, 좋은 문장이다."

당연히 공치사이겠지만, 다소의 자랑스러움은 보수로 여겨도 되겠지.

"다 읽을 시간이 없는 것이 아쉽군. 이것은 어디까지 복사가 되었는지?"

"제7장 중반까지는 복사해 두었습니다. 나머지 부분의 번역이 오늘 끝났으니 내일 아침까지는 복사본이 만들어질 겁니다. 그것을 직인들에게 건네면 우리가 이 부분을 교회로 들고 가더라도 계속 사본을 만들 수 있습니다."

"이해가 빨라 좋군. 그리 해 주게."

"알겠습니다."

하이랜드로부터 양피지를 받아 들자 착실한 진행과 앞날에 희망이 생겨난다.

"이것은 역사적인 첫걸음이다. 사람들이 성전을 읽고 무엇이 바른지 깨닫는 첫걸음이 될 것이야. 부탁한다, 콜."

하이랜드의 격려를 받고 방을 뒤로했다.

결국 그날 밤도 촛불을 켜게 되었으나 뮤리는 화를 내지 않았다. 방에서 쫓아내지도 않고, 부지런히 복사를 하는 곁에서 번역한 문장을 가만히 읽고 있었다. 드디어 뮤리도 신의 가르침에 눈을 떴다는 생각은 아마도 덧없는 희망이겠지. 자신을 방치해서, 혹은 하이랜드가 마음에 들지 않는데 또 일을 맡은 것이 불만일 수도 있다.

도중에 이쪽의 어깨에 툭 머리를 얹은 것도 그런 표현일 테고.

은빛 머리카락에 손가락을 파묻듯 하여 쓰다듬어 주자 귀와 꼬리가 살짝 소리를 낸다.

평소엔 소란스러운 뮤리지만, 결국 마지막까지 한마디 말도 없이 번역한 것을 모두 읽었다.

어깨에서 머리를 떼더니 한껏 기지개를 켜고 하품을 덧붙인 후, 내 손끝을 확인한다. 아직 갈 길이 먼 것을 알았는지, 별 말 없이 의자에서 일어나 침대로 냉큼 가 버렸다.

변함없이 자유분방한 모습인데, 역시 저런 일련의 행동이 어딘지 모르게 화를 내고 있는 것처럼 느껴졌다. 내일 이후에 시간을 봐서 상대해 줘야겠다.

이러면서도 또 그 새를 못 참고 신경을 쓰는 자신이 어이없었으나, 이미 몸에 밴 습관 같은 것인데 어쩌랴.

뮤리와 헤어지면 온천장 일을 하지 않게 된 것 이상으로 가슴이 허전하겠지, 하는 생각이 들었다.

번역의 나머지 분량을 복사하는 작업은 아침까지 걸리지는 않아, 시내가 완전히 고요해진 한밤중께 끝이 났다.

하이랜드와 함께 행동해야 하는데 도중에 하품을 해서는 안 되겠기에 뮤리의 꼬리의 온기를 나눠 받으며 잠들었지만, 동이 트는 것과 함께 눈이 뜨였다. 해가 중천에 뜨고서야 일어난 뮤리는 그 이야기에 어이없어 했으나, 흥분해서 그렇다는 것은 나도 잘 안다.

필사직인들도 하나둘 왔기에 남은 번역 부분의 사본을 건넸다. 그리고 복사가 이루어지는 대로 번역을 원하는 사람들에게 건네도록 지시했다. 번역본의 원본은 하이랜드와 함께 교회로 가져간다.

"그런데 왜 그런 차림을?"

뮤리는 뇨히라에서 입고 온 옷을 입고 케이프를 어깨에 두르고 있었다. 단 며칠 만인데도 여자아이다운 옷차림을 하니 전보다 조금 더 어른스러워 보였다.

도시에서 일을 한 탓인가.

"왜냐니? 이 상회의 도제 차림으로 교회에 갔다가는 상회에 폐를 끼칠 수도 있잖아? 어제 얘기했는데."

데바우 상회는 하이랜드를 응원하고 싶어도 현장의 상관을 맡고 있는 스테판으로서는 교회와 정면으로 대립하고 싶지 않다. 게다가 사람들의 막무가내 행동을 보면서 내란으로 영토 다툼에 빠지는 것은 아닌지 의심하고 있다.

뮤리의 판단이 옳다면 옳다고도 볼 수 있으나 전제에는 의문부호가 붙는다.

"얌전히 방에서 기다린다는 선택지는?"

"싫─어! 성전도 읽었는데. 더 이상 일을 해 봐야 새로운 정보는 못 얻을 것 같고."

"나는 세계의 4분의 1밖에 못 보고 있고?"

그렇게 말하자 뮤리는 눈이 동그래졌다가 낯간지러운 듯이 웃었다.

"그래, 맞아."

"하여간… 하지만 하이랜드 님이 뭐라 말씀하실지는 알 수 없으니까."

일종의 희망을 담고 한 말이었으나, 하이랜드의 방으로 가자 무사통과다.

"그 차림은 나쁘지 않은데, 코르셋 대신 도제 바지를 입고 허리띠를 두툼하게 감으면… 음. 궁정 행정관 수습생으로 보이겠군. 내친 김에 깃털 펜을 꽂은 모자라도 준비하지. 이목구비가 단정하고 당당하니 어떤 차림을 하든 그럴싸할 거야."

반쯤 재미로 한 말 같았으나, 실제로 그렇게 옷을 입고 이번에는 머리를 목덜미에서 한데 묶기만 한 뮤리는 귀족을 수행하고 있다 해도 어색하지 않게 보였다.

"차림새가 중요하다니까."

"맞는 말이다."

하이랜드의 동의를 얻자 뮤리는 득의만만하게 흥, 콧방귀를 뀐다.

"그럼 가 볼까? 아침 기도도 끝나서 사람들이 교회에서 공방이나 가게로 일을 하러 나갈 무렵이다."

하이랜드와 시종들은 마차를 탔지만 뮤리와 나는 걸어서 그 뒤를 쫓았다. 길이 혼잡해 여차하면 걷는 게 더 빠르다. 그리고 시중의 분위기를 파악하려면 길을 걷는 게 더 나았다.

어젯밤처럼 껄끄러운 광경은 간곳없이 아티프 시가지는 햇빛을 받아 빛나고 있었다. 그 풍경을 보고 있자, 어제의 그것은 밤의 어둠이 보여 준 악몽이었던 것이라 믿고 싶어진다.

교회 앞에 마차를 대는 것은 공식행사가 아닌 한은 그다지 예의 바른 일이 아니다.

뒤로 돌아가자 팔을 걷어붙인 젊은 부제들이 손이 새빨개져서 물일을 하고 있었다.

낡은 천으로 교회 벽을 벅벅 닦고 있다.

"안녕하시오. 대주교님은 계시오?"

마차에서 내린 하이랜드가 말을 걸자 뮤리보다 살짝 연상에 아직 수염도 제대로 나지 않은 부제 중 하나가 손을 닦은 후 과묵한 몸짓으로 뒷문을 열었다. 강철로 된 투박한 문으로, 여차하는 순간 적의 침입을 막기 위한 것이다.

"실례하오."

선두의 하이랜드가 지나갈 때에는 시선을 내렸지만, 시종이나 우리가 지나갈 때에는 노골적으로 노려보았다. 어두컴컴한 교회 안으로 들어가, 뒷문이 육중한 소리를 내며 닫히자 뮤리가 슬쩍 말을 건다.

"아무도 환영 안 하네."

"아침부터 쓸데없이 일이 늘어 짜증이 났겠지."

대답한 것은 하이랜드다.

"하지만 청소는 훌륭한 수행 아닙니까?"

"무엇에 더럽혀졌느냐에 따라 다르지."

그 대답에 고개를 갸웃하자 뮤리가 귀엣말을 해 왔다.

"썩은 달걀이야."

얼결에 얼굴을 쳐다보고 만다. 교회 뒷길에는 가게도 없고, 밤이 되면 오가는 인적도 드물어진다. 불만을 품은 자들이 썩은 달걀을 손에 들고 오는 모습이 쉽사리 상상되었다. 교회 측에서 보기에는 그들을 부추기는 것은 하이랜드이니 환영할 리가 없었다.

일행은 큰 교회 안을 씩씩하게 걸어간다. 불손하거나 뻔뻔해서가 아니다. 그렇게 하지 않으면 쫓겨날 수도 있으니까. 얌전히 안내를 청하면 어느 방에서 한도 끝도 없이 기다리게 할 수도 있다.

교회는 바깥에서 본 것보다 훨씬 크게 느껴졌다. 전체가 석조로 된 건물은 역시 장엄하다. 벽에는 압도될 만큼 거대한 진홍빛 걸개가 걸려 있기도 하고, 천사의 형상을 새긴 돌로 된 촛대가 같은 간격으로 늘어서 있는 것이 이만저만 사치스러운 게 아니다. 밤에 켜는 등불도 동물기름이 아닌 밀랍일 테지.

이윽고 집무실 앞에 도착하자 하이랜드는 거침없이 양쪽 문을 활짝 젖혔다.

그리고 성큼 들어서서 말했다.

"안녕하십니까. 오늘도 이렇게 뵙게 된 것을 신께 감사드립니다."

집무실은 넓고 천장은 드높았다. 기다란 방 안에는 스무 명은 앉을 수 있을 듯한, 난생 처음 보는 길고도 긴 탁자가 덩그러니 놓여 있다. 벽에는 정성스러운 장식이 들어간 나무 책꽂이와 궤가 늘어서 있고, 그 위쪽에는 회반죽을 바른 벽에 데바우 상회에 걸린 그림보다도 더 큰 천사의 그림이 열두 개나 그려져 있다. 대상회의 응접실도 이보다 호화롭지는 않다.

긴 탁자에는 자수가 도드라진 자색 수단을 입은 사제들이 일곱 명쯤 앉아 있고, 서기 두 사람이 양피지를 펼치고 있다. 탁자의 정점, 벽에 걸린 거대한 교회 문장 밑에는 금빛 자수가 놓인 수단을 입은 대주교가 있었다.

그들 뒤로는 각자의 시종인 청년들이 두어 명씩 대기하고 있다. 교회의 잡무를 보면서 신의 가르침을 배우는 부사제이거나, 교회의 운영을 맡는 교회 참사회에서 고용한 평신도 비서이리라. 확실히 저 많은 사람들이 일제히 떠들어 대면 그 어떤 정론도 압살되고 말겠다.

"신께 영광 있기를."

대주교는 대답을 하면서도 얼굴은 못마땅한 기색이었다.

"꽤 많이 끌고 왔군."

대뜸 나온 핀잔 어린 첫마디에도, 문관이 끌어낸 의자에 앉으며 하이랜드는 우아하게 미소 짓는다.

"사람이 많으면 이 넓은 집무실도 온기가 돌지 않을까 하여."

대주교는 떨떠름한 표정인 채로 코에서 크게 숨을 뿜는다.

"오늘은 마침내 성전의 번역이 제7장까지 완성되어, 그 원고를 드리려고 왔습니다."

하이랜드가 신호를 주자 대기하고 있던 문관이 양피지를 손에 들고 주교들에게로 간다.

나란히 앉아 있는 주교들은 누구 하나 우호적인 표정을 짓지 않았으나, 대기 중인 시종은 공손히 양피지를 받아 대주교에게 올렸다.

"그것이 반란의 문서가 아니라는 것을 제 입으로 말하기보다 읽으시는 편이 더 믿음을 드리기 좋지 않을까 하여. 물론 신께서는 싸움을 반겨 하지 않으시고 융화를 말씀하고 계시지요."

눈앞에 놓인 양피지를 한 장 넘기고 대주교가 고개를 든다.

"읽어도 되는지?"

"물론입니다."

하이랜드의 음성이 살짝 들뜬 것처럼 들렸다. 나도 조금 뜻밖이었다. 받기만 하고 눈길도 주지 않을 줄 알았다. 대주교는 재빨리 첫 장을 찬찬히 읽더니 둘째 장으로 넘어간다. 아주 신중하게 묵독했다.

그러는 사이, 넓은 집무실 안에는 서른 명 가량이 있으면서도 아무도 말문을 열려 하지 않았다. 이따금 누군가가 몸을 꼼지락대는 소리, 헛기침하는 소리가 공허하게 울린다. 대주교는 양피지에 시선을 준 채 고개도 들지 않는다.

뭔가 이상하다는 생각이 든 것은 둘째 장을 읽는 데에 지나치게 오래 걸렸기 때문이었다.

"어떠십니까?"

하이랜드가 묻자, 대주교는 둘째 장을 넘기고 셋째 장으로 넘어간다. 마치 우연히, 그제야 다 읽은 것처럼. 그리고 대주교는 셋째 장을 읽는 데에도 이상하게 시간을 들였다.

하이랜드를 보자, 옆모습이 노기로 굳어 있다.

함정에 빠졌다는 것을 비로소 깨달았다.

우리 측은 성전의 번역이 내란 봉기를 유도하는 문서가 아니냐는 의심에, 결백을 증명하고자 대주교에게 번역문을 읽게 했다. 그렇다면 끝까지 읽어 주는 게 좋으나, 반대로 대주교의 입장에서는 다 읽을 필요가 전혀 없다. 대화를 할 수 없어 곤란한 것은 하이랜드 측이니까.

빨리 읽으라고 재촉해 봐야 소용없고, 왜 이렇게 느리냐며 화를 내게 되면 그것이야말로 상대의 노림수.

더는 상대하지 못하겠다며 자리를 박차고 일어서면 만만세. 이

것은 교섭이 아니고, 대주교는 애당초 들을 마음도 없었으니까. 신의 가르침을 따라서가 아니라 인간 세상의 출세 방편으로 저 자리에 앉아 있다고 한 하이랜드의 말은 지극히 옳았다.

조용하기만 하던 집무실에 답답한 공기가 차오른다. 하이랜드는 귀족의 위엄을 무너뜨리지 않고 긴 탁자에 한쪽 팔을 얹은 채 대주교를 지긋이 바라보고 있다. 그것은 마치, 단 한순간이라도 놓치면 도망치고 말 들쥐를 응시하는 것처럼.

그러나 이 교착 상태를 대체 어떻게 할 생각인지. 대주교가 저 원고를 다 읽을 리 없다. 재촉해도 소용없고. 자리를 박차도 안 된다. 완전히 갇혔다.

레노스의 실패라는 말이 문득 떠오른다. 어쩌면 하이랜드는 레노스 대주교에게도 같은 일을 당한 게 아닐까. 신학 토론은 나와 충분히 견줄 만하나, 나처럼 고약한 세간에는 익숙지 않은 게 아닐까.

생각은 그랬지만, 그렇다고 내가 무엇을 할 수 있는 것도 아니니 한심하고 안타까웠다.

그로부터 얼마나 시간이 흘렀는지, 집무실 밖에서 종소리가 들려온다. 점심때를 고하며 교회 종루의 종이 울린 것이리라. 그 소리를 듣고 든 생각은, 집무실 내부가 그 아무리 교착되어 있어도 밖에서는 사람들이 여느 때처럼 생활하고 시간이 흐른다는 점이다. 하이랜드는 그 흐름에 걸고 있는 게 아닐까, 라고 생각했다.

날이 저물면 다시금 그 난잡하고 폭력적인 시간이 찾아든다. 술 취한 사내들이 개에게 수단을 입혀 권위를 모독하고, 닭다리와 성전 번역본의 한 토막을 든, 깐깐해 보이는 상인이 고기를 우물대며 교회에 폭언을 퍼붓는다.

그러지 않아도 데바우 상회의 상관에서는 직인들이 번역본을 필사해 배포 중이다. 그것을 읽으면 양식 있는 자라면 교회의 횡포에 정당성이 없다는 것을 바로 알 수 있다. 그렇게 되면 사람들은 교회 뒷문이 아니라 정문에 달걀을 던질지도 모른다. 사람들이 교회의 악폐를 바로잡으려 나설 때, 하이랜드는 만반의 준비를 끝내고 교섭을 위한 검을 뽑을 것이다.

그리고, 그런 식으로 생각하면 대주교 측의 꿍꿍이도 보인다. 정반대로 도박을 하고 있을 수도 있다.

뮈리가 상회에서 허드렛일을 하며 수집해 온 정보에 따르면, 소란을 피우고 있는 하층민들은 그저 소란을 피울 수 있기에 피우는 느낌이었다. 신앙의 정의도 뭣도 없이, 십일조 세금에 직접적으로 깔려 허덕이는 것도 아니다. 소란을 피우는 것은 일과성 유행에 지나지 않고, 이대로 아무 일도 없으면 그들의 관심은 다른 곳으로 옮겨 갈 게 뻔했다.

계절은 겨울에서 봄으로 이동하고, 일 년 중 가장 바쁜 시기에 접어들고 있다. 데바우 상회에 진정을 하러 온 사람들의 수를 봐도 명확하다. 이제부터는 봄 축제와 교회 의식 등도 줄줄이 들이 닥칠 테니 종교적 권위로 그런 것들을 관장하는 대주교는 하이랜드의 교섭을 뒤로 돌릴 구실로 삼고도 남는다.

성무는 소금과도 같은 것이다. 계절의 변화, 인생의 중요한 순간 등, 일상생활에서 교회는 빼놓을 수 없는 존재다. 하이랜드와 교섭하느라 성무에 지장이 생기게 되면 하이랜드에게 악감정을 품는 자도 나오리라. 애당초 윈필 왕국의 민중이 고통을 받고 있는 것은 전면적으로 성무를 정지했기 때문이다.

사람들이 분노의 목청을 올리는 것이 먼저일지, 아니면 코앞의 생활로 관심을 돌리는 게 먼저일지.

숨 막히는 긴장 속에서 조용히 생각한다. 이것은 세상을 어떤 식으로 믿느냐의 싸움이다. 사람들은 올바른 것은 올바르다고 보아 줄 것이고, 그를 위해 봉기할 것이다. 적어도 나는, 또한 하이랜드도 그리 믿고 있을 터.

신이시여, 하고 기도한다.

그러나 그 신의 종복일 대주교들이 잘못하고 있는 일을 기도하는 것이 과연 올바른 일일까. 하늘과 땅이 뒤집힌 듯한 구도에 현기증이 인다. 뱃사공의 말마따나 강은 일직선으로 흐르지 않는다.

이런 게 세상이라고 하면 그야 그렇겠지만, 단순한 삶의 노히라가 아득히 멀게 느껴졌다.

그리고 몸이 차츰 깎여 나가는 듯한 시간이, 아픔이 느껴질 만

큰 느릿느릿 흘러갔다. 하이랜드도 대주교도 아무 말이 없으니 점심 식사를 제안하는 이도 없다. 더욱 시간이 흐르고, 집무실의 높다란 천장에 난 채광창으로 들어오는 햇살의 방향이 처음 집무실에 들어왔을 때와는 반대가 되었다.

온몸이 쑤신다. 그것은 이 자리에 있는 모두가 느끼고 있으리라. 서 있는 자들뿐 아니라 앉아 있는 자들도 마찬가지다. 줄곧 의자에 앉아만 있어도 나름대로 몸에 큰 부담이 간다. 나이 먹은 주교들은 눈에 띄게 지쳐 갔다. 그에 비해 하이랜드 측은 나를 포함해 젊은 사람이 많다. 주교의 뒤에 선 시종들도 젊었지만, 끈기를 다투는 면에서는 우리가 유리해 보인다.

한 가지 걱정은 뮤리였는데, 산을 뛰어다니는 체력이 있는 만큼 잘 버티고 있는 듯했다. 하지만 내일부터는 오지 않겠다는 생각이 들어 조금 웃을 뻔했다.

마침내 채광창에서 들어오는 햇살이 기울고 색도 짙어진 무렵. 사람들의 머릿속에는 이제 조금 있으면 오늘도 끝이라는 그런 생각뿐일 즈음, 우당탕 소리가 울렸다. 고령의 주교가 긴 탁자에 엎어지듯 쓰러졌다.

"주교님!"

시종들이 달려와 주교를 데리고 나간다. 집무실 문이 열리고, 강물의 흐름을 막고 있던 둑이 터진 듯 긴장이 흘러 나갔다.

그 흐름을 본 대주교가 양피지에서 고개를 들고 말했다.

"이래서는 회의가 안 되겠군. 이 번역도 다 읽지 못했고, 내일 다시."

그 말에 안도한 것은 주교들만이 아니다. 하이랜드의 수행원들도 나를 포함해 막혔던 숨을 토했다.

그 순간이다.

"아니요. 밤은 기니, 다 읽으시길 기다립시다."

하이랜드가 의연히 선언한다. 대주교가 얼굴이 굳은 채 할 말을 잃는다. 동료 주교들은 얼결에 대주교를 애원하듯 쳐다본다.

그 모습에 감복했다. 하이랜드는 결코 세상물정을 모르는 귀족님이 아니다.

상대의 긴장이 풀어지는 그 순간을 오로지 기다렸던 것이다.

원한다면 지옥까지라도 상대해 주마. 대주교를 바라보는 하이랜드는 한 걸음도 물러설 기색을 보이지 않는다. 대주교도 그것을 알기에 말을 잇지 못하고 있다.

그러나 수하의 주교들은 체력적으로도 정신적으로도 한계에 이른 듯했다. 오늘은 이로써 끝이다 싶어 이미 긴장을 풀었다. 다시금 기합을 다잡기는 힘겹다. 형세가 뚜렷이 역전되었다.

어쩌면 대주교는 하이랜드를 얕잡아 보고 있었을 수도 있다. 저래 봐야 어차피 곱게 자란 나약한 귀족일 것이라고. 여차하면 여성으로도 보일 만큼 선이 가는 하이랜드에게 촌스러운 구석은 전혀 없다. 그러나 그에는 사냥꾼이라 해도 좋을 강한 끈기, 상대의 뒤를 캐는 상인처럼 짓궂은 일면이 있었다.

"으…윽…."

대주교는 진땀을 흘리며 신음했지만, 그도 권좌에 앉기에 걸맞은 인물인가 보다.

"그렇…구려. 어중간한 것은, 좋지 않지."

물어뜯을 듯한 눈빛으로 하이랜드를 노려보며 대주교는 간신히 버텼다. 죽으려면 다 같이 죽자고 할 때의 얼굴이 바로 저런 것일까. 주교들은 절망에 찬 표정이 되었으나 대주교의 말에 거역할 수는 없다.

그리고 그 모습을 가만히 지켜본 뒤 하이랜드는 말했다.

"하지만, 가볍게 식사는 하는 게 어떠실지?"

그래서는 상대의 기력을 회복시키고 마는 게 아닌가 한순간 생각했으나, 주교들의 얼굴을 보고 깨닫는다.

저들의 심정이 하이랜드 쪽으로 명백히 기울고 있다. 그야말로 구세주를 만난 것처럼.

당했다는 것을 깨달은 대주교는 떨떠름하게 고개를 끄덕였다.

"크윽…. 그럼, 빵과 마실 깃을. 거리에는 아직 노점이 나와 있을 터이니."

시종들은 고개를 조아린 뒤 각자 집무실에서 나간다. 하이랜드는 이쪽을 돌아보고 상큼하게 웃으며 말했다.

"너희도 가서 거들어라."

일을 하라는 게 아니라 몸을 움직이며 휴식을 취하고 오라는 뜻이 분명하다.

하지만 체력으로 승부하는 호위들은 아니라면서 한사코 떨어지기를 거부했다. 주인이 고행을 하면 자기네도 따르는 게 도리라는 거겠지.

"그럼 다른 사람들은 식사 준비를."

아침부터 내내 한곳에 서 있었기에 무릎과 허리가 내 것이 아닌 것만 같다.

뮤리도 비틀대기에 가는 몸을 손으로 부축했다.

"괜찮아요?"

"…탕에 몸 좀 담그고 싶어."

"나도 그래요."

농담 삼아 웃으며 대답했다. 집무실에서 밖으로 나오자 다들 무릎을 굽히고 허리를 편다. 그런 공통된 몸짓은 적군 아군 관계 없다. 주교들의 시종, 하이랜드의 수행원들 사이는 약간 어색하기는 해도 왠지 모를 공감 같은 것이 있었다.

그렇다고 어깨를 나란히 하고 시장에 가기는 꺼려지니, 시종들은 뒷문으로, 하이랜드의 수행원들은 정문 출입구에서 밖으로 음식을 조달하러 갔다. 우리도 우리 몫은 사 와야 하겠지만, 뮤리가 다리가 아파 보이기에 가는 도중에 복도 구석으로 가서 쉬기로 했다.

"대단하더라."

통로 옆에 쌓인 나무상자에 앉은 뮤리가 웃으며 말했다.

"역시 저 금발, 성격 나빠."

무심결에 주위를 둘러보았으나 아무도 없다. 교회 안을 바삐 돌아다니는 부제들도 저녁 기도를 위해 성당 쪽으로 간 모양이다. 그리고 뮤리의 말투에서는 일종의 경의가 느껴졌다.

꽤 하던데? 라는 투로.

"오라버니가 그 자리에 앉아 있었으면 할배가 양피지 세 장을 넘기기도 전에 항복했을 텐데."

하물며 수하 주교들의 심정을 이쪽으로 기울게 만드는 일은 절대 불가능했겠지.

"그런데 저치들, 어쩔 생각인가?"

마음에 걸린 것은 버르장머리 없는 말투가 아니라 '저치들'이라고 한 부분이었다.

"저치들?"

"할배와 금발 양쪽 모두. 둘 다 승산이 있으니까."

"그건 나두 생각해 봤는데."

하이랜드는 민중이 분노하기를, 대주교는 민중이 이 싸움에 흥미를 잃게 되기를 각각 기다리고 있는 것은 아닐까.

그렇게 말했더니 뮤리가 대놓고 어이없어 했다.

"오라버니는 그래서 안 된다는 거야."

"아, 안 되다니, 왜?"

뮤리는 나무상자에 앉은 채 한쪽 무릎을 세워 턱을 얹는다. 마치 골목대장이 이제부터 옆 마을 꼬맹이들을 쳐부술 작전을 설명하듯.

"오라버니는 활솜씨가 좋고 끈질기니까 산을 돌아다니면서 화살로 사슴을 잡는 것은 잘 하지만, 떼로 잡거나 덫을 놓는 건 잘 못 하지?"

느닷없이 무슨 소리인가 했는데, 맞는 말이긴 하다. 가끔 활을 들고 산으로 들어가 사슴을 잡기는 한다. 그 성과에 평소 알고 지내는 사냥꾼이 박수를 쳐 준다. 하지만 뮤리가 산에서 사냥감을 잡으면 사냥꾼은 구역 침해라며 화를 낸다. 털가죽을 팔아서 먹고살 수 있을 만큼 대량의 토끼며 다람쥐를 쓸어 오니까.

"덫을 놓는 사냥은 욕심의 승부거든."

"욕, 심?"

"덫은 많이 설치하고, 조금이라도 더 그쪽으로 가게끔 내몰듯 길을 만들어야지."

뮤리는 그런 일을 천재적으로 잘 했고, 나는 젬병이었다. 다람쥐가 다니는 길도 토끼가 오가는 길에도 깜깜하다. 효율적으로 전체를 내려다보는 일에는 한없이 서툴다.

"오라버니는 착하고 성실하니까."

뮤리는 웃고 있었다.

"그런데 금발은 상대인 할배가 뾰족한 대책이 없다는 걸 알고 있는 것 같잖아? 그러니까 뭔가 준비한 게 있을 거야. 어제는 시끄럽게 떠드는 작전에 당했다며? 아무리 봐도 사냥꾼 소질이 있어. 그러니 아무 준비도 없이 그냥 왔을 리가 없다고."

"그렇다면?"

물어보자 뮤리는 어깨를 으쓱였다.

"잔재주 같은 대책이 아니라 근본적으로 상황을 뒤집을 만한, 할배가 양보할 수밖에 없는 상황이 온다는 걸 알고 있는 게 아닐까? 그것도 오늘, 또는 내일 중에라도."

그 순간, 기억이 어느 어두운 밤으로 날아갔다.

"설마… 그런."

악의로 가득한 것 같던 그 소동이 자연스럽게 일어난 게 아니란 말인가.

하이랜드가 그런 짓을… 그런, 교회의 권위를 걷어차는 것 같은 짓을.

충격에 말을 잇지 못하고 있자, 뮤리가 서글픈 표정을 시었다.

"오라버니가 아무리 착하게 살아도, 세성이 오라버니를 착하게 대하리란 법은 없어."

이때 뮤리의 분위기는 세계지도 앞에서 머리를 땋아 주던 때와 똑같았다.

뮤리는 그때 짐승의 귀도, 꼬리도, 여자아이라는 것도 감추려 했다. 뮤리가 아무리 바깥세계에 흥미진진해도 세상은 뮤리에게 괴로운 짓을 한다.

뮤리는 그것을 이미 몇 년도 더 전에, 어린아이였던 시절에 이해했다.

"금발은 며칠 내로 도시에 야단법석이 날 것을 알고 있을 거야. 그러니까 저렇게 자신만만한 거지. 하지만 말이야, 오라버니."

뮤리는 이쪽을 올곧은 시선으로 쳐다보았다.

"그렇다면, 이상해."

"이상해? 이 이상… 무엇이…."

"오라버니도 경험한 적 있잖아? 사람을 화나게 하기는 쉬워도, 반대로 진정시키기는 몹시 어렵다는 거."

그러면서 뮤리가 짓궂게 씩 웃기에 덩달아 힘없이 웃고 만다. 예전에 한번 불이 붙은 뮤리를 달래느라 얼마나 힘을 뺐던가.

"그건… 그러네요."

"할배도 아무 대책이 없을 리 없지. 할배 측도 뭔가 비책이 있는 거야. 그런데, 그걸 전혀 모르겠다고. 오라버니의 의견은 너무 오래 걸려. 낚싯바늘에 미끼를 꿰지 않아도 언젠가는 물고기가 혹시 물지도 모른다는 식이잖아? 그러니까, 미쳐 날뛰는 시중 사람들을 상대할 방책이 있을 거야."

듣고 보니 그럴 수도 있겠다.

대주교도 하이랜드도 둘 다 짊어진 것이 크다. 오래 끌 리가 없다. 그래서 하이랜드가 그날 밤 시중의 어두운 분위기를 조성하는 데에 가담했다고는 생각하기 싫지만, 논리는 통한다. 그럼 대주교는? 그는 무엇을 기다리고 있는 거지?

"대주교님의 계획을 알면 하이랜드 님을 도울 수 있을 것 같은데…."

"뭐, 오라버니가 알 수 있을 만한 게 아니라는 점만은 확실하네."

얄밉다는 눈빛으로 쳐다보자, 오라버니가 그만큼 좋은 사람이라는 뜻이라고 대꾸하는데, 별로 기쁘지 않다. 뮤리는 그런 식으로 나를 한바탕 놀리더니 다리의 통증이 풀렸는지 나무상자에서 내려와 손을 잡았다.

"배고프다."

"그래, 알았어요."

그 후 광장에서 가벼운 식사를 조달해 오기는 했으나 집무실에서 먹었다가는 숨 쉬기도, 밥 먹기도 쉽지 않을 것 같아 교회 옆에서 빨리 해치우기로 했다. 번화한 광장을 바라보며 빵을 먹고 있자 세상은 아무 일도 없는 듯 평화로워 보인다. 저녁때라 하기에는 아직 이르나, 하늘은 주황빛으로 변하고 있고, 거리에는 일과를 끝낸 나른한 편안함이 감돌기 시작한다. 성질 급한 노점상은 마무리에 들어가고, 술집도 처마 밑 촛대에 초를 부태거나 하로며 긴 탁자를 내놓고 있었다.

하지만 날이 저물면 도시 분위기는 싹 바뀐다. 따스하고 번화하며 밝은 낮은 끝나고, 화톳불을 밝힌 춥고 난잡한 밤이 찾아든다.

하이랜드는 날이 저물어도 일어설 생각이 없을 테니 밤이 온 뒤부터가 승부다.

"다 먹었나요?"

엄지손가락 안쪽을 핥고 있던 뮤리가 고개를 끄덕였다.

"갑갑하면 살짝 빠져나가도 돼요."

일단 그렇게 말해 두자, 뮤리가 가녀린 어깨를 건방지게 으쓱인다.

"오라버니야말로 남의 악의에 당해 쓰러지지나 마."

저런 자세라면 괜찮을 듯싶다.

그런 뒤 신의 올바른 가르침을 위해 다시금 교회로 돌아갔다.

집무실로 돌아가자 휴식과 식사 덕분인지 얼마간 분위기가 풀어져 있었다. 아까 쓰러진 고령의 주교도 여전히 안색이 좋지는 않으나 자리에 앉아 있다. 주교들의 뒤에 대기한 시종들도 거의 모여 있어서, 제일 늦게 온 편이라는 것을 알게 된 우리는 약간 당황했다.

그러나 그런 관심도 대주교가 양피지를 넘겨 다음 장을 읽는 것을 보자 싹 날아갔다. 무슨 심경의 변화일까.

저 안에 담긴 성전의 가르침에 이끌려 읽기를 멈출 수가 없는… 것일 리는 없고, 필시 이 지구력 싸움에서 수하이자 동료인 주교들의 감정이 더는 이반되지 않게끔 다음 단계로 가려는 것이리라.

문제는 대체 무엇을 할 심산이냐는 것이다.

하이랜드의 계획은 시중 사람들의 분위기를 이용한 것일 테고. 뮤리의 말처럼 하이랜드가 직접 부추기고 있다고 생각하기는 싫으나 그럴 이유는 충분이 있다. 밤의 장막이 내리고 사람들이 광장에서 교회에게 악담을 퍼붓고 매도하는 분위기에 놓이면 양보해야 할 측은 대주교가 된다.

그렇다면 대주교는 무엇을 노리고 있는 것일까?

어쨌든 이 자리에 있는 전원이 상대 진영의 계획을 넘어서려 하고 있는 것은 분명하다. 벽에 걸린 그림 속에서 이 상황을 내려다보고 있는 천사들은 대체 어떻게 생각할까? 늘 있어 왔던 일이라 할까?

그런 생각을 하고 있는데, 방을 둘러보며 인원수를 센 주교 측 시종이 집무실 문을 모두 닫고 다녔다. 마치 방 안의 독기가 밖으로 새어 나가지 않게끔 뚜껑을 닫듯.

그리고 집무실에는 다시금 침묵이 내리고, 대주교는 번역문을 계속 읽어 나간다. 단순히 눈으로 훑고 있는 게 아니라 꼼꼼히 읽고 있다는 것은 또렷이 알겠다. 그 모습에 역자의 한 사람으로서 순수하게 긴장했다. 지금 대주교가 읽고 있는 것은 어느 부분일까. 번역의 질은 어찌 여기고 있을까. 내가 해 온 공부가 세상에도 통할까.

공명심은 좀처럼 버리기 힘든 마음이라는 것은 안다.

이렇게 되고 보니 비로소 사람들이 뭐라 하건, 성전의 가르침에서 얼마만큼 멀어지건, 이 장엄한 대성당 안의 특권을 놓치지 않으려 하는 대주교 측 심정의 단편도 이해할 수 있을 것 같다.

그런 생각이 통해서 그런 것은 아니겠지만, 대주교의 눈길이 우뚝 양피지 한 곳에서 멎었다. 흥미가 생겼는지 앞줄로 돌아가 재차 읽기도 한다.

저것이 단순한 시간벌기의 일환이 아니라는 것은 가까운 자리에 있는 주교에게도 그 양피지를 보여 주는 것으로 보아 명백하다. 그리고 양피지를 본 주교는 해당 부분에 눈이 휘둥그레져 있다. 바로 옆 자리의 주교에게도 보여 준다.

어느 부분에서 어떠한 이유로 저러는 것인지 안절부절못했다.

겹친 양피지의 위치로 볼 때 내가 번역한 부분이 틀림없다.

최소한 어느 부분을 돌려 읽고 있는 것인지 알고 싶어 까치발을 해 가며 엿보듯 몸을 앞으로 기울인다. 탁자 위를 미끄러지고 있는 양피지의 글귀를 본 순간 오싹했다. 분명히 내 필체다. 내가 쓴 문장을 지위 높은 자들이 읽고 있다는 사실에 숨을 삼킨다.

뭐라 말할 수 없는 흥분에 빠져서 나도 모르게 다리가 앞으로 나갔던 모양이다. 옷을 붙든 뮤리에게 발을 밟히고, 하이랜드는 어깨 너머로 어렴풋이 미소를 지어 보였다.

이곳에서 나 혼자만 어린애인 것 같다.

그러는 사이에 양피지는 탁자를 한 바퀴 돌아 대주교의 자리로 되돌아간다.

대주교는 그것을 다른 양피지 다발 위에 곱게 얹은 후 헛기침을 했다.

"이것이 세간에서 말하는 성전의 세속어 번역본이라니 놀랐소."

그 한마디가 단순한 감상이 아니라는 것은 집무실의 전원이 이해했다.

하이랜드가 공손히 대답했다.

"세상 사람들이 조금이라도 더 많이 신의 가르침을 알게 되기를 바랐습니다. 민중 봉기를 촉발하는 문서가 아님은 당연히 이해하셨으리라 봅니다."

하이랜드의 말에 대주교는 천천히 고개를 끄덕인다.

"헌데, 이를 번역하신 것은 어느 분이신가? 윈필 왕국의 고명한 신학자이시오?"

그 순간, 무작정 길러서 묶은 머리가 뮤리의 꼬리처럼 곤두서는 것 같았다. 책상 위를 미끄러지던 양피지는 틀림없이 내 필체다. 내가 맡은 부분이다.

그것을 대주교는 고명한 신학자가 번역한 줄 안다.

"아닙니다. 대주교님이 들고 계신 부분에 관해서는 여기 이 젊은 학자가."

하이랜드의 소개를 받고, 있는 대로 등줄기를 쫙 펴며 눈높이를 들었다. 그렇게 하지 않고는 늘어선 주교들의 시선을 받아 낼수가 없었다. 하지만 그 대신 시선 끝에는 벽에 걸린 교회 문장이 있었다. 내가 배운 것이 신의 가르침을 널리 알리는 이 거대한 집 안에서 소소한 의미를 띠게 된 것을 신께 축복받는 것만 같았다.

"호오. 그리고 저 학자에게 번역을 의뢰한 것이 그대이고?"

"그렇습니다. 우리 윈필 왕국은 신의 가르침을 독점하길 바라지 않으며, 신께서도 그러길 바라시겠지요."

넌지시 들어간 선제공격이었으나 대주교는 슬쩍 받아넘긴다.

"흠. 그것이 하이랜드 님, 나아가 윈필 왕국 국왕께서 숙고하신 결과라면 어쩔 수 없구려."

대주교는 깊이 감동한 듯 말했으나, 그 진의는 여전히 이해되지 않았다.

대각선 뒤에서 보는 하이랜드의 표정은 차분함과 여유를 무너뜨리지 않고 있으니 저들은 무언가를 아는 것일까.

그런 생각을 하고 있자니 대주교의 입에서 엄중한 한마디가 나왔다.

"그럼, 이 문서의 내용에 관한 책임은, 하이랜드 님, 또한 윈필 왕국이 지는 것으로 하면 되겠소?"

뭔가 형세가 이상하다.

그렇게 느낀 직후, 대주교는 옆에 있는 시종에게 양피지를 건네어 이쪽으로 보냈다.

하이랜드가 다소 당황한 기색인 것은 대주교의 행동이 도를 넘어 예상 밖이었기 때문이리라.

양피지를 건네면서 저런 소리를 하는 이유는 하나뿐이다. 번역은 성전의 어구를 독자적으로 해석하는 행위일 뿐이니, 토론의 여지는 얼마쯤도 있다. 그러나 하이랜드는 아티프 대주교가 성전을 제대로 읽은 적도 없는 것으로 보고 있었다. 설마하니 그런 대주교가 교리문답을 들고 나오려는 것인가.

명확한 오역이 있었나? 아니, 그럴 리 없다고 정정한다. 몇 번이나 검토했다. 질적인 편차는 있어도 쉽사리 공격할 만한 곳은 없을 것이다.

시종의 손에 들린 양피지가 하이랜드 앞으로 긴다. 가까이에서 보니 역시 익숙한 나의 필체이고, 내용도 신을 찬미하는 예언자의 말로 가득한 부분이다. 해석에 큰 여지가 있는 비유나 은유 부분이 아니다.

하이랜드도 힐끗 보고는 양피지에 적힌 번역문이 성전 어디에 해당하는지 단박에 알았는지 딱히 다 읽지도 않고 나에게 건넸다.

"이 부분에 무슨?"

하이랜드에게 양피지를 받아 들고 처음부터 글을 훑어 나간다. 역시 틀림없다. 내가 옮긴 글을 읽어 나가자 그 부분을 썼을 때의 흥분과 기쁨, 또는 한밤중 작업의 졸음과 허리통증이 되살아난다.

그런데 돌연 뮤리가 옷을 잡아당겼다.

뮤리는 양피지에 얼굴을 가까이 대고 글이 아닌 양피지 자체를 들여다보고 있었다.

"이거….."

뮤리가 그렇게 말한 것과 대주교가 말문을 연 것은 거의 동시였다.

"밑에서부터 4행째는 본래 성전에서는 신에 대한 찬미로 되풀이되는 감동적인 부분 아니었소?"

밑에서부터 4행?

위에서부터 읽어 내려가다가 거꾸로 올라간다.

그리고 나도 모르게 소리가 튀어나갔다.

"엇?"

하이랜드가 돌아보는 것을 기척으로 느꼈지만, 신경 쓸 겨를이 없다. 내 눈이 의심되고 발밑이 휘청하며 욕지기가 치민다.

뭐지, 이게?

"왜 그러나, 콜."

시선을 돌릴 수조차 없었다. 하이랜드가 의자에서 일어나 양피지를 빼앗는다. 직후, 몸을 움찔하며 고개를 들었다. 아침부터 저녁까지 신경이 끊어질 것만 같은 지구력 싸움에서도 안색 하나 변하지 않던 인물이 온몸으로 동요한다.

하지만 쳐다본 것은 내 쪽이 아니다. 대주교 쪽이다.

"설마… 아니, 어떻게 해서…."

그 한마디가 나를 살렸다. 그렇다. 어떻게 해서?

내가 착각한 것일 리 없다. 신을 찬미하는 부분에 쓰여 있는 것은 신은 돼지이고, 그 가르침은 돼지 멱따는 소리와 같다는 한 구절.

"설마고 자시고, 필체는 맞지 않소? 거기 그 젊은 학자가 그대의 비호 아래 번역한 것이 분명하오."

대주교의 말에 하이랜드는 손에 든 양피지를 괴로운 낯으로 들여다본다. 확실히 필체는 맞다.

기분 나쁘리만큼 완벽하게 내가 쓴 글이었다.

그날 밤 악마가 몰래 숨어들어 멋대로 이 글귀를 쓰게 했다고밖에 생각되지 않았다.

그러나 그때.

"오라버니, 직인의 냄새가 나."

뮤리의 속삭임에 모든 것을 이해했다.

필사를 맡긴 직인은 셋. 그중 한 사람은 글을 읽지 못했다. 그래도 필사직인으로서는 되레 솜씨가 좋은 쪽이었다. 어째서? 글자라는 것은 일종의 그림이고, 정확히 베낄 수 있으면 일은 성립하니까.

그리고 정확하게 베낄 수 있으면 사용한 단어를 바꾸어 온갖 문장을 위조할 수도 있다. 그야말로 양가죽 속에 여우를 집어넣을 수가 있다. 우리 방에 누가 숨어들었다. 모든 것은 기획되어 있었다. 뮤리의 경고가 옳았다.

좀 더 신중하게 양피지를 점검했어야 한다. 분하고 원통하다.

"콜, 책망해야 할 것은 이런 더러운 수를 쓴 놈들이다."

하이랜드가 말을 건넸다. 눈이 마주치자 고개를 끄덕인다.

"그리고 휴식 시간 중에 몰래 바꿔치기했을 수도 있다. 방어는 불가능했다."

하기는. 어제 바꿔치기를 했다면 발각됐을 수 있다. 그렇게 생각하면 하이랜드의 말이 맞을 수도 있다.

여전히 마음이 괴롭기는 했으나, 하이랜드의 위로의 말에 생각할 여유가 생겼다. 어쨌든 자책이나 하고 있을 때가 아니다.

무엇보다, 함정에 빠진 것은 사실이라 쳐도 이토록 노골적인 행동에 무슨 의미가 있지? 기술적으로는 위조가 충분히 있을 수 있는 일이니, 썼네 안 썼네 공방전을 벌일 것이 뻔하다. 게다가 너무도 여봐란 듯한 한 구절.

시간을 더 벌기 위한 작전인가? 그러나 이런 짓으로 알력을 빚고 있다는 사실 자체가 시중 사람들에게 알려지면 어떻게 될까. 민중은 하이랜드나 그 수하인 내가 미쳤다고 생각하기보다 대주교가 더러운 수단을 썼다고 생각지 않을까?

역효과가 날 게 뻔하다.

혹시 그것이 어떤 효과를 갖는다면 그것은….

그것은, 하고 깨달은 순간 핏기가 가셨다.

"그런 문서를 작성하고, 소지하는 자는."

대주교가 말했다.

"역시 이단으로 볼 수밖에 없겠지."

"무슨 말씀을!"

하이랜드가 소리치는 것과 동시에 집무실 문이 벌컥 열렸다.

거기에는 이 도시의 위병들이 줄지어 서 있다.

"꼼짝 마라! 너희는 이단 유포 및 금서 작성과 소지의 혐의가 있다."

"이 무슨!"

토하는 듯한 하이랜드의 한마디가 신호라도 되는 듯, 위병들이 검의 자루를 쥐었다. 뽑지 않은 것은 신성한 성당에서 검을 뽑으면 곧 역적으로 간주되기 때문이다.

이단 혐의.

대주교의 계략은 알았으나, 이해할 수 없는 점은 여전히 남는다. 위병들은 시정 참사회의 지시 없이는 움직이지 않을 터이고, 자치도시인 아티프의 시정 참사회는 도시귀족과 대상인으로 조직되어 있다. 그런 그들은 하이랜드에게 교감을 표하고 있지 않았던가?

그것이 하이랜드의 착각이 아니었다면 이 사태를 일으킨 또 하나의 열쇠가 있을 것이다.

그리고 그 무언가가 병사들 사이에서 앞으로 쓱 나섰다.

"다, 당신은….."

하이랜드는 숨을 삼키고, 나도 시선을 모았다. 주교와 대주교가 일제히 의자에서 일어나 가슴에 손을 얹고 신께 경의를 표한다. 병사 사이에서 앞으로 나온 이는 장년의 한 남성. 새하얀 수단을 입었고, 그 위에는 강렬한 진홍빛 염색으로 교회의 문장이 그려져 있다. 저 옷을 입은 자는 온갖 권력자에게 통행의 안정을 보장받고 모든 법률에서 자유롭다.

왜냐하면 그를 속박하는 것은 단 하나. 신의 가르침뿐이니까.

왜냐하면 그는 신의 지상 대리인, 교황의 전권을 위임받아 세계를 순회하는 교황 대사이니까.

"교황 성하의 이름으로 고한다."

묵직하고 불문곡직하게 만드는 독특한 음성에 이어 한 장의 양피지를 내보였다.

"윈필 왕국이 주창하는 사상을 이단으로 간주하고, 신께 받은 언어 이외로 기술하여 성전이라 칭하는 모든 서적을 금서로 규정한다. 제117대 교황 아인메르 디지르 17세."

멀리서는 저 양피지에 찍힌 날인의 진위 여부를 알 수 없다.

하지만 교황 대사의 칙허를 위장했다가는 이단 심문의 행렬에 서게 되는 쪽은 대주교다.

저것은 진짜다.

"하이랜드 이하 전원을, 신의 이름으로 체포하라."

병사들이 집무실로 밀려든다. 호위들은 맞서 싸우려고 자세를 낮추었으나 하이랜드가 손으로 제지했다. 제지하는 수밖에 없었다. 중과부적이기도 하거니와, 맞서 싸우다 패하면 그 어떤 오명을 쓰게 될지 알 수 없다. 피는 그 어떤 것보다도 웅변적으로 상황을 설명할 것이다.

또한, 오라를 들고 다가오는 병사들의 얼굴을 본 하이랜드는 기민하게 알아챘을 것이다. 병사들도 심정적으로는 하이랜드의 아군이고, 교황 대사의 등장으로 어쩔 수 없이 행동하고 있다는 것을.

그렇다면 아직 역전의 싹은 있다.

그러기 위해서는, 결백해야 한다.

"신께서는 정의로운 자의 편이시오."

포박되어 집무실 밖으로 끌려 나가는 순간, 하이랜드가 대주교를 향해 말했다. 대주교는 굳은 얼굴로 눈길을 피하더니, 돌변하여 교황 대사에게 아첨하는 웃음을 지었다.

우리는 병사들에게 이끌려 뒷문을 통해 밖으로 나간 뒤, 각각의 마차에 처박혔다.

정문에서 그렇게 하지 않은 것은 눈에 띄어 민중의 분노에 불이 붙을까 봐 두려워서였으리라.

그 후 마차는 좁은 시벽 안에서도 꽤 먼 거리를 달렸다. 뮤리는 내게 줄곧 매달려 있어서인지 동정하는 낮빛이 역력한 병사의 배려로 한 마차에 탈 수 있었다. 손을 잡아 주고 싶었지만 뒤로 묶여 있어 그럴 수도 없다.

마차는 덜컹덜컹 소리를 내며 달려간다. 도중에 돌바닥이 아니라 흙이 다져진 길로 바뀐 것이 느껴졌다. 마침내 마차에서 내리자, 주변은 온통 밭이나 과수원으로 보이는 땅이 펼쳐져 있었다.

"시벽, 밖?"

뮤리가 나직이 묻는다. 포박된 이들이 인기척 없는 곳으로 끌려오면 연상되는 것은 한 가지. 게다가 인성맞춤으로 땅이 갈려 있다.

그러나 방망이질 치는 고동을 억누르며 주위를 둘러보니 숲 너머로 시벽이 보였다. 설마하니 시벽 내에서 다짜고짜 처형을 하지는 않겠지.

"이쪽이다."

병사가 오라를 당기는 대로 마차 옆을 돌아가자 그제야 마음이
놓였다.

도시귀족의 소유지일, 전원지대에서 볼 수 있는 거대한 저택이
있었다.

제 4 막

"**추**후 통지가 있을 테니 얌전하게 있으시오."

저택 안으로 들어가자 하이랜드의 호위들은 지하로 끌려가고, 나와 뮤리, 하이랜드 측에 가담한 문관, 하이랜드 본인은 위층으로 끌려갔다. 다행히 뮤리와는 한 방에 넣어졌다. 뮤리가 일부러 그런 것인지 모르겠으나, 병사에게 들리도록 나를 오라버니라고 부른 덕이리라.

여하튼 포승줄이 풀리고 갇힌 곳은 간소한 여관의 한 객실 같은 방이었다. 장식품 하나 없이 침대와 탁자, 의자만 놓여 있다. 뮤리는 그런 광경에 대놓고 맥 빠져 했다. 물이 뚝뚝 떨어지고 쥐가 돌아다니는, 돌로 된 지하감옥에라도 넣어질 거라 상상했는지.

"그래도 나름대로 신분 있는 자로 대우해 주려나 보네요."

묶여 있던 손목을 문지르며 나무창을 열자, 거기에는 감옥답게 쇠창살이 설치돼 있었다. 멀리 높다란 시가지와 교회의 종루가 보인다. 아득히 멀게 느껴진 것은 날이 저물고 있는 탓에 거리감이 없어서라기보다는 정신적인 이유가 클 것이다. 시중 사람들이 봉기하여 교회로 쇄도했다가 우리가 구속된 것을 알고 구하러 오는, 그런 광경을 상상해 보았으나 그렇게 잘 풀릴 리가 있으랴.

시험 삼아 쇠창살을 흔들어 보았는데 꿈쩍도 하지 않는다. 방 출입구도 보통 문이 아니라 철제 경첩으로 단단히 고정된, 나무를 격자로 조립한 것이었다. 문을 여는 순간 불시에 공격하는 것을 예방하고, 방 안에서 불순한 짓을 꾸미지 못하게끔 하는 대책이리라.

벽에 뭔가 빠져나갈 구멍은 없을까 하여 살펴보다가 뾰족한 것으로 글자를 잔뜩 새겨 놓은 것이 눈에 띄었다. 우리 기사단의 깃발에 영광 있으라. 영령이여, 정의를 찬양하라. 그 부하는 죽여 마땅했다 등등. 옛날부터 이곳은 어느 정도 신분 있는 자가 잡혔을 때 갇히는 곳인 것이다.

"직인이 배신자였던 거네."

뮤리도 손목을 문지르며 그렇게 말했다.

"뮤리의 경고를 허사로 만들었네."

"그것 봐… 라고 말하고 싶지만, 금발이 한 말도 맞는 말이고, 어쩔 수 없었어."

우연히 표적이 된 것이 나였다는 뜻이다.

"그보다 오라버니. 우린 앞으로 어떻게 되는 거야?"

불안할 테지만, 어딘지 모르게 연극을 하는 투로 뮤리가 속삭이며 물었다. 어쩌면 설렁설렁 들은 모험담을 떠올리고 있는지도 모른다.

"교황님이 이단 칙허를 내렸다 해도 바로 목이 날아가는 일은 없으리라 봐요. 이단 심문관의 취조가 먼저겠죠."

"아, 그거 알아. 마녀로 화형당하는 그거지?"

온천객한테서 들었으리라.

"항간에 떠도는 것만큼 야만적인 짓은 하지 않아요. 특히, 하이랜드 님도 계시니."

그것 이전에, 가만히 생각해 보면 교황의 칙허 자체가 영 믿기지 않는다. 이단이라 하면 좀 더 대대적으로, 한 지방을 석권할 만큼 거대한 세력으로 커진 데다 교회의 설득과 교섭에도 응하지 않고 난폭한 행패가 이어지고 나서야 비로소 이단으로 간주되는 것 아닌가. 역사를 돌아봐도 이단 인정과 토벌은 대개 농민 봉기를 제압하는 구실로 이용된 적이 많다. 그런 점에서 이번에 이 소동은 윈필 왕국과 교황이 지난 3년간 교섭을 계속해 오고 있는 일이고, 많은 제후들도 상황을 주의 깊게 지켜보고 있다. 대담하게 행동했다가는 교황 측도 그만큼 반발을 살 위험이 크다.

하이랜드는 윈필 왕국을 대표하는 한 사람으로서 아티프에 와 있었으니, 그것을 이단으로 간주해 구속하면 윈필 왕국과 정면에서 싸우겠다고 선언하는 것이나 마찬가지다.

그러니 이것은 대주교가 계획한, 몹시 위험한 연극일 가능성도 배제할 수 없다.

"하지만 어쨌건 이 상황을 타개하지 않으면, 만일 교횡 대사가 진짜인 경우 하이랜드 님의 계획이 무너지고 맙니다. 아아, 신이시여…."

무슨 좋은 수가 없을까 하여 방 안을 서성이고 있자, 침대에 걸터앉아 있던 뮤리가 어이가 없다는 투로 말했다.

"오라버니, 지금 남 걱정할 때야?"

"그거야 물론 그렇지만….."

"그런데, 어떻게 도망쳐? 어둠을 틈타서? 아니면 병사를 쓰러뜨리고?"

귀와 꼬리가 나와 있으면 쫑긋쫑긋 파닥파닥 움직여 댈 것처럼 흥분했다. 불안함의 반증인지도 모르겠으나, 온천탕에서 모험담을 너무 들어서 현실과 지어낸 이야기가 뒤범벅이 된 탓일 것이다.

한편, 이 상황을 어떻게든 타개해야 하는 것만큼은 맞다. 현재 믿을 만한 가장 큰 연줄은 데바우 상회뿐이다. 문제는 어떻게 연락을 취하느냐인데, 하고 생각하는 순간 복도로 이어진 어느 방의 격자문이 열리는 소리가 났다. 여러 사람의 발자국 소리가 나고, 점점 이쪽으로 다가온다. 다른 방에 넣었던 누군가를 데려오고 있나?

숨을 삼키며 복도를 바라보자 앞뒤 병사 사이에 낀 하이랜드가 나타났다. 앞으로 손목이 묶여 있는 모습이 보기에도 가슴 아프다.

"응? 이봐, 잠깐만."

하이랜드도 이쪽을 알아보고 병사에게 말을 건다.

그러자 병사들은 일단 멈춰 섰다가 모른 척하며 자리를 떴다.

"아군은 많다. 포기하기엔 일러."

격자 너머로 하이랜드가 웃었다. 하지만 그 웃음도 이내 사라진다.

"이런 사태에 휘말리게 해서 미안하다."

"아닙니다. 그보다 어떻게 된 겁니까. 이단 칙허라니 믿기지가 않습니다. 대주교님이 꾸민 연극인 겁니까?"

"그렇게 생각하고 싶지만, 병사들 말로는 진짜라고 한다. 우리가 휴식을 취하기 조금 앞서 항구에 배가 도착했고 시정 참사회가 긴급 소집되었다. 그 결과가, 그거다. 대주교는 교황 대사가 칙허를 가져올 것을 사전에 알고 있었겠지. 그래서 시간 끌기를 한 것이고."

"하, 하지만, 하이랜드 님을 구속한다는 것은, 교황님은⋯."

"그래, 우리 왕국과 전쟁을 할 생각인 모양이다. 앞으로 나는 대륙 쪽에서 가담한 협력자를 실토하라는 압박을 받겠지."

망연자실하고 있자 하이랜드가 눈을 감는다. 그 모습이 고문의 공포가 두려워서가 아니라 수치심을 참는 것처럼, 양심의 가책을 견디는 것처럼 보이는 것은 기분 탓이 아니리라.

"그대에게 말하지 않은 것이 있다."

그렇게 운을 뗄 무렵에는 이쪽을 똑바로 응시하고 있었다. 귀족으로서의 긍지인지, 아니면 하이랜드의 성격에서인지.

"우리의 최종 목적은 새로운 교회를 세우는 것이다."

'그 무슨!' 하고 생각한 것은 한순간. 윈필 왕국은 3년간이나 성무를 정지당했다. 그러는 사이에 얼마나 많은 사람들이 신에 대한 중재를 바랐던가.

그리고 그 한마디로 교황의 대응이 이해되었다. 윈필 왕국처럼 큰 나라가 독자적인 교회를 수립하는 것을 용납했다가는 속속 뒤따르는 곳이 나온다. 쉽게 상상할 수 있는 일이다.

교황으로서는 선수를 쳐서 싸우는 수밖에 없다.

"그 이야기가 어딘가에서 교황에게 새어 나갔겠지. 현재 다행이라 할 것은 저쪽이 먼저 치고 나온 덕에 우리가 저항할 대의명분이 생긴 점이다."

하이랜드는 그렇게 말하고는 별안간 한쪽 무릎을 꿇고 고개를 숙였다.

"그대에게 이 일을 말하지 않은 것은 미안하게 생각한다. 하지만 일이 표면화되는 것은 좀 더 나중일 것이라 생각했었다. 왕국에는 교황이 파견한 추기경이 몇 명이나 교섭하러 와 있다. 그들이 있는 동안에는 절대 행동에 나서지 않을 줄 알았지. 어쩌면 그 허를 찌른 것일 수도 있겠지만…."

거미처럼 꿈틀대는 책략에 걸린 것이리라.

"또한, 그대가 우리의 이념에 어디까지 찬성해 줄지도 알 수 없었기에 말하지 못했다. 그대를 속인 꼴이 된 것은 사과하는 수밖에 없다."

온천장의 주인이자 전직 행상인인 로렌스라면 고개를 숙이는 것은 공짜이니 얼마쯤도 숙이는 게 상인의 긍지라 말하겠지. 하지만 하이랜드는 왕족의 피를 이었다. 그런 인물이 고개를 숙인다는 것은 연기일 수 없다.

"하이랜드 님, 이러지 않으셔도 됩니다. 어느 정도의 위험은 알고 있었습니다. 그보다 상황을 타개할 생각을 해 봅시다."

하이랜드는 그래도 더욱 깊이 고개를 숙이다가 얼굴을 들었다.

"그에 관해 한 가지 부탁이 있다."

"부탁이오?"

"그래. 이번에야말로 저기 있는 아가씨에게 물어뜯길 것 같은 부탁이지만."

하이랜드의 지친 듯한 미소에 뒤돌아보자, 뮤리가 무시무시한 형상으로 하이랜드를 노려보고 있다. 여인숙으로 유혹해 가려던 호객꾼 아가씨를 노려봤듯이.

뮤리는 일관되게 하이랜드를 믿지 않았다. 뭔가 숨기는 것이 있을 거라면서.

그것은 사실이었지만 하이랜드의 입장을 고려하면 이해할 수 있는 일이기도 하다. 나는 그래 봐야 뇨히라의 온천장에서 일하는 일꾼에 지나지 않는다. 비밀을 주절주절 떠드는 게 더 이상하다.

"하지만 그 전에 확인이 필요해. 바야흐로 이야기는 뇨히라에서 한 것과는 달라져 있으니. 지금부터는 교황의 행위가 마음에 늘지 않는 정도로 끝나지 않아. 그대가 내게 협력하면 그대는 원필 왕국에 협력하는 게 된다. 그 의미를 아나?"

교황의 행위에 관한 단순한 비판자가 아니라, 교황의 권위 자체에 대적한다는 의미가 된다.

교황은 신의 지상 대변자이고, 그런 교황이 지배하는 교회는 이 세상 정의의 기준을 사람들에게 알리는 조직이다. 거기에는 확실히 명백한 모순, 부패, 악폐가 만연해 있다. 그렇더라도 사람들은 교회에 뻔질나게 드나들고, 기부를 하고, 성직자를 존경한다. 그것은 천 년 이상 면면히 이어져 내려온 일이다.

그런 강고한 세계는 팽창을 계속했고, 지난 수십 년 동안은 북방의 이교도들과 격렬한 전쟁을 벌였다. 그 결과는 근소하기는 해도 교회 측의 승리라 해도 좋을 형국으로 진정되었다.

그 과정에서 수많은 나라가 멸망하고 지역 권력자가 추방되었다.

윈필 왕국은 그런 거대한 조직과 싸우려 하고 있다.

"위험하고, 필시 길고도 격렬한 싸움이 될 거다. 하지만 한번 상상해 봐."

"상, 상?"

"그렇다. 우리 손으로 새로운 교회를 만드는 거다. 세속어로 번역해 수많은 사람들이 읽을 수 있는 성전을 손에 든 성직자가 이끄는 교회를. 부정과 악폐는 크게 줄어들 테지. 지금까지 보고도 못 본 척해 온 일, 어쩔 수 없던 일들이 일소될 수 있다. 내가 뇨히라의 온천장에서 오래 삶은 순무처럼 된 고위 성직자가 아니라 그대에게 말을 건 것은 그래서다. 우리는 새로운 세계를 만들고 싶은 거야. 기만도, 거짓도 없는 세계를."

그런 세계를 만들 수 있겠느냐고 보통 사람 같으면 말하겠지.

그러나 성전을 읽어 보라. 지금의 교회를 세운 예언자 본인도 당시에는 작금의 교회보다 거대하고 일그러진 가르침이 만연한 이교의 땅에서 일어났다.

"또한, 이상인 것만은 아니다. 우리는 이 싸움에 승산이 있다고 본다."

하이랜드는 복도 좌우를 둘러본 후 격자에 얼굴을 가까이 대고 음성을 더욱 낮췄다.

"윈필 왕국은 섬나라다. 뭍으로 이어진 북방 지역에조차 대군을 파병하기는 쉽지 않아. 게다가 우리에게는 풍부한 어장과 선박 건조 기술이 있지. 교황의 대응이 빨랐던 것은 우리가 준비를 완전히 갖추는 게 두려워서다."

항구도시 아티프로 올라오는 대량의 어획량만 봐도 그 말뜻을 알겠다. 북방의 바다에서 잡힌 물고기는 내륙 깊숙한 식탁에까지 다다르고도 남는다. 내몰려 하는 승산 없는 싸움이 아니라는 말에는 설득력이 있다.

조건은 갖춰졌다.

남은 것은 떨쳐 일어나는 것뿐.

"콜, 나는 그대의 힘을 욕심내고 있다."

하이랜드는 말했다.

"그리고 나는 은혜를 입으면 반드시 갚는다. 새로운 교회는 자리에도 여유가 있을 것이야."

새로운 교회 설립 시에는 편의를 제공하겠다는 뜻이다. 그런 욕심은 없다는 말은 입이 찢어져도 못 한다. 사목의 요지에 서기만 해도 많은 사람들을 구할 수 있으니까.

게다가 하이랜드, 또는 윈필 왕국이 설립하겠다는 새로운 교회 계획은 그 이상으로 매력적이다. 만약 그것이 실현된다면 수많은 사람들이 신의 올바른 가르침을 받을 수 있다.

하지만 딱 한 가지, 마음에 걸리는 점이 있었다.

"하이랜드 님, 한 가지 궁금한 게 있습니다."

"뭐지?"

이런 물음은 어떤 의미에서는 하이랜드를 배신하는 것일 수도 있다.

그러나 지금까지 이어 온 관점을 뒤집는 건 그리 쉬운 게 아니다.

"새로운 교회는 지금까지의 교회를 무너뜨리는 것이 목표입니까?"

교회에는 나쁜 면도 있지만 좋은 면도 있다. 나는 교회를 분쇄하고 싶은 것이 아니라 비틀린 기둥을 바로잡고 싶었을 뿐이다.

"나는 그렇게는 하고 싶지 않다. 우리가 새로운 교회를 설립하면 교회도 생각을 다시 하게 되겠지. 교회는 지금 이대로는 영구히 변하지 않아."

그 눈에 가득한 것은 분노조차 아니었다.

뇌리를 스치는 것은 교황 대사를 향해 돌변한 대주교의 아부 섞인 웃음.

세상은 그리 쉽사리 바뀌지 않는다.

"물론, 변화의 결과, 사람들이 신교와 구교, 어느 쪽이든 마음에 드는 교회를 선택하는, 그런 세상이 오기를 바란다."

"…그리 되지 않을 현실을 가정하고 있는 것처럼도 들립니다만."

"완벽히 신앙의 문제라고만은 할 수 없다, 이것은 정치니까. 그러니 우리가 그렇게 되지 않도록 전력을 다해야 한다. 누군가가 앞에 나서야만 해."

하이랜드의 눈이 올곧게 쏘아보고 있다.

위험성은 있다.

하지만 나는 일찍이 그 위험에 개의치 않고 마을에서 뛰쳐나온 적이 있다.

그리고 이 세상에는 믿을 가치가 있는 것이 존재한다고 느낀, 그 순간을 떠올린다.

"제가, 할 수 있는 일이 있습니까?"

그렇게 말한 직후였다.

"안 돼."

그때까지 옆에서 대화를 듣고 있던 뮤리가 말했다.

그리고 하이랜드와의 사이로 끼어들어 이쪽을 뒤로 쭉쭉 민다.

"안 돼. 협력 안 해. 오라버니는 너 같은 거한테 협력 안 해."

"뮤, 뮤리?!"

헛발을 디뎠다가 몸을 바로잡고, 간신히 뮤리의 몸뚱이를 안아서 막는다.

엄청난 힘으로 보아, 진심이다.

"그만 좀…."

"아니, 그 아가씨 말도 들어야지."

누가 말한 것인지 한순간 이해하지 못했다. 뮤리 너머로 하이랜드가 담담히 웃고 있다.

"나는 누군가를 동료로 삼으면서 속이거나 위협하는 짓은 더는 하고 싶지 않다. 그런 건 궁정에서 과할 만큼 맛보았으니까."

그러면서 지은 웃음은 여성인가 싶을 만큼 다정하건만, 눈만은 싸늘한 유리 같았다.

"내게도 피로 이어지지 않은 형제들이 무수히 많았다. 하지만 친하게 대해 주거나 상대를 배려하는 착한 이들은 죽거나 추방당했지. 살아남은 것은 죽여도 죽지 않는 놈들뿐이다."

귀족사회에서는 말 그대로 피로 피를 씻는 골육상쟁이 끊이지 않는다고 한다. 왕위 계승권이 얽히면 그에 비할 바가 아니리라.

하이랜드의 눈을 보고 그 사실을 이해한 순간, 어째서 하이랜드가 엄청날 만큼 신학적 지식을 가지고 있는지도 이해할 것 같았다. 그것은 결코 급조된 것이 아니다. 영혼의 상처와 굶주림을 치유하기 위해 필요했던 것이다.

그리고 무례의 연속인 뮤리에게 어째서 과자와 다정한 말을 건네었는지도.

"내게는 나의 이유가 있어서 신께 조정을 구하고 있다. 그대가 오라버니를 막듯이."

"……."

걸음을 멈춘 뮤리는 얼어붙은 듯이 침묵하고 있었다. 하이랜드는 뮤리가 왜 이렇게 행동하는지 알고 있는 건가?

그런 하이랜드가 복도를 힐끗 보고, 시간이 되었다 생각했는지 자세를 바로 하더니 빠른 어조로 말했다.

"콜, 그대들에게 데바우 상회가 찾아올 것이다. 그때 나를 도울 대책도 세워 주길 부탁해 다오. 이대로 가면 나는 이 싸움의 인질로 쓰이고 만다. 윈필 왕국은 그만큼 불리해질 것이고, 내가 없으면 새로운 교회 설립에 불순한 의도가 끼어들게 될지도 몰라."

하지만 하이랜드는 명색이 왕족의 피를 잇는 인물이고, 권력자 중에 연줄이 다수 있지 않겠는가.

무엇보다, 데바우 상회가 우리를 구하러 와서 하이랜드에게는 왜 가지 않겠는가, 하고 생각한 순간.

"데바우 상회는 조건 없이 나를 돕지는 않는다. 이익의 저울을 가만히 들여다보고 있을 것이다."

하이랜드와 데바우 상회는 이익으로 묶여 있다. 교황과의 싸움에서 일이 윈필 왕국 측에 유리하게 진행되면 데바우 상회는 교역의 특권을 얻는다. 그렇기에 데바우 상회는 하이랜드의 편의를 봐주며 협력했다. 어디까지나 이익의 관계일 뿐이다. 그렇다면, 교황에게 이단으로 간주되고 시정 참사회에 구속된 이 상황에서는, 하이랜드를 구해 내기에 걸맞은 무언가가 있어야만 한다.

"그, 그럼, 왕국에 도움을…."

그렇게 말하려는 것을 하이랜드는 다정한 웃음으로 제지했다.

"가족은 더 의지할 수 없다. 그랬다가는 필시 그들에게 거꾸로 암살될 거다."

어떻게 그럴 수가.

"그들은 '나'라는 인질을 되찾기 위해 교황과 교섭할 바에야 나를 신교 최초의 순교자로 치켜세우겠지. 궁정에서는 적 하나가 제거되고, 설상가상 민중의 지지까지 모을 비료가 될 테니 일석이조라며 춤을 추겠지. 그러하니 그대들로 보험을 거는 수밖에 없다. 데바우 상회와 깊은 연줄이 있어 이익의 저울을 넘어선 그대들로."

그 순간, 하이랜드가 나를 뇨히라에서 밖으로 끌어낸 가장 큰 이유를 비로소 깨달았다.

하이랜드는 데바우 상회와 이익으로 묶여 있지만 우리는 다르다. 데바우 상회의 이른바 배후 조력자의 가족으로서 대우받고 있다. 그러니 무슨 일이 벌어지더라도 채산을 따지지 않고 구하러 올 것이라고 하이랜드는 냉철하게, 뇨히라에서 그렇게 계산한 것이다. 그뿐 아니라, 자신의 신변에 위험이 닥치면 그 위세를 빌릴 심산으로.

그런 약삭빠름을 얄밉게 여길 마음은 없다. 이용당했다고 실망할 것도 없다.

하이랜드의 표정이 괴로워 보였으니까. 분한 것 같기도 했다.

하이랜드는 가족에게는 기댈 수 없다고 했다. 교회 종루에 오르기라도 하면 맑게 갠 날에는 어렴풋이 고향이 보이는 해안도시에서 고향을 위해 싸우고 있으면서도.

하이랜드는 더는 할 말이 없었는지 뭔가 결심한 듯 몸을 일으켰다. 그리고 말을 걸 새도 없이 자리를 뜬다. 병사들도 허둥지둥 하이랜드의 뒤를 쫓는다.

온갖 것이 머릿속으로 들어와 터질 것만 같았다. 눈앞에는 뇨히라에 있을 때는 상상도 못 했던 난제가 쌓여 있다. 솔직히 무엇부터 손을 대야 할지 모르겠다.

하지만 10여 년 전, 나는 그 어떤 난제에도 과감히 맞서는 행상인의 곁에 있었다.

로렌스라면 어떻게 할까, 라고 생각했다.

무엇이 됐건 눈앞의 난제부터 맞서야 한다.

"뮤리."

하이랜드에게 무언가를 들킨 뒤로 뮤리는 마법에 걸린 것처럼 얌전해져 있었다. 하이랜드에게 비밀이 있듯이 뮤리에게도 무언가가 있다.

이름을 부르자 정신이 확 들어 뒷걸음질 친다. 놀랐는지 자세가 무너져 넘어가기 직전, 격자문에 등이 부딪쳐 쿵 소리가 난다.

당황하여 달려가려 했으나 뮤리의 눈에 제지당했다.

적의로 가득한, 날선 눈빛이었으면 대항했을 텐데.

하지만 거기에 있는 것은 당장에라도 울음이 터질 듯한 얼굴.

"저, 저 금발을, 도울 거야?"

눈물작전, 이라는 생각이 한순간 든 것은 뮤리가 과거에도 여러 차례 그 수법을 써 온 탓이다. 하지만 뮤리의 첫울음을 들은 때부터 지금까지 줄곧 함께해 왔다. 진심인지 아닌지 정도는 안다.

골치가 아프다. 저것은 진심이니.

"뮤리."

재차 이름을 부른 후 한숨을 쉬고 허리를 숙였다. 오랜만에 뮤리와 같은 눈높이에서 시선을 맞췄다. 도통 말을 듣지 않던 예전에는 종종 이렇게 해서 설득하곤 했었다.

"뮤리는 못 말릴 만큼 왈가닥이지만, 호로 씨를 닮아서 머리가 좋지. 눈치도 빨라. 게다가 사실은 착하다는 것도 알아요. 하이 랜드 님이 처한 상황을 알면서, 그러면서도 돕기가 싫은가요? 그게 아니면, 아까 그 이야기까지 지어낸 것이라 생각해요?"

오기를 부리던 것이 가라앉고 뮤리는 낭패한 표정이다. 여기서 더 밀었다가는 울음을 터뜨릴 것처럼 머리카락까지 술렁대고 있다.

"뮤리, 귀."

그 말에 뮤리는 화들짝 귀를 눌렀지만, 누른 채로 몸을 웅크린다. 그대로, 아무에게도 보이지 않는 곳에 숨어 버리고 싶은 것처럼 점점 몸을 움츠린다. 뭔가 이유가 있을 텐데, 도무지 짐작이 가지 않는다.

하지만 아무리 물어도 대답하지 않고, 왜 대답을 하지 않는지 도무지 이유를 모르겠는 골치 아픈 존재를 상대하는 데에는 이골이 나 있다. 그런데 막연한 신과는 달리 뮤리는 분명히 눈앞에 있다.

"뮤리는 하이랜드 님이 온천장에 온 뒤로 내내 그런 태도였죠."

매를 맞는 것처럼 뮤리가 등을 웅크린다.

"처음에는 내가 하이랜드 님을 상대하느라 바빠서 토라진 줄 알았는데."

이제는 얼굴도 거의 안 보인다.

"지금까지도 이러는 것을 보면 그냥 심술을 내는 건 아닌 거죠."

땅속 깊이 파묻힌 뿌리 같은 무언가가 있다.

"그게, 어려움에 처한 사람을 모른 체하고, 큰 목적도 걷어차 버릴 만한 일인가요?"

뮤리의 태도를 보면 뮤리 본인도 망설이고 괴로워하는 것이 선연히 느껴진다. 그러면서도 하이랜드를 돕는 것은 막고 싶어 한다.

상대가 뮤리라서 더 쓰고 싶지 않은 방법이지만, 최후의 수단을 꺼냈다.

"내 꿈을 꼭 방해해야만 하겠어요?"

뮤리의 얼굴이, 머리를 싸안은 팔 틈새로 창에 찔린 것 같은 표정이 되었다.

눈이 커지고 궁지에 몰린 사냥감처럼 몸이 딱 굳더니 입술을 앙다문다. 꺼져 버릴 것처럼 몸을 움츠리고, 최후의 방벽이 무너진다.

그리고 드러난 것은, 분노에 찬 눈이었다.

"그렇게… 그렇게 듣고 싶다면, 진짜로 말할 건데… 괜찮겠어?"

설마하니 반격을 당할 줄은 몰랐기에 주춤했다. 자신의 몸을 보호하듯 머리를 감싸고 있던 뮤리의 팔이 순간 돌변해, 안에서 터져 나오려는 무언가를 억누르는 것만 같다.

뮤리가 울면서 변명하고 이유를 댄다면 이해하겠다. 상냥하게 그 이야기를 들어 주고, 조용히 타이르는 내 모습도 상상이 갔다. 하지만 갑자기 태도를 바꿔 위협적으로 나올 줄은 몰랐다.

영문을 몰라 멍하니 서 있자, 뮤리가 계속 말을 잇는다.

"정말로, 진짜 정말로 오라버니가 곤란해질 텐데, 그래도 돼?"

묘하게 머리 좋은 뮤리의 작전인가? 이렇게 세게 나와서 내가 물러서기를 노리는 건가?

지금도 궁지에 처한 상태인데 여기에서 더 곤란해질 일이 뭐가 있단 말인가. 하이랜드는 인질로 잡혔고, 교황은 성전 번역본을 금서로 규정했으며, 우리는 옥에 갇혀 있다. 이대로 가다가는 신의 가르침은 뒤틀린 채로 고착되고, 뇨히라로 살아서 돌아갈 수 있을지조차 의심스럽다.

하지만 뮤리가 거짓말을 하는 것처럼 보이지는 않는다. 뮤리는 확신하고 있다. 머리를 감싸고 있던 팔을 내리고, 어깨가 들썩일 만큼 숨을 크게 쉬면서 이쪽을 빈틈없이 노려본다. 전부 네 탓이다, 라는 투로 노기를 담아 노려보고 있다.

집무실에서 질리도록 맛본 것과 비슷한 침묵이 흘렀다.

그것을 송곳니로 찢은 것은 뮤리였다.

"나는, 오라버니를, 곤란하게, 만들기, 싫어."

느릿느릿 토해 내지 않으면, 덩달아 무언가기 목구멍 밖으로 튀어 나갈지 모른다. 뮤리의 말투는 그 정도로 딱딱했다.

"하지만, 나한테도… 양보하기 싫은 건, 있어."

평소에도 겸손하다고는 할 수 없는 뮤리가 굳이 저렇게까지 선언하니 정말 그렇겠지.

그러나 이대로 서로 노려보고만 있을 수도 없다. 무슨 일이 있어도 하이랜드를 도와야만 한다. 내 꿈을 위해서도, 하이랜드를 위해서도, 그리고 신의 가르침을 기다리는 이들을 위해서도.

크게 숨을 들이마시고, 말했다.

"들어 보죠."

그리고 덧붙인 것은 뮤리에 대한 오라비로서의 자부심이기도 한 말이다.

"설령 곤란하게 된다 해도, 내가 해결할 테니."

사락사락, 뮤리의 머리카락이 술렁인다.

말문을 열기 직전, 뮤리가 입 모양만으로 '바보'라고 한 것 같다.

"금발을 구해 내면, 오라버니는 성직자가 될 거잖아."

"그래요. 뮤리는 전에도 그 문제로 화를 냈는데 그게 왜…, 설마."

하다가 깨달았다.

"설마, 내가 성직자가 되면 악마 들렸다고 하는 사람들과 적이 될까 봐서?"

성전 속에는 예언자가 악마와 싸우는 이야기가 여러 번 등장한다. 내가 뮤리에게 말하지 않았던가. 무슨 일이 있어도 나는 뮤리의 편이라고.

"나는 그렇게까지 융통성이 없지는 않아요. 그리고 애당초 이 세상은 전부 신께서 만드신 피조물이라 생각하면, 살아 있는 모든 것이 신의 사랑의—"

"아니야. 그게 아니야. 그딴 건 어떻게 되든 상관없어. 그냥, 그러니까 그냥, 오라버니가 성직자가 되면."

뮤리는 뿌루퉁, 눈꼬리에 눈물이 맺히고, 귀와 꼬리까지 내놓더니, 말했다.

"…못 하게 되잖아."

"뭐?"

"결혼! 못 하게 되잖아!"

그 외침에 머릿속이 확 날아갔다.

"…읏…엇?"

얼이 빠져서 되물었다.

"내가? …누구와?"

그때의 뮤리의 얼굴을 뭐라 표현해야 할지, 말을 찾을 수 없다.

아마 뮤리 또한 어떻게 하면 좋을지 몰랐을 것이다.

그리고 뮤리가 더 냉정했다. 격자문 너머로 상황을 실피고 손으로 얼굴을 문질러 대더니 그 열기만큼 못마땅한 표정이 되어 말했다.

"거 봐, 이래서 말하기 싫었는데!"

이번에는 머리가 아니라 무릎을 끌어안고 확 외면한다. 입은 삐죽, 뺨은 불룩 부풀리고, 꼬리로 바닥을 탁탁 친다. 얼굴이 새빨간 것은 화가 난 탓도 있지만 그 이상으로 창피해서 그런다는 것쯤은 알아챘다. 그리고 내가 얼마나 멍청하기 짝이 없는지도.

"저기…."

"뭐?!"

잔뜩 달군 돌처럼 뜨겁다.

말은 그렇다 쳐도, 어떻게 해야 좋을지 대충 짐작도 가지 않았다.

"저, 정말… 아니, 저기, 언제, 부터?"

정말이냐고 물었다가는 목덜미를 물릴지도 모른다고 본능이 가르쳐 주었다.

일보 직전에 말을 바꿨다.

"…몰라."

알 게 뭐야, 바보야, 라고 무릎에 입을 댄 채 덧붙인 것 같다.

뮤리가 나를 잘 따른다는 것은 당연히 안다. 이따금 아버지인 로렌스가 푸념을 할 만큼 잘 따른다. 그런 뮤리가 귀엽게 보여 소중히 대해 온 것도 맞다. 그래도 그런 눈으로 본 적은 한 번도 없었다.

하지만 그렇게 생각해 보면 많은 일이 이해된다. 금욕의 맹세를 들먹이며 놀려 댄 것도, 코를 찌르는 나무통 속에서 참고 있었던 것도, 몰래 준비한 소중한 옷을 보여 준 것도, 애당초 여행길에 따라가고 싶다고 우겨 댄 것도 그렇다. 그러니 하이랜드를 적대시할 만도 하다. 하이랜드는 바깥세상에서 와서 나를 먼 곳으로 데려가려는 존재이니까.

그리고 뮤리가 경고한 대로 되었다. 나의 꿈을 위해서는 저 마음에 절대 응할 수 없다. 그와 동시에, 뮤리에게 상처를 주고 싶지도 않다. 두 사실 사이에 끼여 어찌해야 할 바를 몰랐다.

대의니 뭐니 떠들었던 자신이 부끄러워진다. 막상 눈앞에 개인적인 문제가 벌어지고 나니, 중대사 앞에서 그런 건 사소한 일일 뿐이라며 잘라 버릴 수가 없었다. 뮤리가 하이랜드의 대의에 제 연심 하나만으로 맞서던 기분이 이해됐다. 그것은 분명히, 같은 무게다.

그런데 이 비등비등한 저울이 어느 쪽으로 기울어야 할 것이냐는 문제로 바뀌었을 때, 나는 단서조차 갖고 있지 않았다. 신학적 물음 중에는 바늘머리 위에서 천사가 몇 명이나 춤을 출 수 있겠느냐는, 정신이 혼미해질 만큼 형이상학적인 것도 있다. 그런데, 누가 누구를 좋아한다는 지극히 흔하디흔한 문제가 그런 문제보다도 더 어려웠다. 세상의 반의 반밖에 보고 있지 못하다는 뮤리의 지적은 무서우리만큼 옳았다.

하지만 그것을 알았다 해도 달라질 것은 없다. 고작해야, 나는 이렇게 한심한 놈이니 달리 훨씬 더 멋진 사람을 찾는 게 어떻겠느냐는 말을 하는 정도.

그것이 얼마나 한심스러운 짓인지는 아무리 나라도 안다.

"휴우."

그리고 나의 그런 가슴속 번민을 꿰뚫어 본 것처럼 뮤리가 한숨을 푹 쉬었다.

나이가 반밖에 되지 않는 여자아이에게 곁눈으로 힐끔 째림을 당한다.

"그만 됐어. 오라버니가 나 같은 애는 야산에 돌아다니는 담비쯤으로밖에 안 본다는 거 알아."

귀엽게 생겼는데 몸은 날쌔고, 식량 창고에 숨어들어 이것저것 헤쳐 놓는 담비는 확실히 뮤리와 닮은 구석이 있다.

"하지만 지금 말하지 않으면 앞으로도 쭉 눈치 못 챌 테니까, 어쩌면 잘된 일인지도 몰라. 금발을 구해 내도 어차피 오라버니는 나를 두고 윈필 왕국으로 갈 거잖아? 싸움이 벌어져서 위험하다느니 어쩌느니 하면서."

뮤리는 재빨리 머리를 쓰다듬어 귀를 감추고 꼬리도 집어넣은 뒤 일어섰다.

속일 도리가 없다. 그냥 생각해도 윈필 왕국에는 데려갈 수 없으니. 전쟁이 벌어지면 해협은 봉쇄될 테고, 패했다가는 어떤 일을 당할지 상상도 가지 않는다.

"그렇, 지요."

똑똑한 뮤리는 나를 곁눈질하며 흥, 코웃음을 쳤다.

"나는 오라버니를 좋아했다고! 바보."

그 한마디만큼은 나이에 걸맞게 어리고 귀여웠다.

"그래서? 이제 어쩔 건데?"

뮤리는 잠도 금세 들지만 전환도 빠르다. 혹은, 이대로 멈춰 있어 봐야 아무런 결론도 나지 않으리란 것을 잘 알고 있거나. 내가 뮤리를 갓난아기 때부터 알고 있듯, 뮤리도 태어나서 지금까지 나를 쭉 봐 왔다.

하지만 뮤리와 나 사이에 얇은 막 같은 게 생겨 버린 느낌이 들었다.

저 음성, 저 몸짓, 저 체온조차, 정말로 소중한 것은 그 얇은 막에 가로막힌 것 같다.

그것이 슬프다 생각하는 것은 염치없는 짓이다.

인생은 여행이고, 여행은 만남과 이별의 연속이니까.

"저기…, 하이랜드 님의 말씀으로는 데바우 상회의 스테판 관장이 우리를 데리러 올 거라고 했어요. 그때 어떻게든 담판을 지어야겠죠."

"자신 있어?"

하며 싸늘히 묻는데, 뜨거운 눈물을 흘리며 매달리는 것보다야 나은 거겠지.

"없어요. 데바우 상회는 상인 집단이에요. 이쪽에서 내놓을 게 없으면 교섭에 응해 주지 않겠죠."

"금발을 구해 달라, 안 그러면 죽어 버리겠다고 하면?"

"나도 그 정도밖엔 안 떠오르는데, 그게 가능한가요? 혀를 깨물어 죽는다는 건 미신이라고 들었는데."

단검 같은 것도 갖고 있지 않다.

"…애당초 금발 때문에 그러긴 싫어."

"스테판 관장도 우리가 하이랜드 님을 구하고 싶어 한다는 건 쉽게 상상할 수 있을 거예요. 완고하게 저항해도 자루에 넣어 뇨히라로 데려가는 게 고작이겠죠. 그것으로 의리는 지켰다면서. 어떻게든, 어떻게든 교섭을 해야 할 텐데."

데바우 상회는 이윤을 추구하는 조직이다. 신앙과 양심에 호소해 봐야 아무 의미도 없을 게 뻔하다.

거꾸로 손익이 걸린 이야기라면 덥석 물겠지. 그들은 그런 점에서 만큼은 정직하니까.

하지만 물론 나는 돈벌이 건수도, 재산도, 아무것도 없다.

무슨 수가 있을 것 같지 않다.

"신이시여…."

목에 건 교회 문장을 꽉 쥐며 신음하듯 말했다. 뮤리가 무표정하게 이쪽을 쳐다봤으나, 이 순간에 신에게 욕을 한대서야 신앙을 논할 자격이 없다.

숨을 크게 들이마시고, 재차 머릿속을 모조리 검토하려던 그때였다.

"금발을 구해 내기만 하는 거라면, 그럴 수 있어."

무표정한 채로 뮤리가 말했다.

"…무, 슨?"

뮤리는 한숨을 짓더니 가슴께를 뒤적여 끈으로 연결된 주머니를 꺼냈다.

어머니인 호로에게서 받았다는, 보리가 든 주머니다.

"이게 있으면 여차하는 순간 오라버니를 구할 수 있을 거라고 했지?"

"설마…."

뮤리의 어머니인 호로는 보리에 깃든 늑대의 화신으로, 소녀와 거대한 늑대의 모습을 자유로이 오갈 수 있다. 하지만 뮤리는 늑대로 변할 수 없을 텐데?

놀라서 쳐다보자 뮤리가 있는 대로 인상을 쓴다.

"엄청 연습했단 말이야…. 제대로 못 하면 어머니가 화를 내니까."

사자는 새끼를 낭떠러지에서 떨어뜨린다고 고사에도 나와 있다.

늑대도 그런가?

"하지만 그렇게 한 것도 이러는 것도 다 오라버니를 지키고 싶어서이지 금발을 위해서는 아냐. 알았어? 이건 오라버니의 꿈을 위해 하는 거야. 오라버니 같은 사람은 꿈이 깨지면 눈 뜨고 볼 수 없을 만큼 낙담해서 꼴이 말이 아니게 될 테니까. 그런 음침

한 인간이 뇨히라처럼 좁은 마을에 있으면 곤란해. 그럴 바에야 차라리 꿈을 좇아 먼 곳에서 실실대는 편이 차라리 낫다고. 알겠어?"

대놓고 은혜를 베풀듯 말하는 뮤리의 얼굴은 자신을 설득하느라 안간힘을 쓰는 것만 같았다. 아마도 꿈 많은 뮤리이니 비장의 수단은 이런 때에 쓰고 싶지 않았을 것이다. 좀 더, 우리가 절체절명의 위기에 처해, 용을 상대로 싸우는 기사가 갇혀 있는 공주를 구해 내는 그 순간에 뛰어드는 듯한, 그런 장면에서 쓰는 것을 상상했을 테지.

그럼에도 제 수중에 도구가 있어서 문을 열 수 있으니 힘을 빌려주는 것이다. 설령 그 너머에 자신이 원치 않는 결과가 기다리고 있다 해도.

뮤리가 나를 좋아한다는 것을 실감하기에 이보다 더한 것이 있을까.

잔뜩 힘을 주며 무언가를 견디는 듯한 뮤리의 붉은 눈을 마주하고 말했다.

"알아요. 뮤리. 정말… 정말로, 고마워."

뮤리는 더 괴로운 표정을 짓다가 고개를 홱 돌렸다.

"다시 반해도… 되는데?"

그러면서 힐끗 곁눈질을 하는 모습이 진심인지 농담인지 알 수가 없다. 아마도 둘 다일 테지만, 농담으로 삼는 수밖에.

"다시 보기는 했어요. 뮤리는 고집쟁이지만 사람도 구할 줄 아는 착한 아이로구나, 하고."

"뭐야, 그게!"

뮤리는 알기 쉽게 화를 내고, 알기 쉽게 슬퍼했다. 그러나 귀와 꼬리는 나오지 않는다.

마음의 정리가 끝난 것이다.

나도 그렇게 해야 한다.

"그런데, 문을 열고 이 집 바깥으로 나간 다음에는 어떻게 해? 다 함께 뛰어서 도망쳐? 나는 어머니처럼 사람을 등에 태우곤 못 달려."

사람을 한입에 꿀꺽할 만큼 거대한 늑대가 되지는 않는가 보다. 가장 좋은 것은 바닷길을 이용해 윈필 왕국으로 도망치는 것이지만, 배를 마련하기가 여의치 않다. 해협을 건널 만한 배를 움직이려면 많은 사람의 힘이 필요하다.

악마 들린 자, 또는 정령이라고 불리는 존재들은 생각 외로 세상에 많지만, 그들이 인간 세상에 필사적으로 적응하려 애쓰며 숨죽이고 사는 데에는 이유가 있다. 인간이 만들어 낸 세상은 복잡하여 바야흐로 웬만한 완력으로는 어찌 할 수 없는 일이 많으니까.

"가능하면 배를 이용해 윈필 왕국으로 건너갔으면 하는데."

"그럼 주인나리… 아니지, 스테판이라는 사람의 엉덩이라도 물어 버릴까? 배를 마련해 주는 것쯤은 가능할 거야."

도제들은 스테판을 주인나리라 부르나 보다.

"아니…. 협박해서 배를 마련해도 대주교와 교황 대사에게 들키지 않을 리 없고, 그렇게 되면 일이 더 복잡해져요. 스테판 관장에게는 아무 죄도 없는데 자칫하면 데바우 상회의 본체에까지 문제가 파급될 수도 있으니까. 우리를 데리고 온 마차가 이 저택에 있으니 그것으로 도망칩시다. 하이랜드 님의 연줄이면 어느 도시에선가 배를 타고 윈필 왕국으로 건너갈 수 있을 거예요. 뮤리는 뇨히라에 편지를 보내서 호로 씨나 로렌스 씨에게 데리러 오라고 하고."

"…알았어. 그럼 일단은 여기에 붙잡혀 있는 금발과 동료를 구해 내면 되는 거네. 마침 날도 저물었고."

쇠창살이 달린 나무창 너머를 보니 부옇게 밝은 시내 중심가와 그림자놀이를 하듯 높다란 건물의 윤곽이 보인다.

"부탁할게요."

"응."

뮤리가 호로에게 물려받았다는 주머니의 주둥이를 열고 안에서 보리를 꺼내 입에 넣는다.

쓴 환약을 먹는 것처럼 삼키고 문득 이쪽을 보았다.

"오라버니."

"왜요?"

"…저쪽 봐."

부끄러운가 보다. 알몸을 보이는 건 상관없어도 짐승으로 변하는 것은 보여 주기 싫은가 보다. 물론 거부할 수는 없으니 뒤로 돌아 예의 바르게 눈도 감았다.

그러다 뮤리가 여전히 빌린 옷을 입고 있었다는 생각에 황급히 돌아보자, 거기엔 이미 은빛 늑대가 서 있었다.

「…아직 됐다고 안 했는데. 털 정리하고 싶었는데….」

멋에 까다로운 뮤리의 붉은 눈이 힐끗 째려본다. 호로보다는 작지만 그래도 숲에서 보는 늑대보다는 훨씬 크다. 뒷발로 서면 내 어깨를 훌쩍 넘어서겠다.

"옷을 입은 채… 라고 말하려 했는데."

「찢어졌네.」

뮤리의 주위로 찢어진 옷가지가 무참히 널려 있다.

호로에게 받았다는 보리 주머니도 떨어져 있기에 주워서 품에 넣어 둔다.

「그래도 오라버니가 무서워하지 않아서 다행이야.」

"호로 씨의 늑대 모습을 여러 번 본 적 있어요."

「알아. 어머니의 꼬리를 그렇게 좋아했다면서?」

왠지 창피해서 헛기침을 하고 만다.

"그리고 성직자는 원래 늑대를 안 무서워해요. 옛 성인이 히에론은 흉포한 늑대의 발에 찔린 가시를 빼 주어서 날뛰던 늑대를 진정시켰다고 하죠. 그 이후로 목축과 사냥의 수호성인이 되었어요. 그래서 그림 속에서 늘 늑대와 함께예요.」

「오라버니는 그렇게 시시콜콜 따지는 게 옥에 티야.」

어푸. 꼬리로 얼굴을 얻어맞았다.

「상회에 있는 내 옷은 어쩌지?」

"쿨럭… 옷, 이오? 나중에 편지를 보내 둘게요."

「뭐, 이젠 상관없지만. 보여 주고 싶은 상대도 없어질 테고.」

원망 어린 눈빛으로 쳐다보니 몸 둘 바를 모르겠다.

「농담이야. 오라버니 잘못도 아닌걸, 뭐.」

그럼 누가 나쁜 것일까.

그 물음을 날려 버리듯이 뮤리가 몸을 부르르 떤다.

그리고 기분전환이라도 하는 양, 격자문을 덥석 문다.

「크르르르르….」

땅을 기는 듯한 독특한 목 울림과 더불어 나무 삐걱대는 소리가 나고, 부드러운 치즈처럼 격자문이 휜다.

「흥!」

마지막으로 목을 가로젓자 툭, 투둑, 툭 소리를 내며 경첩이 튕겨 나가고 격자문이 뽑혔다. 뮤리는 앞다리로 입에 붙은 나뭇조각을 뗀 뒤 이쪽을 힐끗 본다.

「칭찬 안 해 줘?」

"대단하네요."

「그게 다야?」

그러면서 커다란 몸으로 느릿느릿 다가와 뻣뻣한 목덜미 털을 문지른다. 쓰다듬으라는 뜻이리라. 보기에는 무서운 늑대이지만 속은 평소의 뮤리 그대로. 게다가, 크기는 해도 현실적인 크기이기에 시가지를 데리고 다니지 못할 것도 없다. 한순간, 곁에는 뮤리, 한 손에 성전을 들고 설교하는 자신의 모습을 그려 본다.

그런 공상을 지우듯 손으로 털을 쓱쓱 쓰다듬었다.

"아름다운 털이네요."

별 뜻 없이 말했는데, 뮤리의 붉은 눈이 이쪽으로 향하더니 이를 드러낸다.

기쁘게 웃었다는 것을 알겠다.

"나머지도 부탁할게요."

「걱정 마.」

꼬리를 한 번 젓더니 거대한 몸체에도 불구하고 발소리 하나 내지 않은 채 물 흐르듯 복도로 나간다. 해가 져서 복도가 어두운 바람에 그 모습에 더욱 현실감이 없다.

뮤리는 바닥의 냄새를 맡고 주저 없이 앞으로 나아간다.

그리고 갑자기 달린다 싶더니 복도 끝 모퉁이를 돌고, 그 직후에 비명소리가 악, 하고 났다.

이내 조용해지고 뮤리가 돌아온다. 입에는 열쇠가 물려 있었다.

"…상대는?"

「맛있었어.」

얼결에 입가에 피가 묻지 않았는지 살피고 만다.

「만나자마자 얼굴을 핥아 주기만 했어. 아까 난 소리를 듣고 확인하러 왔나 봐.」

느닷없이 어둠 속에서 이런 늑대와 마주치고 얼굴을 핥아 대면 제아무리 굳센 용병이라도 기절할 것이다.

「집 안에는 병사가 거의 없어. 어디로 간 걸까?」

머리를 쳐들고 커다란 코를 킁킁거린다.

「금발은 윗방이려나?」

지하라고 하지 않아 안심했다. 왠지 고문은 지하에서 행해질 것 같으니까.

"그럼 그쪽으로."

머리를 낮추고 조용히, 재빨리 나아가는 뮤리의 뒤를 쫓는다. 주저 없이 나아가기에 정말 괜찮은 것인지 조마조마했으나, 확실히 복도에는 아무도 없고 저택 안은 조용했다. 계단을 오르고 있는데 비명인 것 같기도 하고 신음인 것 같기도 한 먹먹한 소리가 머리 위에서 났다가 다시 조용해진다. 계단을 다 오르자 병사가 복도 바닥에 눈을 뒤집고 쓰러져 있다. 곁에 여전히 불붙은 초와 촛대가 나뒹굴고 있기에 촛대에 초를 꽂아 들고 가기로 했다.

뮤리는 이미 복도 안쪽, 어느 방 앞에 앉아 있다.

조명을 비추자 한층 장식품처럼 보인다.

―여기예요?

속삭이듯 말하며 문을 가리켰다. 긍정인지 꼬리가 확 들렸다가 털썩 내려간다. 문에 귀를 대자 안에서 사람의 음성이 들려왔다. 심문을 당하는 중인가 보다.

―문을 두드릴 테니 나오는 순간 부탁할게요.

뮤리는 대답 대신 벌떡 네발로 서서 언제든지 덮칠 수 있게끔 앞으로 기운 자세를 취한다. 곧이어 문을 두드리려다 멈칫했다. 뮤리가 의아한 듯이 이쪽을 올려다본다.

―하이랜드 님이 뮤리를 보고 놀랄지도 몰라요.

뮤리가 얌전히 다음 말을 기다린다.

―하지만 뮤리의 명예는 반드시 내가 지키겠어요.

붉은 눈이 느릿하게 닫히고, 다시 앞으로 기운 자세를 취한다.

숨을 크게 들이마시고, 문을 두드렸다.

"큰일 났습니다! 보고 드립니다!"

문을 더 두드리며 급한 보고인 척했다. 잠시 후, 주저하는 듯한 분위기가 문 너머로 느껴졌으나, 다시 문을 두드리자 사람이 의자에서 일어서는 소리가 났다. 그리고 자물쇠가 벗겨지자마자, 이쪽에서 힘으로 문을 열었다.

"읏!"

모든 것은 한순간의 일. 연기처럼 뮤리가 방 안으로 들어갔다 싶더니 이미 병사는 뮤리의 커다란 발에 깔려 있었다.

"하이랜드 님."

뮤리의 옆을 지나 방으로 들어서자 얼빠진 표정이던 하이랜드가 화들짝 정신을 차린다.

"코, 콜?"

"무사해서 다행입니다. 구하러 왔습니다."

복판에 간소한 탁자 하나가 있을 뿐인 살풍경한 방이었다. 하이랜드는 묶여 있지도 않고, 탁자에는 항아리 하나와 컵 두 개가 놓여 있다.

"내가, 환상을 보고 있는 건가?"

뮤리는 문가에 얌전히 앉아 있다. 촛불 탓에 그림자가 짙어 정교한 그림처럼도 보인다.

"신께서 저희를 보내셨습니다."

당당히 말하면 그것이 진실이 된다. 하이랜드도 그러냐는 투로 고개를 끄덕이고는 의자에서 멍하니 일어섰다. 그러나 용감하고 총명한 인물이다. 놀라움이 가시자 뮤리를 두려워하지도 않고 가만히 응시하다가 뭔가 깨달은 기색이다.

"저 붉은 눈⋯."

가슴이 철렁했는데, 하이랜드가 고개를 젓는다.

"아니, 묻지 않겠다. 우리 윈필 왕국도 건국 시에 황금 양의 인도를 받았었다."

목양이 성한 윈필 왕국에는 온몸이 황금 털로 뒤덮인 거대한 양의 전설이 있다.

그 양을 예전 여행길에서 만난 적이 있다고 하면, 하이랜드는 웃을까?

"그리고. 나는 쓸모없는 놈들에게 둘러싸여 컸거든. 눈을 보면 대강 안다."

하이랜드는 두려움도 없이 뮤리에게 다가가 손을 내밀었다.

"좋은 눈이다."

뮤리는 약간 수줍어하며 고개를 숙여, 하이랜드가 털가죽을 만지는 것을 허락했다.

"자, 우리에게 기적이 일어났다. 사명을 다하라고 신께서 말씀하셨다."

"열쇠는 있습니다. 동료들을 데리고 이 도시를 뜹시다. 어디 다른 곳에서 배를 마련해…"

라고 말을 하다가 입을 다문 것은 하이랜드의 표정 때문이었다.

기적이 일어났다. 도망칠 수 있다는 기쁨에 찬 얼굴이 아니다.

비장한 결의를 띠고 있다.

"나는 이 도시에서 나갈 수 없다. 너희와 부하들만 도망쳐라. 모두 우리 가문을 위해 충성을 다해 준 좋은 이들이다."

"그건… 저기, 하이랜드님, 어째서입니까?"

"방금 이곳으로 오는 사이에 몇 명의 병사를 마주쳤나?"

갑작스런 질문에 당황했는데, 하이랜드는 내가 모르는 무언가를 알고 있는 모양이다.

"이 저택 내에 병사가 없는 것은, 다들 시 중심부로 가 있기 때문이다. 데바우 상회 측도 아직 오지 않았지? 그럴 때가 아니기 때문이다. 저기 널브러져 있는 자는 내게 윈필 왕국에 찬동한 이들의 명단을 내놓으라고 했다."

돌아보자, 뮤리도 문가에서 기절해 있는 병사를 힐끗 본다.

"지금 시중에는 번역본 성전을 들고 교회를 비난하는 사람들이 대거 광장으로 모여들었다고 한다. 설득하러 다녔던 직인조합, 상인조합 사람들이 예정대로 봉기해 준 것이겠지. 수하에 있는 거친 직인들의 선동 방식에는 다소 불쾌한 면도 있었다만, 저 붉디붉은 것은 그들이 분노하는 불길이다."

이 방에서도 보인다. 언덕 위 시가지에는 불빛이 선명했다.

동시에, 개에게 사제복을 입혀 모독하는 짓은 하이랜드가 획책한 것이 아니라는 사실에 안심했다. 내 눈이 틀리지 않았다. 하이랜드야말로 남들 위에 서서 정의를 이끌 인물이다.

"인원수는 시중 사람들이 더 많으니 처음엔 우세하게 진행되겠지. 그러나 기세만으로 떠드는 자들은 통제된 병사들에게 절대 이기지 못한다. 교착 상태에 빠지고, 딱히 이렇다 할 일도 벌어지지 않으리란 것을 알게 되면 기력이 다하게 되지. 내일 해야 할 일거리가 있다는 이유만으로 봉기를 중도에 포기하는 농민, 일용직 인부를 과거에 수도 없이 보아 왔다. 긴장이 느슨해진 무렵 주력 부대가 투입되면 단숨에 무너진다. 몇 사람은 본보기로 붙잡혀 내일 아침에는 거리에 내걸리겠지. 정해진 흐름이다."

하이랜드는 귀족이고, 영지를 다스리는 신분. 민중 봉기와 그 결말이 어찌 되는지는 잘 알고 있으리라.

"대다수가 술과 분위기에 취해 떠드는 자들이겠으나, 그래도 적지 않은 수가 진심으로 항의하고 있을 것이다. 대의는 우리에게 있다. 사람들은 올곧게, 순수하게 믿을 수 있는 신의 가르침을 간절히 원하고 있다. 하지만 지금의 소요가 제압되고, 이웃이 네거리 처형대 위에서 목숨을 잃는 것을 보면 이렇게 생각하겠지. 하이랜드만, 윈필 왕국의 놈들만 오지 않았어도, 라고."

그리고 지금껏 해 온 그대로의 삶이 이어진다. 아무것도 변하지 않고, 차츰 악폐가 쌓여 가는 나날이.

"사람들은 내가 아직 교회에 남아서 대주교와 대화하는 중으로 믿고 있을 것이다. 그것을 돕겠다며 주먹을 치켜들었다. 그 자리에 내가 있지 않고, 진작 도망쳤다는 게 알려지면 그 누가 앞으로 우리가 하는 말을 믿어 주겠는가."

"하지만."

"그거 아나? 내가 가야 대주교와 교황 대사가 민중이 내게 선동되었다고 말할 수 있게 된다. 대주교도 시중 사람들을 상대로 가혹한 조치를 취하는 것은 극력 피하고 싶을 것이다. 앞으로 계속 이 도시의 유명인사로 남기를 원하고 있을 테니까. 그러니까,

내가 가야 한다."

하이랜드는 말했다.

"내가 저곳에 가서 대주교를 규탄해야 한다. 이 소요의 주모자는 나라는 것을 입증해야 한다. 애써 구하러 와 줬는데 미안하다만."

끝으로 농담처럼 그런 말을 덧붙였다. 물론 조금도 웃을 수 없다.

"이번엔 죽을 겁니다."

교황 측은 이미 이단 칙허를 내리고 선전포고를 했다. 하이랜드가 민중의 선두에 나서면 이제 어중간하게 끝낼 수가 없다. 대주교가 하이랜드의 요구를 받아들여 교황과 대립하거나, 아니면 하이랜드를 죽임으로써 교황 측은 결단코 양보하지 않는다는 점을 세간에 천명하거나.

하이랜드가 나타나면 민중의 분노는 갈 데까지 간 후에야 수습되리라.

"내가 설득해서 승리하리라고는 생각지 않나?"

하이랜드는 웃고 있지만 아무런 대꾸도 할 수가 없다. 그저 고개를 가로젓는 것 외엔. 이 과감한 행동력과 사고를 거두게 할 순 없을지 기도하듯.

"교황 대사가 와 있는 지금, 하나둘 정도, 뭔가 뒷받침이 더 있었으면 좋겠다만…. 아니, 뭐. 이대로 고문이라도 받으며 고통만

받는 것보다야 훨씬 낫지. 적어도 나는 내 목숨을 내 의지로 끝낼 수 있으니까. 이후에도, 내 형제들은 죄다 짜증 나는 놈들이긴 해도 절호의 기회를 살리는 재주만큼은 믿을 만하다. 호들갑스럽게 슬퍼하고 추도하며 내 죽음을 이용해 줄 테지."

저런 말을 호기롭게 해 댄다. 하이랜드가 어떤 삶을 살아왔고, 어떤 마음으로 성전을 펼쳤을지 생각하니 마음이 아팠다.

그리고 하이랜드는 그런 내 얼굴을 보고 기쁜 듯이 미소 지었다.

"자, 쇠뿔도 단김에 빼라고 했다. 교회 앞에는 이미 내가 도망쳤다는 소문이 나 있을 테니까."

"그럼, 저도—"

나도 모르게 몸을 앞으로 내밀며 말하는 순간, 하이랜드가 긴 팔로 내 가슴을 밀었다.

갑작스러운 나머지 비틀거리다가 뒤로 넘어가, 부드러우면서 힘찬 털가죽에 부딪혔다.

받아 준 뮤리가 이쪽의 어깨 너머로 하이랜드에게 으르렁댄다.

"신의 사자에게 제대로 물어봤나? 가도 되느냐고?"

뮤리의 커다란 붉은 눈이 나를 빤히 본다.

"그 늑대까지 와 준다 해도 소요에 박차를 가할 뿐이다. 다음 번엔 저기 있는 병사처럼 제대로 기절시키는 것으론 끝나지 않아. 사람을 죽일 각오와 죽이게 만들 각오가 필요하다. 그렇게 했는데도 제 한 몸 지킬 수 있을지 어떨지는 반반일 테고. 콜, 나는 그대가 피로 더럽혀지는 것을 바라지 않는다."

그 아름다운 털가죽이 더럽혀지는 것도 참을 수 없고, 라고 말했다.

뮤리는 잠자코 가만히 있다. 하이랜드를 조용히 응시하고 있다.

내가 아무런 말도 하지 않기를 바라고 있다는 것이, 아프리만큼 와 닿았다.

그리고 하이랜드는 곤란한 듯이 웃는다.

"콜, 힘들게 해서 미안하다."

"그런 건… 그, 그렇습니다. 이번에야말로 데바우 상회의 스테판 관장에게 부탁해서 하이랜드 님을 도와 달라고—"

"콜."

마치 내가 뮤리를 타이를 때 같았다.

"유감이지만, 데바우 상회의 스테판은 대주교 편이었다. 대주교가 칙허장을 사전에 알았던 것은 데바우 상회의 쾌속선이 정보를 가져다준 덕이라고, 저기 자고 있는 자가 가르쳐 주었다. 그러니 도움은 기대도 하지 말라며 으름장을 놓더군."

뇌리를 스친 것은 뮤리가 어제 항구에서 보았다는, 잠자리처럼 긴 선박. 날이 저물어 갈 무렵에 강제로 항구로 밀고 들어와 일하는 사람들이 애를 먹었다고 했다.

"필시 대주교와 무슨 밀약을 해서 특권 같은 것을 얻었겠지.

시중 사람들 대다수가 적대시하고 있는데도 유일하게 편을 들 때에는 뭔가 실리가 얽혀 있을 것이다. 그러니 협력은 없다. 오히려 수하 인원을 써서 각 조합장에게 소동을 진정시키라고 압력을 가할 수도 있겠지. 교회 편을 들 수밖에 없는 원칙을 늘어놓고, 시키는 대로 하지 않으면 앞으로 거래하지 않겠다고 협박하면 직인들은 어쩔 수 없다. 기껏해야 그대들이 도망치는 것을 눈감아 주는 것이 고작이겠지. 아아, 그리고. 어리석은 생각은 하지 마라. 그들은 그대들이 어디에서 왔는지 아니까. 섣불리 움직였다가 뇨히라에 재앙이 미쳐도 상관없나?"

"웃⋯."

말을 마치자 하이랜드는 심호흡을 하고 뮤리에게 담담히 웃어 보였다.

"요즘 세상에 드물게 순수한 이 신의 종복을, 잘 부탁한다."

「워우.」

뮤리가 지극히 늑대답게 짖자 하이랜드는 기쁜 듯했다.

"그대들과 만난 행운을, 신께 감사드린다."

환하고 다정한 웃음이었다.

사람들 눈에 뮤리가 너무 노출되는 것도 좀 그렇기에, 나와 하이랜드가 나뉘어 저택의 방을 돌며 수행원들을 해방시켰다. 모이고 보니 숫자가 이렇게 적었다는 것을 새삼 깨닫는다.

하이랜드가 수행원을 줄줄이 거느리고 다니는 성격이 아니라 해도, 믿을 만한 인물 자체가 애당초 별로 없는 것이다.

그들도 당연히 하이랜드와 운명을 함께하기를 원했으나, 하이랜드는 일축했다. 호위 몇 명 외에는 남길 생각이 없는 듯했다. 무슨 말을 해도 뜻을 굽히지 않을 것은 그들도 알고 있었으리라.

우리를 싣고 온 짐마차가 마구간에 남아 있었기에, 다소 비좁지만 마부석까지 쓰니 모두 탈 수 있었다. 마부석에 탄 사람은 기절시켜 포박한 위병의 옷으로 갈아입어 변장했다. 그렇게 하면 이 시간에 시벽을 빠져나가도 검문에 걸리지 않을 것이라는 계산이리라. 그러나 지금쯤이면 이미 시벽으로 간 뮤리가 감시병을 해치웠을 것이다.

언덕 꼭대기에 위치한 시 중심부는 이제 시뻘겋게 빛나고 있다.

초도 꺼지기 직전이 가장 밝다고 한다. 시간은 없다.

"그럼 하이랜드 님… 다시 뵙게 될 날을…."

"그래, 기대하고 있겠다."

하이랜드는 마구간 앞에서 부하들이 탈 마차를 웃는 얼굴로 배웅했다.

그리고 마구간에 매여 있던 말 한 필을 저택 입구로 끌고 온다.

"그대도 가라."

싫다고 거부할 명분이 없는 것이 너무도 괴로웠다.

"성전의 번역본은 그대의 머릿속에 들어 있을 테지. 꼭 교황 측에 선 놈들의 속이 타게 해 다오."

펜과 잉크만 있으면 번역본은 얼마쯤도 재현할 수 있다. 하이랜드의 뜻을 이을 수는 있다.

"어서."

하이랜드가 내 손을 잡아 강제로 고삐를 쥐게 하고는 몸을 돌렸다. 병사 옷으로 갈아입은 호위들과 몇 마디 말을 나눈 뒤 홀로 훌쩍 말에 올랐다. 이쪽은 전혀 돌아보지 않는다. 하이랜드가 말의 배를 차고 호위들과 함께 달려 나간다.

어떤 여지도 없이, 깔끔하게 길 저편으로 사라진다.

내가 흔들리지 않게 하려는 하이랜드의 마지막 배려이리라.

「오라버니.」

은빛 짐승이 그늘 속에서 불쑥 나타나자 놀란 말이 도망치려 든다. 고삐가 당겨지는 바람에 정신이 들었다.

시벽에서 한바탕 일을 끝내고 돌아온 뮤리가 커다란 코를 얼굴에 가까이 대고 목을 비빈다. 그래도 가만히 있었더니 뮤리가 느릿느릿 말했다.

「우리도 뇨히라로 돌아가자.」

뮤리의 붉은 눈이 슬퍼 보였다.

하이랜드를 구할 방도가 어디에도 없다고 그 눈이 말하고 있었다.

신은 충실한 저 종복에게 손을 내밀어 주지 않는다.

"나는… 왜, 이리도 무력할까."

가슴께의 교회 문장을 꽉 쥐어 손바닥에 박힐 만큼 힘을 주면서 터질 것 같은 눈물을 삼켰다. 내게는 종이 위의 지식밖에 없다. 뮤리와 같은 힘도, 하이랜드와 같은 숭고함도, 일찍이 목격한 대모험의 주역인 호로와 로렌스 같은 재능도 없다.

그저 한 명의, 이상적인 세상을 그리는 몽상가일 뿐이다.

"왜, 왜…!"

신음하다 오열을 흘린 순간.

엄청난 충격을 배에 받고 천지가 뒤집혔다.

갑작스런 일에 아픔조차 느끼지 못한 채 눈이 휘둥그레져 있자, 뾰족한 이로 가득한 입이 시야에 들어왔다.

「오라버니는 신이 되고 싶은가 봐?」

나를 내려다보는 뮤리의 모습이 눈물 때문에 부옇다.

「하이랜드는 오라버니한테도 분명히 고맙다고 했어. 오라버니는 마음이 불편하겠지만, 하이랜드가 오라버니를 막 칭찬한 것은, 그건, 진심이라 생각해. 번역 작업에 열심이었던 때에도, 하이랜드는 나한테 오라버니가 어떻게 지내고 있는지 직접 물어봤어. 그러면서 자기도 열심히 해야겠다면서 웃었고, 오라버니 같은 사람과 만난 게 신의 뜻이라고도 했고.」

까맣게 몰랐다.

「그러니까 오라버니는, 오라버니가 나한테 했던 말을 잘 해낸 거야. 이 세상에서 의지가 될 것을 찾지 못했던 사람한테 그걸 줬어. 그건, 훌륭한 성직자 아냐?!」

하이랜드의 이름을 처음으로 제대로 부른 뮤리가 코끝으로 내 뺨을 쿡 찌른다. 자기가 한 말을 내 머릿속에 강제로 욱여넣기라도 하듯.

「게다가, 오라버니만 무력한 게 아냐. 어머니가 나한테 말해 준 적이 있어. 커다란 이빨과 발톱이 있어도 속수무책인 일이 수두룩하다고. 그러니까 소중한 누군가를 찾으라고. 그리고 하이랜드는 발견한 거야.」

오른쪽 발바닥이 쿵 가슴을 짓누른다.

"크흑?!"

「나는 그 누군가한테, 차였지만.」

빙빙 휘젓듯 눌러 대서 정말로 숨을 쉴 수가 없다. 뮤리의 앞 다리를 붙들자 그제야 놓아 주었다.

「뇨히라는 바깥세상보다 단순하고, 따뜻한 탓도 있어.」

뇨히라에서 태어나 자란 뮤리가 그렇게 말하니 참으로 설득력 있다.

「오라버니.」

그 마지막 한마디는 다정한 말투가 아니었다.

그리고 저 말에 응하지 않으면 뮤리를 상처 주게 된다는 것도 안다. 뮤리처럼 멋진 소녀의 연심을 찬 남자는 적어도 훌륭한 인물이기는 해야 한다.

몸을 일으키고 옷에 묻은 흙을 턴다. 그때, 손에 쥐고 있던 교회 문장의 끈이 끊어진 것을 비로소 알았다.

「…….」

뮤리의 시선을 알아채고 쓴웃음을 짓는다.

"못 버려요."

「에이, 아쉽네.」

신의 가르침을 버리면 금욕의 맹세도 지킬 필요가 없어진다.

그렇긴 해도, 교회 문장을 내팽개치면 뮤리는 화를 내거나 슬퍼하겠지.

"돌아가자. 내게는 뮤리를 보호해 무사히 뇨히라로 데려다줄 의무가 있으니까."

「흐응~? 나를 보호한다고?」

뮤리가 반가운 듯이 내 허리께를 큰 코로 쿡 찌른다.

그것을 나무라며 교회 문장을 넣으려고 옷을 뒤져서 나온 염낭을 손에 쥐었다.

"돈과 함께 넣으면 벌 받을 것 같은데…."

「안 그럴걸? 오히려 기뻐하겠지.」

"또 그런 소리를…."

「어어? 왜 아니야? 교회는 돈을 잔뜩 모으잖아? 일을 돕느라 교회 안에도 들어갔는데, 기부함에 잔돈이 꽉 차 있었어. 상회에도 저울 든 천사 그림이 있잖아.」

데바우 상회의 연락원을 만났을 때도 한 손에는 성전, 한 손에는 저울 어쩌고 하는 말을 했었다. 데바우 상회 사람들이 좋아하는 소재일 수도 있겠다.

"전에도 말했지만, 그 저울은 공평을 나타내는 거예요. 검은 정의이고."

「흐—응? 나는 시중 사람들한테서 세금을 쥐어짜내는 장비인 줄 알았는데.」

검으로 위협해 저울로 화폐를 잰다. 엄청난 불경이다 생각하지만, 이해가 되니 곤란하다. 같은 그림을 봐도 여러 가지로 해석이 되게 마련이다.

게다가 교회 기부함에 돈이 가득 들어 있는 모습은 확실히 보기에 좋지 않을 수도 있겠다. 하지만 교회는 그 돈을 이용해 다양한 자선을 베풀고 성무를 볼 것이다. 모인 돈은 다시금 도시로 환원되고 있을 터. 그러니 겉으로 보이는 것으로만 판단해서는… 하고 생각하다가 문득 깨달았다.

모인 돈을 도시로 환원?

뭔가, 어디선가 그와 반대되는 이야기를 들은 적이 있는데?

「오라버니?」

또 우뚝 서서 생각에 잠겨 있었는지 뮤리의 음성에 정신이 든다.

그리고 떠올렸다. 저울.

"환전상…."

「어?」

한 가지 사실을 깨달으니 온갖 것이 줄줄이 꼬리를 문다. 애당초 내가 뇨히라를 나온 이유도 교황이 돈에 연연하는 것을 용납할 수 없었기 때문이다.

시야가 쿨렁 일그러지고, 정신이 드니 뮤리가 깔개가 되어 주고 있었다.

「오라버니? 미안, 아까 어디 부딪쳤어?」

옆구리로 받아 주었는지 꼬리와 목덜미 털이 양쪽에서 걱정스레 감싸 온다.

하지만 바로 대답하지는 못했다. 머릿속에서 생각이 들끓어 숨도 쉬어지지 않았다.

"기부… 천사와, 저울… 데바우, 상회."

머릿속에서 차츰 하나의 그림이 그려진다.

데바우 상회는 교회와 실리로 묶여 있기에 교회를 지지했다고 한다. 만일 그 거래가 몹시 평판이 좋지 않은 것이라면? 본래는 단순한 거래였다 해도 관점에 따라 달리 보이게 마련이다. 뮤리의 말마따나 천사의 그림조차 탐욕스러운 악마처럼 보일 수 있다.

스테판에게 그 점을 지적하면 얼굴이 하얗게 질리겠지. 이런 분위기에서라면 시중 사람들의 분노의 창끝이 데바우 상회로 향하고, 모든 거래를 잃고, 그뿐 아니라 폭도들에게 불살라질 수도 있다. 그런데도 여전히 대주교 편을 들게 될까?

혹시 데바우 상회의 지지를 제거할 수만 있다면 대주교도 무너지지 않을까? 설령 교황 대사가 칙허를 가지고 와 있다 해도 양피지로 검을 막을 수 있을 리 없다. 설상가상, 교황이 앉은 어좌에서 이곳은 멀고도 멀다. 자신이 네거리 교수대에 내걸릴 때까지 구조대가 오지 못하면 교황의 권위는 아무런 의미도 없다.

검과 저울을 든 천사의 그림이 세 번째 다른 의미를 띤다.

목숨이냐, 이익이냐.

해 봐야 한다.

하이랜드는 그렇게 말했지만, 하이랜드를 그냥 죽게 놔둘 수는 없다. 포기를 모른다는 점에서는 성직자도 상인 못지않다는 점을 떠올린다. 왜냐하면, 우리는 아무도 본 적 없는 신을 만나기 위해 생애를 고행으로 허비하는 일도 마다하지 않는 족속이니까.

「오라버니.」

이름을 불려 그쪽을 쳐다보니, 붉은 눈이 어이가 없는 투로 가늘어져 있다.

「표정이 무시무시해.」

"생각 좀 하느라."

「오라버니가 당황하는 얼굴도 그렇지만, 화난 것 같은 얼굴도, 좋아해.」

늑대의 얼굴로 그런 말을 하니 더 부끄럽다. 게다가 이내 생각이 짚인다.

"뮤리, 혹시 나를 일부러 화나게 한 거예요?"

뮤리는 꼬리로 이쪽의 후두부를 치기만 하고 대답하지 않았다.

"하여간…. 하지만 뮤리의 고집도 가끔은 도움이 되는 것 같네요."

「흐응?」

"군것질을 하지 않았으면 깨닫지 못하고 끝났을지도 모르니까. 맞아요. 가끔은 책에서 고개를 들고 거리로 나가 봐야 하는 거네요."

얼빠진 모습을 보니, 늑대의 얼굴도 표정이 풍부하구나 싶다.

"그리고, 뮤리가 들려준 시내 정보요. 여행은 혼자보다는 둘이 낫다는 게 진짜인가 보네. 내가 세상의 반의 반밖에 못 보고 있다면 더더욱."

몸을 일으키고 말했다.

"하이랜드 님을 구해 내기 위해 아직 할 수 있는 일이 있어요. 우리의 이상을 위해, 아직은 싸울 수 있어요."

「어어~….」

하며 유감스러워하면서도, 말이 질색하며 머리를 돌릴 만큼 털에 활력이 넘친다.

"시간이 없어요. 호로 씨처럼 사람을 태우지는 못한다고 했는데, 그게 사실인가요?"

뮤리는 눈을 가늘게 뜨며 히죽 웃었다.

싸늘한 공기가 칼날처럼 귀를 스쳐 아리다. 그에 비해 강인한 은빛 털가죽에 닿아 있는 부분은 땀이 날 만큼 뜨겁다. 뮤리의 등에 매달려 전원지대를 눈 깜짝할 새에 지나고, 추레한 주택들 틈의 골목으로 속도를 죽이지 않은 채 뛰어들었다. 나무상자, 들개, 세탁물, 일하는 데 쓰는 짐마차 등등으로 가로막힌 길을 무지막지한 기세로 달려 나간다. 모퉁이를 돌 때에는 훌쩍 뛰어올라 벽을 타고 달린 것만 같은데, 깊이 생각지 않기로 했다. 뮤리라면 괜찮다고 믿을 수 있었으니까.

마침내 속도가 줄어들자 데바우 상회의 상관 한 구역 앞까지 와 있었다. 광장도 멀지 않아 엄청난 소음이 땅울림과 천둥처럼 울린다. 사람들이 광장에서 소란을 피우고 있는 동안에는 하이랜드도 무사하리라.

등에서 내리자 뮤리는 입을 크게 벌리고, 김 같은 흰 숨을 토해 내고 있었다.

"괜찮아요?"

「더 달리고 싶을 만큼.」

"…여기에서 뇨히라까지 마침 딱 맞는 거리 아닌지?"

순간 이를 번득이니 박력이 이만저만이 아니다.

"뮤리는 이 근처에서 몸을 숨기고 있어요."

「흐응?」

당연히 순순한 대답이 아니다. 그러기야? 하는 투로 싸늘한 붉은 눈이 이쪽을 응시한다.

"농담이에요."

뮤리가 코끝으로 툭 친다.

「오라버니, 왠지 분위기가 별로야. 뭔가 꾸미고 있지?」

"아니. 그저, 스테판 관장이 나쁜 짓을 하고 있다고 여기게 하려면 어찌해야 할지 궁리 중이에요."

「어떡할 건데?」

그 물음에, 아무리 봐도 성직자로 보이는 여행용 외투를 손으로 털었다.

"뮤리와 하이랜드 님에게 배웠어요. 당당히 선언하면 그렇게 보인다는 것을."

「응?」

고개를 갸웃하는 뮤리에게 귀엣말로 계획을 알렸다.

뮤리가 이내 이를 드러내며 꼬리를 흔든다.

"어떻게 생각해요?"

「성실한 오라버니한테 꼭 맞는 거짓말이라고 봐.」

아니, 거짓말은 아니다.

상대가 알아서 착각하게끔 행동할 뿐.

그렇게 생각하다, 문득 뮤리에게 물이 든 것 같다 싶었지만 기분이 나쁘지는 않았다.

데바우 상회의 뒷문을 두드리자 누구냐고 묻는다.

"신세를 지고 있는 토트 콜입니다."

문에 달린 엿보는 창이 열리고, 낯익은 얼굴이 나타났다. 루이스다. 루이스는 심각한 얼굴로 창에서 이쪽을 내다보다가 순간 안도한 표정을 지었다. 일대 소동이 일어난 광장에 꽤 가깝기에 소동을 틈탄 도둑질이나 불난리를 경계하고 있었으리라.

"어서 오십시오. 무사하셔서 다행입니다."

우리가 붙잡혀 감금되었다가 탈출했다는 것을 루이스는 전혀 모를 것이다. 이내 문을 열어 주었다.

그리고 공손히 머리 숙여 맞이한 직후, 뒤를 따르는 그것을 보고 얼어붙었다.

"관장님은?"

말을 걸자 이상한 자세로 굳어 있던 루이스가 눈만 돌려 이쪽을 본다. 꼼짝이라도 했다가는 잡아먹힐 거라 생각했는지.

"여기 이쪽은, 걱정 말아요."

부드럽게 미소 짓고 늑대 모습인 뮤리의 머리를 쓰다듬는다. 뮤리는 크르르 크르르, 속에서 올라오는 무시무시한 소리를 내면서 개처럼 꼬리를 흔들고 머리를 수그렸다.

그 기묘한 모습에 루이스는 완전히 넋이 나가 있었다.

"지, 집무실에…."

"고마워요."

인사하고 걸음을 내딛자 루이스가 풀썩 주저앉는다.

「그렇게 무서워?」

약간 상처 입은 기색이지만, 말하지 말라며 머리에 꿀밤을 먹였다.

널찍한 상회 안은 고요했다. 코앞에서 대소동이 벌어지고 있어서 그렇게 느껴지는 건지, 교회와의 깊은 관계가 도드라지지 않게끔 숨을 죽이고 있는 건지.

"자, 여기로군요."

어제까지는 사람들로 북적이던 집무실 앞 복도도 한산했다. 벽 양옆에는 돌로 된 촛대 자리가 푹 파인 채 사치스러운 밀랍이 타고 있다.

심호흡을 한 뒤 문을 두드렸다.

"스테판 관장님."

그러나 대답이 없다. 뮤리를 보자 흥, 콧방귀를 뀐다. 방 안에 있기는 한가 보다.

"스테판 관장님, 접니다. 토트 콜입니다."

대주교와 내통하고 있다면 본래는 내가 이곳에 있을 리 없다는 것도 알 테지. 문 너머로 곤혹스러움과 망설임이 새어 나올 것만 같았다. 힘으로 문을 비틀어 열까 한 순간, 안에서 음성이 들렸다.

"들어오게."

과연 상관을 관리하는 사람답게 딱 부러진 음성이었다.

"실례합니다."

문을 열고 안으로 들어간다.

한쪽 벽면에 거대한 세계지도가 걸려 있는 것은 우리가 숙박한 방과 마찬가지다. 다른 점은 그 반대편 벽에 무수한 양피지가 쌓이거나 둥글게 말려 있는 것. 저기에 쓰여 있는 것은 막대한 수와 종류의 물품 거래, 현기증이 날 만큼 혼잡한 특권, 이권들일 터. 사람이 착하게 살기 위한 지침이 적힌 성전은 별로 두껍지 않지만, 대상회가 돈벌이를 위해 필요한 글은 저토록 양이 막대한 모양이다.

스테판은 방의 가장 안쪽, 커다란 책상 앞에 앉아 있었다.

"설마 정말로 당신일 줄이야…. 하이랜드 님이 나타났다는 보고도 그럼 사실… 어?"

내 옆을 스치듯 방 안으로 들어온 뮤리를 본 순간, 도제 이상으로 놀랐나 보다.

"신의 기적을 믿습니까?"

늑대인 뮤리를 곁에 두고 그렇게 말했다. 스테판은 입을 뻐끔대기만 할 뿐 소리를 내지 못한다. 감옥에 있어야 할 인간이, 거대한 늑대를 거느리고 자신의 집무실에 있다.

이것이 기적이 아니면 무엇으로 보이겠는가?!

"안심하십시오. 나는 신의 가르침을 저버린 자를 벌하러 온 것이 아닙니다."

신의 가르침에 충실하다면 거짓말을 하는 것은 용납되지 않는다.

그러니 거짓말은 하지 않는다.

단지, 뮤리가 곁에서 이를 드러내며 나직이 으르렁댈 뿐이다.

"하지만, 신의 정의로운 가르침을 널리 알리고 싶기는 합니다."

그렇게 말한 직후였다.

"윈, 윈필 왕국은 이단으로 규정됐다! 너희가 만들던 성전 번역본도 금서가 됐다고! 신의 가르침 아래 어느 쪽이 바른지 일목요연하잖아?!"

라고 외치는 것은 양심의 가책을 자각하고 있어서일 수도 있다.

"시중 사람들은 그것을?"

스테판은 순간 말문이 막혔으나, 역시 상인이다. 이내 추스른다.

"아아, 알다마다! 그러니까 저렇게 소란을 떨고 있는 거지! 윈필 왕국을 따르라며 난리야! 말이 돼야지! 저놈들은 그 뜻도 몰라! 교황님의 위대함과 교회의 훌륭함을 이해 못 한다고!"

고래고래 소리치는 스테판의 말은 공허했다. 필사적으로 자신에게 다짐하는 것처럼도 들렸다. 어쩌면 스테판은 일종의 도박을 했을 수도 있다. 상회의 정보망으로 칙허의 존재를 알게 되자 하이랜드를 버리고 대주교에게 찰싹 붙는 쪽을 택했다. 하지만 예상과 달리 시중 사람들은 교황의 칙허장에 겁먹지 않았다.

하이랜드의 생각은 옳았다. 사람들은 교회의 횡포가 이젠 지긋지긋하다.

그러나 스테판은 그럼에도 포기하지 않았던가 보다. 대주교가 이겨서 지금까지 해 온 대로 관계가 지속되기를 기도하고 있다.

"그런데, 당신은 대주교님과 같은 고향 출신이라 들었습니다만."

고래고래 소리치던 스테판이 별안간 조용해졌다.

뮤리가 방 안으로 들어왔을 때보다도 훨씬 망연자실해 있다.

"교회와의 거래도 상당히 많으신 듯하고."

"그, 그게… 그게, 뭐? 시중 사람이면 다, 다, 다, 다들, 아는 얘기는데."

우스꽝스러우리만큼 동요한다. 스테판은 바보는 아니다. 스스로 그럴 가능성을 추측하고 있었던 모양이다.

교회가 세차게 공격당하면 교회와 깊은 거래를 하고 있는 곳에도 불똥이 튈 수 있다고.

"다들, 알고는 있겠지만, 본 적은 없을지도 모르지요."

"…무, 무어, 무엇을?"

가끔은 책 바깥을 봐야 한다는 말을 하이랜드에게 들었는데, 맞는 말이다.

"이곳의 상관은, 교회에 모인 기부금을 계량하여, 아마도입니다만, 잔돈이 부족한 도시로 수출하고 있지요."

뮤리가 가르쳐 준 잔돈은 그러기 위한 것이리라.

"어쩌면, 십일조로 거둔 것도."

"오, 다, 다, 당신, 무슨 말을―"

"어쩌면, 적정한 장사인지도 모르지요. 하지만, 만약 정말로, 진심으로 그렇게 생각하신다면, 어떻습니까? 시중의 사람들에게 보여 주는 것이?"

"어…."

"화폐로 가득한 나무상자가 줄지어 늘어선 모습이, 청빈을 이야기하는 교회의 가르침과 합치하는지 어떤지."

"아…."

"시중 사람들이 일상생활에 필요한 잔돈이 부족해 애를 먹고 있는데, 교회는 그렇게 대량의 화폐를 다른 도시에 팔아 이익을 취하고 있다는 것을 알면, 사람들은 어떻게 교회가 민중의 편이라 믿을 수 있겠습니까? 그렇지 않아도 대주교님의 식탁은 호화롭기 그지없다는 평판인데?"

성전의 번역과 마찬가지다. 누구나 직접 눈으로 보면 그 의미를 금세 이해할 수 있다.

"절제인 겁니다. 스테판 관장님. 확실히 교회는 많은 것을 잃을 수도 있을 겁니다. 하지만 원래 너무 과했어요. 교회가 취한 행동의 대부분은 도저히 정당화할 수 없습니다, 스테판 관장님."

그 이름을 재차 부르고 헛기침을 한 번 한다.

"성전 번역본을 읽으셨지요?"

스테판의 턱에서 진땀이 뚝뚝 떨어진다.

그러나 생각하기를 포기한 얼굴은 아니다. 필사적으로 주판알을 튕기는 중이다. 그리고 스테판은 교황의 칙허장 정보를 얻었을 때도 같은 계산을 하고 하이랜드를 팔았다. 우리가 탈옥하여 상황은 변했다. 그래도 결정타가 부족한 것은 확신하고, 하이랜드는 그래서 죽음을 각오했다.

그렇기에 나는 위험을 알면서도 이 자리에 뮤리를 데려온 것이고.

"저울로 열심히 손익을 따지시는 것도 상관없습니다만."

뮤리가 알아챘는지 쓰윽 네발로 일어선다.

여자 앞에서 꾸미는 데엔 젬병이지만, 신 앞에서 허세를 부리는 것에는 익숙하다.

세게 나간다.

"나 같은 사람이 어째서, 북방을 지배하는 데바우 상회의 위대한 대지배인님께 후한 대접을 받고 있을 것 같습니까?"

나는 거리에서 보면 여행 중인 흔한 성직자로만 생각되리라. 하지만 그 곁에는 은색 늑대를 거느렸고, 게다가 감금되어 있었을 감옥에서 탈출했다.

자세한 사정을 모르는 자가 보면 상상하지 않을 수 없다. 데바우 상회의 대지배인이 윈필에 조력하고, 이런 젊은 녀석을 잘 대접하라고 명령한 그 이유를.

상회 벽에는 검과 저울을 든 천사의 그림이 장식돼 있다.

신의 가르침은 속임수가 아니다.

"스테판 관장님."

20년은 연상인 스테판이 튕기듯 등을 쭉 편다.

최후의 심판을 맞은 인간의 표정이 저러하려나.

"대주교님을 설득해 주시겠지요?"

그러나 감탄스럽게도 여전히 주저한다. 그래서 문득 깨닫는다. 스테판과 대주교는 같은 고향 출신. 손익이 전부인 게 아닐 수도 있음을.

"우리는 교회를 무너뜨리려는 것이 아닙니다. 그리고 대주교님은 문제가 다소 있기는 하나 성무에는 열심인 분이라 들었습니다. 계속해서 이 도시의 성무는 맡겨질 테고, 사람들도 그러길 바라겠지요."

세례를 줄 때, 결혼을 축복할 때, 눈물을 흘릴 정도의 인물이다. 하이랜드에게 확인하지는 않았지만 일단은 문제없을 테지.

스테판은 꾹 다문 입술을 부들부들 떨다가 실이 툭 끊긴 것처럼 맥을 놓았다. 한순간 기절한 줄 알았다.

"…알겠, 습니다."

역시 대주교의 신변을 염려한 것이다. 스테판이라고 모든 것을 돈으로만 계산하는 피도 눈물도 없는 사람은 아니다.

"그럼 어서 사람을 보내거나, 당신이 대주교님을 직접 설득하러 가세요. 병사가 하이랜드 님에게 해를 끼치는 일이 벌어졌다가는 신께서 탄식하실 테니!"

스테판은 의자에서 펄쩍 뛰듯 일어섰다.

그리고 벽에 등이 문질러질 만큼 뮤리를 멀리 피해 가서 문을 붙잡은 스테판의 등에 대고 이렇게 덧붙이는 것을 빼놓지 않았다.

"우리의 존재는 비밀로. 신께서는 늘 우리를 지켜보고 계십니다."

울상을 지으며 돌아본 스테판이 고개를 연신 끄덕이고는 방에서 뛰쳐나간다. 반쯤 열린 문 너머로 절규하듯 사람을 부르는 스테판의 음성이 들린다.

대주교도 든든한 방패인 스테판이 의사를 번복하면 듣지 않을 수 없으리라.

더구나 신의 가르침보다 출세할 목적으로 그 자리에 앉았다면, 이 사건을 세상의 새로운 큰 흐름으로 볼 터.

그렇다면 희망적인 관측일까.

고요한 방 안에서, 영 불안했다.

"…괜찮을 것 같아요?"

뮤리가 붉은 눈을 스테판이 나간 문에서 내게로 돌린다.

「오라버니가 나쁜 놈이 된 게 아닐까 싶은 게 더 불안해.」

괜찮다는 뜻이겠지.

「정 걱정되면 교회로 갈까? 여차하면 덥석 물고 도망칠 수 있을지도 몰라.」

사실은 그러고 싶지만 하이랜드가 바라지 않을 테고, 현실적인 문제도 있다.

스테판은 용케 속였지만, 대중에게 뮤리를 해명할 여유는 없다. 하이랜드는 역시 이단이고 수상쩍은 늑대의 힘을 빌려 도망친 것으로 보면 큰일이다.

그러니, 내가 할 수 있는 일을 하기로 했다.

"기도합시다."

무엇보다, 저곳으로 간 것은 하이랜드의 고결한 의지의 결과다. 평민은 존중하는 수밖에. 그런 엄숙한 기분이었건만, 뮤리는 대답 없이 뒷다리로 목덜미를 긁기만 했다.

느긋한 모습이 늑대라기보다는 개 같다.

「그보다, 이참에 옷이나 가지러 갈까.」

"응? 아아, 그렇군요."

안달복달하기보다 뮤리의 저런 태연한 태도가 옳은지도 모른다. 할 수 있는 일은 다 했으니까.

사람이 없다고 확신했는지 뮤리는 여전히 주저 없이 복도를 걷고 미끄러지듯 계단을 올라 우리 방으로 향했다.

잉크와 양피지 냄새가 맞이하는 방. 아침까지 여기에 있었는데도 참 오랜만에 돌아온 것 같은 기분이 든다. 나는 역시 치고받고 싸우는 세계보다는 설령 세상의 4분이 1이라 하더라도 이런 곳이 더 성미에 맞다.

씁쓰레 웃고 있자, 뮤리가 방구석에 놓인 접힌 옷 앞에 털썩 앉는 것이 보였다.

"왜요?"

「…음.」

뮤리가 꼬리를 바닥에 딱 붙인 채 이쪽을 돌아보지 않고 말했다.

「옷, 그냥 버릴까 봐.」

"어?"

저 옷은 화려하기도 하고, 신의 가르침을 기준으로 볼 때 조금 낮이 뜨겁기도 하다. 그러나 뮤리에게 잘 어울리는 것도 사실이다. 그리고 저 옷은 뮤리가 나한테 보이고 싶어 열심히 장만했다고 한 것 같다. 쓸쓸해 보이는 뒷모습은 내 탓이기도 하다.

「아, 그래도, 오라버니 탓은 아니야.」

이쪽의 심중을 읽은 것처럼 뮤리가 돌아보며 말했다.

「그런 게 아니라… 이런 모습으로는, 입을 수가 없으니까.」

"뭐?"

「보리를 보여 주면서, 여차할 때, 라고 말했었지? 거기에는 이유가 있었어.」

뮤리가 이쪽으로 자세를 돌린 뒤 앞다리를 가지런히 모아 앉았다.

눈만 내리깐다.

「나는 어머니와 달라. 어머니는 귀와 꼬리를 숨기기 어렵지만, 늑대가 되는 것은 쉽잖아? 나는 그 반대야. 그래서 여차하는 때에만, 인 거야.」

"설마…."

늑대가 되기는 쉬워도 인간으로 돌아오지는 못하는 건가? 그것이 가리키는 의미를 이해하자 핏기가 가셨다.

늑대의 모습인 채로는 뇨히라로 돌아가도 온천장에는 있을 수 없다. 아니, 그러기는커녕 사람이 있는 곳이면 어디에도 있을 수가 없을 텐데.

뮤리는 나를 위해 이 무슨 결단을 한 것인가!

"어, 어떻게, 어떻게 좀 안 되나요?!"

후다닥 다가가자 은빛 늑대가 괴로운 듯 눈을 가늘게 뜨더니 고개를 숙인다.

내가 괴로워하면 괴로워할수록 뮤리도 괴로운 것처럼.

「오라버니, 그런 얼굴 하지 마. 나는, 마지막으로 아버지 어머니가 들려준 것 같은 모험을 할 수 있어서 기뻤어.」

그 말에 가슴이 아렸다. 뮤리는 참 착한 아이다. 내가 눈치채지 않게 하면서 나를 위해 나서 주었다. 나는 내 꿈에만 정신이 팔려 전혀 주의를 기울이지 않았다.

나는 뮤리의 마음에 응답하지 않는데도 뮤리는 자신을 희생해 주었다. 그 앞에서는 사죄, 자기혐오조차 단순한 자기만족일 뿐이다.

이런 내 감정을 표현할 말이 없어 그저 목을 끌어안는 수밖에 없었다.

「오라버니….」

뮤리가 조용히 중얼거렸다.

「그런데 있잖아, 사실은, 사람으로 돌아가는 방법이, 있기는 해.」

고개를 들고 뮤리의 얼굴을 똑바로 쳐다보았다.

"그게 뭔데? 얘기해 봐요!"

「하지만, 나는 오라버니가 여기에서 더 괴로워하는 거 보고 싶지 않아.」

"뮤리! 지금보다 더 괴로울 일이 어디 있겠어요?!"

뮤리가 눈을 감고 이를 나란히 드러낸다. 난처하다는 듯이 웃는다.

「마음만은 고맙게 받을게.」

"뮤리!"

이름을 부르자 잠시 침묵하다가 눈을 뜨고 이쪽을 보았다.

「정말, 그래도 돼?」

"물론이죠."

뮤리는 한층 주저하듯 눈을 내리깔고 천천히 일어섰다.

「그때의 약속을 떠올려 봐.」

나는 뮤리의 편이다. 절대적으로, 신께 맹세한 것보다 더 강하게.

뮤리는 나를 위해 원치 않는 결과가 기다리는 문을 열어 주었다.

그렇다면 이번에는 내가 그럴 차례다. 그 어떤 괴로움도 받아들이겠다.

뮤리의 붉은 눈이 나를 빤히 쳐다본다. 뮤리가 어린 시절, 자기는 다른 사람과 다르다는 것을 알고 흐느껴 울던 그때의 눈으로.

그리고 그 붉은 눈이 잠들 듯 사르르 감겼다.

「이야기 속에 자주 나오잖아?」

"이야, 기?"

「응, 수많은 옛날이야기…. 오라버니네 마을 이야기에도 옛날에는 거대한 개구리가 있었댔잖아? 그거랑 마찬가지로, 수많은 이야기 속에 나오는 것들 중에는 옛날엔 정말 그랬던 일도 많아.」

맞는 말이다. 뮤리의 어머니인 호로를 둘러싼 이야기야말로 그 전형이니까.

「그러니까… 자아….」

뮤리는 눈을 뜨더니 고개를 수그렸다. 풀 죽은 것처럼 윗눈질로 이쪽을 본다.

「공주님의 저주를 풀 때, 왕자님이 그러잖아?」

"그건…."

어떤 것인지 모르는 건 아니다. 신성한 행위이자 금욕의 맹세와는 양립할 수 없는 그것.

뮤리는 이내 고개를 갸웃한다.

「아니야. 오라버니에게는 성직자가 되겠다는 꿈이 있는걸. 역시 그런 일을 시킬 순 없어.」

"뮤리."

그 얼굴을 똑바로 보았다. 털북숭이에 커다랗고, 입은 날카로운 이빨로 가득하지만, 거기에 있는 것은 태어난 이후로 내내 친하게 지내 온 뮤리다.

뮤리를 사람으로 되돌릴 수만 있다면 신 앞에서 조금 떳떳하지 않게 되더라도 상관없다.

"그렇게 하면 돌아올 수 있는 거죠?"

「…응, 하지만….」

"알았어요."

「오라버니.」

여기서 주저하면 뮤리는 내 말을 믿지 못하게 된다. 믿기는커녕 앞으로 누구의 말도 믿지 않게 될 수도 있다. '어차피 말뿐이잖아?'라며 싸늘한 눈으로 사람을 의심하는 뮤리의 모습, 상상하기도 싫다. 이 세상에는 믿을 가치가 있는 것, 확고한 것이 있다는 것을 의심하게 만들고 싶지 않다. 그것이 곧 인간의 삶을 멋지게 유지하는 황금의 걸쇠이니까.

그렇구나. 하이랜드가 죽음을 각오하고 교회로 간 것은 이런 심경에서였겠구나. 신앙에는 행동이 따라야 한다.

뮤리는 이쪽을 보고 결의를 알아채 주었다.

「오라버니…, 고마워.」

온통 사나운 이가 난 입으로 수줍어해도 뮤리는 뮤리. 귀여운 여동생임은 변함없다.

그리고 뮤리의 커다란 주둥이에 손을 대고 얼굴을 막 가까이 대려던 순간.

「아, 하지만, 저기, 오라버니….」

"왜요?"

「어… 부끄러우니까, 눈은 감았으면 좋겠어. 손도, 너무 가슴이 두근대니까… 치웠으면, 좋겠어.」

윗눈질, 귀와 꼬리는 내려가 있다. 하기야 뮤리는 꽃다운 나이의 여자아이다.

게다가 새삼 그런 말을 듣고 보니 이쪽도 별안간 부끄러워진다. 헛기침을 하고 주둥이에서 손을 뗀 뒤 눈을 감았다.

"이러면 되나요?"

"응."

뮤리가 다시 소녀의 모습으로 돌아가 뇨히라에서 지금까지처럼 살 수 있다면 신의 자리가 멀어진다 해도 상관없다. 게다가 이것은 금욕의 맹세를 깨는 행위가 아니다. 욕망에 굴복해 이러는 게 아니라 사람을 구하기 위한 일이니까. 예전에 예언자도 악마에게 빙의된 자를 구할 때 이마나 손에 입맞춤을 하지 않았는가. 그렇다면 이 또한… 하며 생각하다가 문득 의문부호가 붙었다.

이마나 손에 입맞춤? 그럼, 꼭 입술과 입술이어야 할 필연성이 있는가? 왕자의 입술에 공주의 저주가 풀리는 이야기는 무수하지만, 뮤리의 그것이 과연 저주인가?

뭔가 이상한 것 같다. 애당초 뮤리가 맨 처음 뭐라고 했더라?

사람으로 돌아갈 방법은, 있다.

그 발언을 돌이키다가 깨달았다.

이야기 속 그것이 해결방법이라고는 한마디도 하지 않았다!

"앗."

눈을 떴더니 사람의 모습으로 되돌아온 뮤리의 얼굴이 눈앞에 있다. 머리카락이 닿으면 들킬 테니 손으로 누르고, 팔다리가 닿아도 들킬 테니 요상한 자세로 얼굴을 내밀고 있다.

시선이 마주치자 뮤리가 얼버무리듯 웃은 직후, 확 달려들었다. 그것을 아슬아슬하게 옆으로 피한다. 뒤에서 쿵, 하고 머리를 바닥에 찧는 소리가 났다.

"아야…."

그러고 보니, 눈감은 것을 확인할 때의 음성이 평소 뮤리의 음성이었다.

애초에, 늑대가 되기 위해 호로와 연습했다고 했으니 돌아오는 게 당연하다.

"아―아, 실패했네."

기도 안 죽고, 알몸을 가리려고도 하지 않는다.

어디서부터 화를 내야 할지 모르겠다.

일단 자리에서 일어나 이렇게 말했다.

"뮤리!"

뮤리는 자라목을 하고 머리를 감싸듯 하면서도 팔뚝 아래로 웃고 있었다.

"오라버니가 한 것과 같은 짓을 한 것뿐인데, 뭐."

거짓말을 한 게 아니라 상대가 멋대로 해석했을 뿐.

정론이니 대꾸할 말이 없다.

"으, 으윽…."

"하지만 오라버니가 그 어떤 때에도 내 편이 되어 주겠다고 한 건 거짓말이 아니었네. 눈물 날 뻔했어."

활짝 웃으며 그렇게 말하니 더는 화를 낼 수도 없다.

내 결의의 의미를 이해해 준 것만큼 기쁜 일은 없으니.

"그보다 오라버니, 광장에서 무슨 환호성이 들리는데?"

"아, 어? 야, 뮤리!"

뮤리가 자리에서 일어나 낯익은 꼬리를 흔들며 나무창으로 달려가더니 활짝 열어젖힌다.

광장의 불빛이 여기까지 닿는지, 뮤리의 늘씬한 팔다리가 부옇게 떠오른다.

"저쪽도 잘 풀렸나 봐. 있잖아, 오라버… 어?"

머리 위로 외투를 푹 뒤집어씌웠다.

"귀, 꼬리! 그리고, 뮤리는 여자아이예요. 좀 더 조신하게 행동해요!"

외투 속에서 얼굴을 내민 뮤리가 귀찮다는 투로 옷을 걸친다.

화를 내서 그런지, 아니면 연일 쌓인 피로 탓인지 눈앞이 핑 돈다.

"어휴, 오라버니는 화만 내고."

"대체 이게 다 누구 때문…."

"아, 진짜 잘 풀렸나 봐. 금발 목소리가 들려."

나의 잔소리 따윈 아랑곳없이 나무창 밖으로 몸을 내밀며 짐승 귀를 쫑긋 세운다.

하지만 이런 소동도 이로써 끝이다. 뮤리는 뇨히라로 돌아가고, 나는 하이랜드와 함께 윈필 왕국으로 간다. 찜찜한 작별이 아니게 되어 오히려 잘된 일일 수도 있다.

"저기. 있잖아, 오라버니. 지금이라면 하이랜드한테 큼지막한 빚을 지워 둘 수 있지 않을까?"

그런 소리까지 한다.

그리고 그럴 필요는 없다. 하이랜드는 고결한 인물이다. 잘 풀려서 정말 다행이다.

"있잖아, 오라버니…, 오라버니?"

잘 풀려서….

"오라버니, 아니, 잠깐. 괜찮아?"

체력이 다해 비틀거리는 것을 뮤리가 안아서 받쳐 주었다. 장난꾸러기 말괄량이 소녀이지만 여차하는 때에는 의지가 된다.

의식이 멀어져 가는 중에도 불안감은 없이, 탕에 몸을 담그는 것처럼 기분 좋았다.

실컷 어리광을 받아 줬으니 마지막 한 번쯤은 어리광을 부려도 되겠지.

그런 생각을 하면서 어렴풋한 유황 냄새에 이끌려 뮤리의 품에서 마지막 긴장을 풀었다.

늑대와 양피지

연일 거의 잠을 자지 않은 채로 성전의 세속어 번역 작업을 하고, 최종 마무리 후에는 교회에서 참으로 숨 막히는 인내심 싸움을 한 데다 옥에 처넣어졌다가 이내 탈옥했고, 그러자마자 일생일대라 해도 좋을 연극판을 벌였다.

마지막엔 뮤리가 특대급 장난을 치는 바람에 머리에 피가 솟구친 상태에서 하이랜드의 반격 성공으로 긴장이 탁 풀렸다. 제아무리 튼튼한 가죽 끈도 이 정도로 거칠게 쓰면 끊어지게 마련이다. 애초에 그다지 굵지 않은 선은 버텨 봐야 잠깐이다.

오랫동안 고열에 시달리다 눈을 뜨자, 그날 밤부터 헤아려 사흘째 아침이 되었다는 말에 스스로도 놀랐다.

"다시는 안 깨어나는 줄 알았어."

머리맡에서 뮤리가 울먹이는 얼굴로 화를 냈다. 멍한 기억 속에 간호해 주는 모습이 남아 있다. 이불 밑에서 손을 뻗어 그 작은 손을 잡았다.

뮤리는 수줍어하면서도 기쁜 기색이다.

"하이랜드 님은?"

그러나 그렇게 묻자 이내 무표정이 된다.

"몰라. 아, 그보다, 오라버니가 자고 있는 사이에 성전을 읽다가, 내가 엄청난 것을 깨달았어. 그리고 있지, 그게 말이야."

들떠서 떠들기 시작하는 뮤리는 제쳐 두고 방 안을 둘러보았으나 달리 아무도 없다.

"아니, 지금은 그보다 하이랜드 님을 좀….”

사건의 전말이 어찌 되었는지 알고 싶다. 우리가 무사하니 그쪽도 무사하겠지만, 교황 대사의 일도 염려된다. 하물며 전쟁이 벌어진다면 이렇게 여유를 부릴 때가 아니다.

"어휴, 오라버니!"

뮤리가 손을 잡아당기는데 방 밖에서 우르르 발소리와 사람 음성이 들려왔다.

"하이랜드 님! 머리와 의복이 아직!"

"지금 그게 무슨 대수인가!"

하이랜드의 음성에 몸을 일으키려 하자, 뮤리가 어깨를 누르고 이불을 머리끝까지 덮어씌웠다.

"뮤리, 뭐 하는 거예요?!"

"보면 안 돼. 안 보는 게 나아.”

"뭐어?"

그런 대화로 툭탁거리고 있는데 문 열리는 소리가 났다.

"콜!"

하이랜드가 부르는 소리에 이불을 차 던졌다.

그리고 달려온 웃는 얼굴의 하이랜드를 보자, 아직 꿈을 꾸고 있는 건가 했다.

"오오, 안색도 꽤 좋아졌군. 식욕은? 밖에서 뭐든 사 오도록 하지. 그대에게는 아무리 감사해도 끝이 없어!"

머리를 묶지도 않았고, 옷도 대충 입고 달려왔을 하이랜드는 소탈한 성격 그대로였다.

맨얼굴의 하이랜드.

이렇게 표현해도 된다면, 본성을 드러낸 하이랜드였다.

"아아, 이런 차림이라 미안하다. 깨어났다는 소리를 듣고 가만있을 수가 있어야지."

길고 아름다운 금발을 쓸어 올리며 하이랜드가 웃는다.

그것도 그것이지만, 하이랜드의 가슴.

"오라버니, 뭘 보는 거야?"

뜨끔하여 황급히 눈길을 돌린다. 하이랜드는 그제야 깨달은 모양이다.

하지만 그다음에 보인 것은 난감한 웃음이었다.

"설마, 모르고 있었나?"

뇨히라에서 말을 나눈 것은 동굴 안의 탕이었다. 동굴 안의 탕은 온천욕을 한다기보다 한증막에 가깝다. 심하게 피부를 감추었다 싶긴 했으나 고귀한 사람들의 관습인 줄 알았다.

옷차림이 중요.

그리고 나 자신도 뮤리에게 말했다. 여행 중인 여성의 옷차림은 둘 중 하나. 수도녀거나 남장이라고.

"거 봐, 내가 뭐랬어? 오라버니는 눈 뒀다 뭐 해?"

하이랜드는 뮤리에게 시선을 돌렸다가 다시 이쪽을 보았다.

"그대는… 아니, 그대로도 좋다고 생각해. 훌륭한 신의 종복이다."

칭찬으로 받아들여도 될지 판단을 주저하고 있자, 눈치 빠른 하이랜드가 헛기침을 하고 화제를 바꿔 주었다.

"그보다, 아티프는 무사히 우리에게 찬동해 주기로 했다. 대주교가 뜻을 꺾었지. 신뢰할 수 있는 동료가 되었다고는 아직 말할 수 없지만, 적어도 시중 사람들의 의향을 방해하지 않기로 한 것은 확실하다."

"정말입니까?!"

"그래. 스테판이 뜻을 번복하자, 양피지를 들고 있는 교황 대사가 자기편인 것만으로는 소용없다 싶었던 거겠지. 게다가 교황의 칙허에도 사람들이 겁먹지 않은 것이 애초에 대주교에게는 충격이었던 모양이다. 대주교는 보다 더 큰 교황의 지원을 바란다는 핑계로 교황 대사를 일단 돌려보냈다. 교황 대사도 그러는 수밖에 없었겠지. 그대로 있다가는 목숨이 위험했을 테니. 그리고 대주교는 사람들의 분노에 귀를 기울이겠노라 선언했다. 약속을 지키지 않으면 어찌 될지 뼈저리게 느꼈겠지. 박쥐처럼 왔다 갔다 한 스테판은 꼬리를 말고 얌전히 있고."

하이랜드의 웃음이 웬일로 짓궂어 보인다.

"어찌 됐건, 이 소식은 즉시 만방에 퍼지겠지. 하지만 그렇게 되면 슬슬 교황도 본격적으로 나오리라 예상된다. 당하고만 있지

는 않을 테니."

"이제부터로군요."

"그렇지. 이제부터 우리가 뒤틀린 것을 바로잡아 나간다."

기쁜 기색인 하이랜드를 보며 어째서 내가 하이랜드의 성별을 깨닫지 못했는지 알 것 같았다. 꿈을 말하는 하이랜드는 어린애처럼 천진하다. 그야말로 남녀의 구별이 없는 어린아이처럼.

"그러니, 이제 막 병상에서 일어났는데 이런 말을 하긴 좀 뭐하지만, 이후에는 또 다른 도시로 갈 생각이다. 이 기세를 몰아 윈필 왕국에서 바라보이는 대륙 쪽은 모두 동지로 끌어들이고 싶어."

막상 전쟁이 벌어진 때도 고려해야 할 테니.

"물론 함께하겠습니다."

"고맙다. 그래서—"

"그래서 그 얘기 말인데."

하이랜드를 상대로 말을 가로채는 무례를 범하는 것은 뮤리 외엔 없다.

"오라버니가 자는 사이에 성전을 읽었어. 그래서 성직자에 관해서도 이야기를 많이 들었어. 그런 다음에 이 금바… 하이랜드 님한테도 물어봤어. 문제없대."

무슨 소리지? 하며 뮤리와 하이랜드를 번갈아 본다.

하이랜드는 말괄량이 여동생을 보는 언니처럼 난감하면서도 즐거운 기색이다.

"난 뇨히라로 안 돌아갈 거야."

"뮤리, 그 얘기는 이미…."

나는 성직자의 길을 지향한다. 뮤리의 마음에는 응답할 수 없다. 그것은 절대적인 일이고, 뮤리도 이해한 바가 아니던가.

하지만 뮤리는 물러서지 않는다. 그러기는커녕 짓궂게 웃고 있었다.

"절제야. 오라버니의 특기잖아."

"절제?"

"그래. 오라버니의 꿈은 나도 방해하고 싶지 않아. 그런데 있지, 성전에는 딱히 쓰여 있지 않았어."

"…뭐가?"

"응. 성직자인 자, 세속의 욕망, 육체의 욕망에 져서는 안 된다. 절제에 힘쓰라. 그렇지만, **세속에 있는 자, 그 성직자를 좋아해서는 안 된다**고 쓰여 있지는 않아."

"…뭐?"

하이랜드는 침대 옆에서 키득키득 웃고 있다.

뮤리가 성전의 번역본을 얼굴에 밀어붙였다.

"의심스러우면 읽어 봐. 그러니까 오라버니. 절제인 거야."

뭐가 그러니까라는 건지.

팔짱을 낀 뮤리는 의기양양하게 이렇게 말했다.

"오라버니가 나한테 손대지 않으면 만사 문제없는 거잖아?"

"……."

기가 막혀 말도 안 나온다. 그런 해석이 있었는가 하여.

"오라버니의 신앙심이 시험받겠네."

뮤리의 웃음은 확신에 차 있다.

손에는 신의 가르침이 쓰인 양피지가 들려 있다.

없는 것은, 오라버니로서의 위엄.

신의 가르침이 쓰인 양의 가죽으로 얼굴을 덮은 채 눈을 감는다. 이래서는 양의 가죽을 쓴 양이다.

"오오, 신이시여…."

"불렀어?"

오기로라도 대꾸하지 않았다. 하물며, 왠지 안심이 되었다는 것은 절대 들켜서는 안 되었다.

감은 눈꺼풀 너머로 은빛 꼬리가 짓궂게 살랑인다.

양은 항상, 늑대의 꼬리를 주시하는 운명인 것이다.

1권 끝

　자기 전에 책을 집어 들고 아무 페이지나 펼쳐도 귀여운 생물이 있어 편안해진 기분으로 잠들 수 있는, 그런 책을 갖고 싶어서 스스로 썼습니다. 하세쿠라 이스나입니다.

　반은 농담으로 한 말이지만, 씩씩한 여자아이를 주인공으로 그리는 것은 참으로 즐거웠습니다.

　다만, 이번 작품의 주인공인 뮤리는 이런 느낌으로 가자고 결심한 경위에는 스스로도 놀랐습니다. 그도 그럴 것이, 같은 달에 발매되는 이전 시리즈 『늑대와 향신료 ⅩⅧ Spring Log』에 수록한 맨 처음 단편을 썼을 때, 뮤리에 관해서는 아직 직접 언급하지 않았고 설정도 전혀 정해지지 않았었습니다. 그러던 것이 콜과 뮤리가 보낸 편지가 왔다는 간접적인 묘사를 한 순간, 그 시점에서 모양새가 잡혔습니다. 뭐랄까, 작중의 편지 너머에 이미 뮤리가 있는 것 같은 느낌이었죠.

　참 신기한 일도 다 있지, 하며 이 작품을 쓰기 시작했습니다.

　이 작품으로 처음 『늑대와 향신료』의 세계를 접하는 독자 여러분께 설명을 드리자면, 이 작품은 '늑대와 향신료의 새로운 이야기'라고 이름 붙여져 있듯, 주인공 콜은『늑대와 향신료』시리즈 중반에 훨씬 어린 모습으로 나왔던 인물이고, 여주인공인 뮤리는『늑대와 향신료』의 주인공 두 사람의 딸입니다.

　세계관은 같고, 한 세대 다음의 이야기가 되겠습니다. 전작을 읽지 않아도 즐기실 수 있게끔 썼습니다, 라는 상투적 문구만 내세우긴 좀 뭣하니, 꼭 전작도 읽어 보십시오. 더욱 재미있어지실 테니까요! 전작에서는 할 수 없던 방향으로 쭈욱 세계를 넓혀 갈 수 있으면 좋겠다, 라는 생각도 하고 있습니다. 이런 것도 하고 싶고, 저런 것도 하고 싶고. 저도 가슴이 두근두근합니다. 꼭 함께해 주셨으면 합니다.

　그리고 새로운 시리즈를 막 시작하니 기분이 대범해졌는지, 완전히 다른 이야기도 쓰고 싶은 욕구가 생겨, 뮤리가 장난을 궁리하듯 여러 가지로 계획 중입니다. 어디선가 발견하게 되시면 빙그레 웃어 주십시오.

　그럼 또, 다음 권에서 뵙겠습니다.

하세쿠라 이스나

　늑대와 양(피지)의 모험이 막을 열었습니다. 일찌감치 서로의 감정을 이렇게 초반부터 대놓고 드러내면서 시작되는 이야기는 별로 본 적이 없는 듯합니다. 하기야 뭐, 십여 년 한 지붕 아래에서 동거한 남녀 사이이니 그간 쌓일 대로 쌓인 스토리가 얼마나 많겠습니까. 앞으로 여행을 하면서 새로이 겪을 모험담 플러스 옛이야기들이 적절히 풀어져 나오겠지요.

　그런데 가만 보니, 뮤리는 호로의 늑대다움에 로렌스의 상인 머리까지 장착했더군요. 최강 뮤리가 자기 영역 안에 들어와 있는 양을 가만히 놔둘 리가요. 이거, 이거. 사냥의 달인 뮤리에게 몰려 전전긍긍 어쩔 줄 몰라 할 콜의 모습이 기대되잖아요? 토끼 잡듯, 담비 잡듯 함정으로 몰아붙여 덥석!

　그런 면에서 우리 콜은 아무래도 뇨히라에 너무 오래 있었나 봅니다. 스물대여섯쯤 된 청년이 이리도 순진해서야 그 험한 세상을 어찌 살아갈지… (뮤리에게 빙의되어) 염려되네요. 대개의 경우 주인공의 '꿈은 이루어진다'가 과연 콜에게도 해당될까요? 뮤리 왈, 콜은 세상의 반의 반밖에 못 보며 살아왔다고 하니, 온전한 세상을 보게 되면 콜의 꿈에도 변화가 있을 테죠. 현재 시점 성직자 지망생인데, 앞으로 본인의 심적 굴곡이 많겠어요. 대부분은 사서 고생인.

본편에 실린 지도는 『늑대와 향신료』와도 공유되는 세계지도입니다. 윈필 왕국은 역시 영국이 모델이었네요. 로마 가톨릭에서 영국 성공회가 분리 독립하게 되는 과정을 요렇게 다른 스토리로 그려 냈군요. 우리가 알고 있는 헨리 8세와 앤 불린의 비하인드 스토리와는 거리가 멀죠? 뭐, 비슷하지만 다른 세계이니까요.

서막에서 그려진 풍경은 스코틀랜드의 하이랜드(사람 이름 아닌 지형 이름)를 떠올리게 하네요. 지대는 높은데 초원이 드넓게 펼쳐져 있고, 바람 많이 불고, 황량하면서, 그렇게 심술궂은 안개비가 툭하면 오더라고요. 그런 연무 속의 초원을 달리고 달려 약간은 어리숙하게 서 있는 오두막(이 비유, 마음에 들었습니다. 딱 누구 같잖아요?)으로 뛰어드는 건 당연히 뮤리이겠죠.

무대가 일단은 윈필 왕국으로 옮겨지나 본데, 그럼 우리 양 아저씨를 만나게 될까요? 오랜만에 하스킨즈 씨 등장하시나요? 뮤리를 보면 은근히 엄청 예뻐해 줄 것 같잖아요? "잠깐, 하스킨즈가 누구야?" 하시는 분들은 『늑대와 향신료』 10권을 참고해 주세요. 늑향 전 에피소드를 통틀어 하스킨즈보다 외유내강인 분은 없었죠. 놀라운 양 아저씨.

자, 뮤리에 의한 콜 청년 조련기는 2권으로 이어집니다. 이야기가 진행될수록 로렌스가 성장했듯 콜도 자신이 진정으로 바라는 것이 무엇인지를 깨달아 가면서 변화하겠죠. 그 과정에서 이미 콜 놀려 먹는 재미를 잘 아는 뮤리의 활약을 모쪼록 끝까지 지켜보며 우리 함께 달려 보아요~

역자 박 소 영

축!『늑대와 양피지』발행…! 설마하니 호로와 로렌스의 딸, 그리고 성장한 콜이 주인공이라는 이야기를 처음 들었을 때 정말 놀랐습니다. 이것은 늑대와 향신료를 쭉 읽어 온 분이라면 기필코 반응하지 않을 수 없는 조합이잖습니까. 아, 약았어…!(웃음) 저도 독자의 한 사람으로서 새로운 여행 이야기를 기대하는 한편, 두 사람의 매력을 표현하는 데에 일조할 수 있게끔 노력하겠습니다!

― 아야쿠라 쥬우

『늑대와 양피지』 간행 축하드립니다!
이미 마음이 통한 사이? 로 시작하는 이야기라니, 특이하다고 생각했는데 콜은 성직자를 지
망하는 청년…. 천사처럼 사랑스러운 뮤리에게 애정을 받으니 고뇌하게 될 만도 하지요. 하세
쿠라 이스나 작가님도 참 짓궂으시긴…. 앞으로 어떻게 전개될지 눈을 뗄 수가 없잖습니까?!
— 코우메 케이토

"당신,
우리 여행은
아직
계속되는 거지?"

이것은 **부모**에게서
'언제나 **행복**할'

늑대와 향신료

글/ 하세쿠라 이스나

"오라버니, 나도
여행에 데려가 줘!"

딸에게로 이어지는,
여행 이야기.

늑대와 항신료의 새로운 이야기
늑대와 양피지

일러스트/ 아야쿠라 쥬우

늑대와 향신료의 새로운 이야기

늑대와 양피지 [1]

————————

2017년 11월 7일 초판 발행
2020년 11월 30일 3쇄 발행

저자 하세쿠라 이스나 | **일러스트** 아야쿠라 쥬우 | **옮긴이** 박소영
발행인 정동훈
편집 팀장 황정아 | **편집** 노혜림
발행처 (주)학산문화사 | 서울특별시 동작구 상도로 282 학산빌딩
편집부 02.828.8838(전화), 02.816.6471(팩스) | **영업부** 02.828.8986(전화), 02.828.8890(팩스)
홈페이지 www.haksanpub.co.kr | **등록** 1995년 7월 1일 | **등록번호** 제3-632호

————————

————————

ISBN 979-11-256-9363-5 04830
ISBN 979-11-256-9364-2 (세트)
값 7,000원

늑대와 향신료 18

하세쿠라 이스나 지음 | 아야쿠라 쥬우 일러스트 | 박소영 옮김

모든 이들의 마음을 설레게 했던 명작!
호로 & 로렌스 10년 만의 귀환!

현랑 호로와 온천장 주인장이 된 로렌스의 여행. 그 후의 이야기가 마침내 등장. 호로와 로렌스가 온천의 고장 뇨히라에 온천장 '늑대와 향신료'를 차린 지도 십여 년. 두 사람은 인근 도시 스베르넬에서 열리는 축제를 돕기 위해 산에서 내려가게 된다. 하지만 로렌스에게는 목적이 하나 더 있었으니, 그것은 뇨히라 인근에 새롭게 생긴다는 온천마을의 정보를 수집하는 것이었는데—? 전격문고 MAGAZINE에 게재되어 호평을 받은 단편 「여행의 여백」, 「황금빛 기억」, 「양피지와 낙서」와 더불어 신작 중편 「늑대와 진흙투성이의 배웅하는 늑대」를 수록. 호로와 로렌스의 '언제까지나 행복한' 이야기, 눈으로 꼭! 확인하시기 바랍니다!!

(주)학산문화사 발행

WORLD END ECONOMiCA

월드 엔드 이코노미카 1

하세쿠라 이스나 지음 | 우와츠키 히토시키 일러스트 | 김예진 옮김

『늑대와 향신료』의 하세쿠라 이스나가
시나리오를 쓴
동인 비주얼 노벨의 완전판 등장!!

인류의 프런티어, 월면도시를 가득 메운 마천루에서 수많은 사람들이 실현 불가능한 꿈을 뒤쫓아 달려가고 있는 시대. 달에서 태어나 달에서 자란 가출 소년 하루는 '전인미답의 땅을 밟아 보는 일'을 꿈꾸고 있었다. 그러기 위해서는 압도적인 자금이 필요하다. 소년 하루가 발을 들인 곳은 인류의 희망을 집어삼키고 때로는 무자비하게 짓부수는 곳, '주식 시장'이었다. 그런 하루가 월면도시의 한구석에 있는 어느 낡은 교회에서 시커먼 옷차림의 아름다운 천재 소녀 하가나와 만날 때, 운명의 수레바퀴는 굴러가기 시작한다. 소년의 끝없는 꿈을 그린 금융 모험 청춘 활극.

(주)학산문화사 발행